CENGAGE
Learning™

dSLR

David Busch 著　刘凌霞 常征 等译

Mastering Digital SLR Photography Second Edition

数码单反摄影手册（第2版）

清华大学出版社

北　京

北京市版权局著作权合同登记号 图字 01-2009-3072 号

Mastering Digital SLR Photography Second Edition
David D.Bush.

Copyright ©2008　by Course Technology, a part of Cengage Learning.
Original edition published Cengage Learning. All Rights reserved. 本书原版由圣智学习出版公司出版。版权所有，盗印必究。

Tsinghua University Press is authorized by Cengage Learning to publish and distribute exclusively this simplified Chinese edition. This edition is authorized for sale in the People's Republic of China only (excluding Hong Kong, Macao SAR and Taiwan). Unauthorized export of this edition is a violation of the Copyright Act.No part of this publication may be reproduced or distributed by any means, or stored in a database or retrieval system, without the prior written permission of the publisher.

本书中文简体字翻译版由圣智学习出版公司授权清华大学出版社独家出版发行. 此版本仅限在中华人民共和国境内(不包括中国香港、澳门特别行政区及中国台湾)销售。未经授权的本书出口将被视为违反版权法的行为。未经出版者预先书面许可，不得以任何方式复制或发行本书的任何部分。

Cengage Learning Asia Pte.Ltd.
5 Shenton Way, #01-01 UIC Building, Singapore 068808

本书封面贴有Cengage Learning防伪标签，无标签者不得销售。
版权所有，侵权必究。侵权举报电话：010-62782989 13701121933

图书在版编目（CIP）数据

数码单反摄影手册（第2版）/（美）布什（Busch, D.）著；刘凌霞等译.—北京：清华大学出版社，2009.7
书名原文：Mastering Digital SLR Photography Second Edition
ISBN 978-7-302-20509-8

Ⅰ.数⋯　Ⅱ.①布⋯　②刘⋯　Ⅲ.数字照相机：单镜头反光照相机—摄影技术—技术手册　Ⅳ.TB86-62　J41-62

中国版本图书馆CIP数据核字（2009）第105825号

责任编辑：冯志强
责任校对：徐俊伟
责任印制：王秀菊

出版发行：清华大学出版社	地　　址：北京清华大学学研大厦 A 座			
http://www.tup.com.cn	邮　　编：100084			
社 总 机：010-62770175	邮　　购：010-62786544			
投稿与读者服务：010-62776969，c-service@tup.tsinghua.edu.cn				
质 量 反 馈：010-62772015，zhiliang@tup.tsinghua.edu.cn				

印 刷 者：北京市世界知识印刷厂
装 订 者：三河市溧源装订厂
经　　销：全国新华书店
开　　本：185×200　印　张：13.8　字　数：360 千字
版　　次：2009 年 7 月第 1 版　　印　　次：2009 年 7 月第 1 次印刷
印　　数：1～4000
定　　价：49.80 元

本书如存在文字不清、漏印、缺页、倒页、脱页等印装质量问题，请与清华大学出版社出版部联系调换。联系电话：(010)62770177 转 3103　产品编号：031440-01

致谢

再次感谢Course Technology公司的人们，是他们首先以任何人都买得起的价格出版全彩的数码图书。特别要感谢执行编辑Kevin Harreld，他从来不限制我的创作自由，总是允许我关于某个主题的设想任意飞翔。还要感谢富有经验的制作团队，其中包括项目编辑Jenny Davidson和技术编辑Mike Sullivan。最后要感谢封面设计Mike Tanamachi、版面设计Bill Hartmann以及我的代理人Carole McClendon，他拥有令人惊讶的使出版商和作者双方都感到满意的能力。

关于作者

David D．Busch曾经做过20多年的自由摄影记者，主要为自己编写的图书、杂志上的文章和报纸报道拍摄插图——其中有些图像曾经获奖，后来才转向专职编写带插图的书籍，其中包括畅销的《David Busch快照指南》和《David Busch专业秘密》两个系列。他经营着自己的商业工作室，拥有使人呼吸困难、在拍摄婚礼时可以对外出租的礼服。他还为一家日报和北部的纽约学院拍摄运动照片。David Busch的照片曾在众多杂志上出版，比如《科学的美国人》和《彼得森的摄影》；他的文章出现在《流行摄影与成像》、《测距仪》、《专业摄影师》以及数百种其他出版物上。他还为cNet Networks（cNet网络）和Computer Shopper（计算机购买者）网站对数十种数码相机作过测评。

当About.com网站评选最受欢迎的5本关于数字摄影的入门图书时，占据前两位的是Busch的《傻瓜式数字摄影一体化桌面参考》和《掌握数字摄影技术》。自1983年以来他出版的其他98本其他书籍包括《数码单反相机专业秘密》和《佳能EOS 30D数码单反相机摄影指南》这两本畅销书。

Busch在"计算机出版奖"颁发的前两年曾获得最高类别的奖项（由于《为爆炸而难过》和《MacWrite、MacPaint和MacDraw的秘密》这两本书），后来曾担任这些奖项颁奖典礼的司仪。

贡献者简历

技术编辑Michael D．Sullivan除了检查所有文字的技术准确性之外，还为本书做了大量其他工作。作为老兵级（veteran，使用这个词的军事意义！）摄影师，他为本书贡献了几幅最佳的图像；另外，他还自愿以自己在Mac OS X操作系统方面的专业知识进行了重要的幕后软件和硬件测试工作。

Mike的摄影生涯开始于中学时代，但最初学习的是手工制作；他周一上午在学校公告牌上画出的周六重要人物报道使同学们大为惊奇。在以摄影班前十名的优异成绩毕业并加入美国海军之后，Sullivan对摄影的兴趣依然不减。在完成海军在百慕大群岛和亚利桑那州的摄影任务之后，他获得了西弗吉尼亚州卫斯理学院的学上学位，随后为一家曾获奖的周报担任助理编辑和摄影师。

Mike后来成为伊斯曼柯达公司下属最大部门的公共关系协调员，负责向公众介绍该公司主要的消费产品，并管理持续的促销活动。在为柯达公司工作25年之后，Sullivan在一家公关公司从事的第二份工作是技术成像主题方面的作家兼摄影师，同时还为一流的商业出版物撰写文章。最近几年，Sullivan凭借自己在成像方面的专业知识，成为一名专门研究数字成像和摄影主题的畅销书技术编辑。

译者序

本书深入浅出地介绍了数码单反相机的摄影原理和拍摄技巧。全书共分10章，内容涉及数码单反相机的发展过程、数码单反相机技术简介、掌握数码单反相机的部件、数码单反相机的优缺点、使用RAW及其他文件格式、使用镜头、近距摄影、捕捉动作、数码单反相机与构图、掌握数码单反相机的特殊功能等内容。

本书直接针对数字单反相机的爱好者，主题集中讨论了数码单反相机硬件和摄影知识，没有像市面上其他数码摄影类图书那样，浪费篇幅讨论数码摄影外围知识和数码图像处理知识。前面几章主要讨论了数码单反相机的硬件知识，提供了选择和使用数字单反相机所需的基本信息，可满足读者了解数码单反相机知识的需要。在翻开本书阅读几分钟后，读者就能够在运动会上抓拍到锁定决定性时刻的动作照片，能够创作出任何人都会为之自豪的成人、青少年和儿童的人像照片，能够理解数码单反相机上那些控件的用法，以便在上传至计算机之前优化图像。

本书作者David Busch是国外著名的摄影类畅销书作家。他曾经做过20多年的自由摄影记者，后来才转向专职编写数码摄影图书，他同时经营着自己的商业工作室，还为一家日报和纽约学院拍摄运动照片。David Busch的照片曾在众多杂志上发表，比如《科学美国人》和《彼得森的摄影》，他的文章出现在数百种其他出版物上。他还为cNet Networks和Computer Shopper网站对数十种数字相机做过测评。Busch在"计算机出版奖"颁发的前两年曾获得最高类别的奖项，后来曾担任这些奖项颁奖典礼的司仪。

参与本书翻译的除了封面署名人员之外，还有杨继萍、兰星、陈一婧、孙江玮、王泽波、祁凯、李海庆、王树兴、苏静、朱俊成、王敏、赵元庆、张瑞萍、高孝峰、杨光琳、王黎、李乃文、安征、孙岩、吴俊海、康显丽、邵立新、辛爱军、王立新、郝相林、刘万军、王健等人。由于时间仓促，水平有限，疏漏之处在所难免，敬请读者朋友批评指正，可以登录清华大学出版社网站www.tup.com.cn与我们联系。

前言

　　本书不会欺骗你。与很多滞销的"数字摄影"图书不同，本书不会浪费半数篇幅来告诉你如何在Photoshop中克服数码相机的缺点。有大量名符其实的Photoshop图书可以做这件事。数码单反相机新产品的优点是拥有许多令人兴奋的新功能；如果你知道如何使用那些手头的工具，就能够在相机中拍出非常好的照片。本书强调的是数字摄影而非软件。在考虑数码单反相机特殊优势的前提下，本书为读者展示了如何拍出引人注目的照片，并使用成像技术创作极佳的图像。无论你是拍摄快照的新手，还是进入数码单反相机领域的富有经验的摄影师，都会从本书找到所需的知识。书中每一个字都是依照严肃摄影师的观点写出来的。

简介

　　哇！刚刚过去的这一年多么让人惊喜！全功能数码单反相机的价格已经跌到599美元以下，甚至低成本的镜头也包括了图像稳定功能、更宽的最大光圈以及更长的变焦范围等特色。佳能公司推出了每秒可拍摄10帧画面的数码单反相机，尼康、佳能、索尼、宾得和松下公司共推出了9种不同的带有可互换镜头的消费级相机，其售价均不到1000美元，其中大多数都有1000万像素的分辨率。佳能、尼康、奥林巴斯、宾得、富士和适马公司还都推出了迎合高消费阶层的数码单反相机。

　　如果你的预算是5000美元或更多，那么像尼康D2Xs、佳能EOS 1D Mark III或佳能EOS 1Ds Mark II（1660万像素！）等真正的专业相机可以做专业人员所期望的任何事情甚至更多。如果是初次购买相机，那么偶尔拍些快照的人、严肃的业余爱好者、摄影迷以及兼职的专业人员应该都能够买得起一部带有可互换镜头的全功能数码相机，即使是专业人员也有很大的选择范围。数码单反相机是数码相机市场上增长最快的部分，我们期待着在不远的将来会有更多新相机和新惊喜。

本书内容

数码单反相机摄影与传统的胶片单反相机摄影不完全相同，与使用非单反相机的数字摄影也不完全相同。数码单反相机有特殊的优点、特殊的功能，也有需要解决和接受的特殊问题。另外，使用这些相机的人往往对摄影结果有更高期望，他们渴望本书所提供的信息能够帮助自己把设备的创造性全部挖掘出来。

有些问题与设备有关。最适合数码单反相机而且最节省成本的附件有哪些？最适合人像摄影、运动摄影或微距摄影的镜头有哪些？处理快门滞后问题的最佳方法是什么？或者说数码单反相机不存在这个问题吗？可以使用同一家厂商生产的胶片相机所使用的附件吗？

其他问题涉及到了摄影过程以及如何将数码单反相机的先进功能应用于真实世界的拍摄。创造性使用曝光功能的最佳方法有哪些？如何借助数码单反相机更好地构成照片？数码单反相机比其他相机更容易实现选择聚焦，那么应当如何借助该功能来改善构图？既然已经有了快门滞后时间几乎为0的数码相机，那么在令人兴奋的运动会上捕捉关键时刻的最佳方法有哪些？你如何才能使为家人拍摄的照片显得更为专业？为了在最后时刻及时完成要在公司网站上发布的产品照片，应当使用怎样的最佳方法？你将在本书中找到所有这些问题的答案。

本书不是关于普通数码相机的书籍，而是要讨论数码单反相机的摄影，即如何用最新的相机拍出非常好的照片，如何利用计算机技术的优点来构成非常好的图像，同时还要考虑到数码相机的特殊需要。在翻开本书封面之后数分钟，你或许就能够在运动会上抓拍到锁定决定性时刻的动作照片，能够创作出任何人都会为之自豪的成人、青少年和儿童的人像照片，能够理解数码单反相机上那些控件的用法以便在上传至计算机之前优化图像。本书将引导你探索极度迷人的数字摄影世界。

大量的硬件讨论使前面几章的介绍性内容更加丰富，提供了选择和使用数码单反相机所需的基本信息，可满足你关于内部工作原理的好奇心。读者不需要理解内部燃烧过程就能驾驶汽车；话虽如此，但知道SUV轿车在急转弯时可能侧翻肯定不是件坏事。本书的具体细节部分不会向读者讲授内部的燃烧过程，但会帮助读者通过摄影中的那些急转弯。

本书面世的原因

直到最近，市面上也没有多少关于数码单反相机摄影的图书，因为大量摄影迷能够用上数码单反相机只是最近几年才有的事情。你能够看到的滞销图书都仅仅集中于技术的惊人方面，所用素材与照片拍摄活动的相关程度并不深。其他许多书籍也只有3、4章的篇幅实际讨论数字摄影，而前面几章只是在唠唠叨叨地解释数字摄影的历史，说明数码相机的利弊，并且不流畅地讨论CCD和CMOS图像传感器（由于有首字母缩写词）。这些是均使用大量篇幅讨论如何选择存储介质，而且通常都有6章左右讲述图像编辑内容。

除图像编辑之外，我在本书中也包括了部分上述主题。我认为如果你需要学习Photoshop，则可能会买一本专门讨论Photoshop的书籍，因此本书除了随便提起之外不包括对图像编辑的讨论。如果你要寻找从摄影师的观点给出的图像编辑建议，我建议你阅读《Adobe Photoshop CS3：摄影师指南》这本书，它也是由Course Technology公司出版的。

本书直接针对数码相机的狂热爱好者；那些希望超越快照拍摄阶段以进一步探索摄影世界的商业人士——无论是为了丰富人生还是把工作做得更好，也是本书的预期读者。如果你已经了解数码相机的大多数基本功能，现在想知道借助这些功能能够完成什么事情，那么本书是使你成为内行的理想指南。如果你属于下列类别之一，则需要使用本书：

■ 希望把照片拍得更好的个人，或者那些在数码单反相机帮助下有可能将不断增长的摄影兴趣发展成为成熟的业余爱好或艺术出路的个人。

■ 那些希望为个人或商业网站制作更具专业外观的图像，并且认为数码单反相机将使自己获得更大控制权和更多功能的人士。

■ 希望使用数码单反相机摄影技术来记录或推销其业务，具备更高级图形处理能力的小企业主。

■ 所做工作可能需要也可能不需要摄影技能，但经常需要使用图形的公司员工，他们需要学习如何将数码单反相机拍摄的数字图像用于报表、演示或其他应用。

■ 具备非凡编程技能（包括Java、JavaScript、HTML、Perl等）但没有多少摄影背景，认识到数码单反相机可用于复杂摄影的专业网站管理员。

■ 那些可能已经精通Photoshop或另一个程序中图像编辑功能的图形艺术家或其他人，以及那些在过去可能用过胶片单反相机、但需要更多了解数字摄影和数码单反相机特殊功能的图形艺术家或其他人。

■ 那些需要为数字摄影培训班找到一本既没有错误又更先进的教材的教员。

作者自传

你可能在《流行摄影与成像》杂志上读过我关于摄影的文章。我还为《彼得森的摄影》、《测距仪》、《专业摄影师》以及数十种摄影出版物写过大约2000多篇文章。我最初赖以谋生的职业是摄影记者，后来才把大部分时间投入写作。

很多数字摄影书籍（我称之为数码相机书籍）都不是由摄影师编写的。当然，作者只要曾经同家人外出度假就肯定有些拍照经验，但多数作者在照明、构图、技术细节（比如景深与焦深之间的区别）以及可能导致成功或失败的其他摄影方面都只有少量知识。大部分此类书籍都是由对Photoshop了解较多而对光子了解不多的好心人编写的。

相反，本书是由无可救药的摄影迷编写的（现在的修订版包括更新过的信息）。我曾经作为体育摄影师为俄亥俄州一家报社以及北部的纽约学院工作。我经营着自己的商业工作室和摄影实验室，经常根据要求制作产品照片，然后严格按照最后期限打印数百份8英寸×10英寸的光滑宣传资料。我曾经担任一家模特公司的拍照姿势教师。有人居然付费要我拍摄他们的婚礼，企图借助图像使自己不朽。作为公关顾问，我为纽约州罗彻斯特市一家大型公司准备过宣传资料和关于摄影的文章；到第1章你就会知道，实际发明数字摄影的就是这家公司。我在成像和计算机技术方面的试验和艰苦劳动，已经无数次成为图书形式的出版物，其中数十本与扫描仪和摄影有关。

那么，这意味着什么呢？实际上，这意味着我像你一样因为摄影自身的价值而喜爱摄影，我只是把技术视为帮助我获得心中所见图像的另一种工具。这还意味着，我像你一样当通过取景器观察场景时偶尔会忘掉自己知道的一切，进而拍出非常失败的照片。但与多数人不同，我在看到结果之后能够找出详细的技术原因来准确解释做错的事情，不过通常只让自己知道。（反面情形是当潜在的灾难实际上显得令人满意时喊道"我本来就想这么做"，并对"奇迹"的实现过程提出某种令人信服但却是虚假的解释。）

这种正反两方面的经验与专业知识的结合，使我能够帮助你避免再犯同样的错误，从而以最低限度的试错痛苦拍出更好的照片。

我希望本书能够教会任何对计算机或摄影有兴趣的人张开自己的双翼，飞向更高的蓝天。本书将揭示摄影的本质，其间将仅仅讨论数字技术的重要方面，而不会陷于复杂的细节。

目录

1

数码
单反相机摄影的
今生与来世

那张快照最终闻名于全世界。

在1975年的年尾，即使在伊斯曼柯达公司内部也没有多少人知道这个星球上第一部数码相机已经成功通过测试，该公司的工程师Steven Sasson花费了几乎1年时间才开发出那台重达8磅的原型机，其个头就像一个大烤箱。这台数码相机在1975年12月拍摄的第一张照片是黑白图像，而且只包含1万像素——这只是100万像素的百分之一。每幅图像需要23秒钟才能记录下来，而出现在电视机屏幕上供人观看又会需要大约23秒钟。

但数字摄影时代就此开始了，在最初的成功之后，柯达公司又开发出第一款百万像素的传感器、可通过电话线传送"压缩"数字图像的收发器和软件、名为柯达照片CD的新型光学存储介质、美国市场上第一部消费级数码相机（即1994年由柯达公司企诺分公司开发出的苹果QuickTake 100相机）以及第一部可在市场上销售的数码单反相机（即1991年面世的柯达DCS-100相机）。

数码单反相机对普通消费者而言一直过于昂贵（价格从2000美元到30 000美元不等），直到2003年底佳能公司推出Digital Rebel相机之后这种情况才有所改观。这是一款630万像素、镜头可互换的单反相机，那些腰包不鼓的数字摄影师多年来始终无缘享用的大部分功能都能在这款相机中找到，其售价（带有18-55mm变焦镜头）不到1000美元。

Digital Rebel的面世打响了数码单反相机革命的第一枪。尼康公司于2004

年初提高了赌注，向市场上推出了尼康D70数码单反相机，其售价不带镜头为999美元，带一个18-70mm变焦镜头的售价为1200美元。其他厂商也纷纷加入潮流，推出的数码单反相机品牌有宾得、三星、奥林巴斯、柯尼卡、美能达（现在改为索尼）等等，它们加入战团的价格范围为600～1500美元。头条新闻不是现在能买到数码单反相机；最重要的事情是普通摄影师也能够买得起数码单反相机。

最好的消息是，你也买得起。

1.1　通往数码单反相机的道路

最初的数码相机不是有意制造出来的，而是Sasson在完成其主管Gareth A. Lloyd布置的一项无明确限制的任务时，偶然之间获得的结果。那项任务是探索如何使用新出现的CCD成像器来捕捉图像。在深入调查之后，Sasson决定采用大约属于1975年的固态技术作为数字图像的捕捉和存储方法。最初的两个设计目标是：该设备要独立工作并且没有移动部件。虽然第二个目标在采用盒式磁带作为存储介质的情况下不得不放弃，但Sasson还是成功地使CCD传感器这样的固态组件与微处理器相结合，而微处理器本身还几乎没有在相机原型阶段出现过。

在20世纪70年代中期，证实数字摄影具有切实可行的将来要比实际生产出能够销售的相机更为重要。虽然长久以来柯达公司一直被世人认为是一家胶片和胶片相机公司，但其真正的优势始终都是非常深入的对颜色科学以及成像、光学和视觉技术的各种形式的研究。实际上Sasson也曾经说过，帮助他克服无数技术障碍的正是该公司丰富的专业知识储备。"无论何时被困难的问题难倒，我都不必拨通世界级的专家，而只要拨一个5位数的分机号码就能得到所需的信息。"

Sasson从各种来源获取所需的零碎东西，其中包括从Super 8型电影摄像机上回收的镜头、Fairchild半导体公司的CCD传感器以及摩托罗拉公司将传感器获取的模拟图像信息转换为数字格式的芯片。除了相机本身，还必须设计并制造存储和回放系统。在开发过程中，Sasson及主要技术人员的工作要面对一个重大障碍，即无法在装配过程中检查得到的半成品。在整个系统完成之前，他们不能拍摄或观看任何图片，只能通过示波器轨迹来了解所测试信号的波形，来评估所做工作是否有错。但真正的测试直到1975年12月才得以进行，当时由一名女性实验助手摆好姿势拍了第一张数字照片。46秒钟之后出现的结果没有使她感动，那只是一幅仅包含乏味中间调的剪影。她的意见是"还需要做更多工作"，但Sasson当即发现问题在于位编号不匹配，结果就是以错误的顺序处理二进制位。通过变换一组导线的位置，最初的图像以及后来拍摄的所有照片就都能被正确地显示出来。

Sasson随后把这款数码相机（图1-1所示就是这款相机及其发明者）拿到柯达公司内部的各种会议上，向其他研究人员和管理人员演示其功能。但是，他使用的这种前沿技术要发展到使柯达公司能够向市场上推出数码相机的程度，还需要很长的时间。Sasson估计，至少要达到200万像素才能使人们普遍接受数码相机。他还假设摩尔定律（半导体集成度每24个月翻一倍）同样适用于CCD成像器，这意味着还需要等待大约15～20年。

在这条道路上，索尼公司在20世纪80年代曾错误地推出Mavica（Magnetic Video Camera，磁性介质摄像机）系列产品。那些产品实际上是能够拍摄静止图像的模拟摄像机，而非真正的数码相机。虽然如此，第一款Mavica产品毕竟提供了可互换的25mm广角镜头、50mm标准镜头和16-65mm变焦镜头，而且可以在特制的2英寸软盘上存储50幅570×490像素的图像。

液晶显示屏出现于1995年，数码相机的分辨率在进入21世纪之后开始迅速发展，在非单反相机上已经从100万像素发展到900万像素或更多。低于1000美元的入门级数码单反相机、便宜的存储卡（我花了大约62美元才买到容量为8GB的最新CF卡）以及照片级喷墨打印机，都是以后要解决的难题。

图1-1　Steven Sasson于1975年为柯达公司发明了数码相机。

1.2　未来展望

我在后面几章将论述新兴及未来的技术，但在5万英尺高空看到的风景将显得更加明亮。低价数码单反相机的平均分辨率已有显著提高。就在我写这句话的时候，几乎任何对摄影感兴趣的人都能买得起600～1000万像素的数码单反相机。当低成本的紧凑型或具备超级变焦能力（12倍到18倍变焦范围）的数码单反相机已经值得拥有时，过去不得不将就着使用非单反数码相机的摄影迷正开始考虑把即指即拍型相机乃至带电子取景器（EVF机型）的高级数码相机仅作为备用机。在泛指的数字摄影领域以及特指的数码单反相机方面，我们可以期待的变化包括在不远的将来（大约就在明年）就会发生的革新，以及在更远的将来预计会出现的革新。

1.2.1　不远的将来

因为数字摄影作品的销售正在爆炸式增长，所以随着众多厂商疯狂地拼命迎合对更好、更快、更便宜的数码单反相机的需求，我们可以期待看到大量的变化。首先，在今天构成低端和中间市场基础的800~1000万像素数码单反相机，很快将由1000~1400万像素的相机完全取代——它们直到最近还被认为是仅供专业人员使用的相机。事实上，市场上只有很少几种600万像素的数码单反相机，最后面世的可能是尼康D40，它是2006年底以超紧凑数码单反相机的面目出现的。即使这种相机也已经被同样小巧但分辨率为1000万像素的D40x机型抢了市场份额。

图1-2所示是佳能EOS 30D和尼康D40x数码单反相机。30D和最初的D40机型是同一年推出的（D40x在几个月之后上市），但尼康公司的数码单反相机体积更小，而D40x机型更有值得夸耀的高于30D的分辨率（1000万像素对800万像素）。看看技术的进步是多么迅猛。

因此，我们确实很快就能买到配置了1400万像素的传感器、售价低于1000美元的数码单反相机。我内心猜想，技术一旦发展到那种程度，重点就会转向其他改善图像质量的方法（比如减少噪点及提高灵敏度），而不仅仅依靠提高分辨率。另外附加功能也会成为技术研究的重点——比如更快的连续拍摄速度，像佳能EOS 1D Mark III机型所具备的每秒10帧的拍摄速度就比较快。今天，几乎没有哪个摄影师会把照片放大到能够辨别出1200~1400万像素的相机与分辨率更高的相机所拍摄的照片之间有什么区别的程度。当然，最初的IBM个人计算机被设计成使用总共1MB内存中的640KB，因为没有人能够想像出会有人需要超过1MB的内存！

图1-2　所示是佳能EOS 30D和尼康D40x数码单反相机。

另一项短期就会改进的技术是存储技术，存储介质的价格将变得越来越便宜，体积将变得越来越小，而容量将变得越来越大。我期待着8GB存储卡（我几乎只用这种存储卡）在本书存在期间能够小巧到使人感觉好笑的地步。（有人在1978年会支付300美元升级到32KB的内存，而在大约10年后花费1000美元就能买到200MB的硬盘驱动器。这是我前述想法的起源。）实际上，我在为数码单反相机购买更多数字"胶片"时完全不考虑容量小于8GB的存储卡。在拍摄体育运动时，即使8GB的存储卡也只能持续一两个小时；在外出度假时，我经常一天就要拍摄4GB有价值的照片，而且还是用每次1帧这种老式的方法。容量较小的存储卡意味着更多的调换次数，这必然增加放错地方的风险。

期待将来的存储卡在保持合理价格的同时有更高的容量（现在已有容量为16GB和32GB的存储卡）和更强大的功能。更快的固态存储介质——能够跟上数码单反相机每秒拍摄3～10帧（或更多）1200～1400万像素的照片这种速度，也将成为标准。

随着数码单反相机厂商不断想出新方法，以图赢得超过竞争对手的市场优势，新功能也将迅速出现。在编写本书第一版时，我对使用数码单反相机进行"实时预览"的第一反应是："这不可能！反光板挡着视线呢！"但现在佳能、奥林巴斯以及其他厂商都有实时图像显示屏可供选用，这虽然从技术上来讲不是最佳或最有用的实现方案，但毕竟为将来实现真正的实时预览铺平了道路。

你现在可以买到能够在10秒钟之内拍摄100多张JPEG图像、配备内置传感器清洁系统、具有内部图像稳定功能、ISO设置高达6400的数码单反相机。有些相机允许你直接在相机内校正、裁剪和缩放照片。有些机型允许你插入两种大小不同的存储卡，允许你以无线方式直接从相机向便携式计算机传送图像，还允许你为每幅图像嵌入GPS信息，从而准确指出拍照的地点和时间。LCD显示屏的对角线已长达3英寸，而且还将变得更大。市场上在售的数码单反相机已经相当先进和便宜，这是几年前我们做梦也不敢想象的。

1.2.2　更远的将来

在更远的将来——无论那有多远，人们对于最佳传感器尺寸可能达成共识。35mm相机所具有的优势之一是使用标准化的胶片规格（半幅相机及其他几种古怪格式的相机属于例外）。每种传统的35mm胶片相机都使用相同的24mm×36mm胶片来拍摄照片，我们现在把这种规格称作"全幅"。摄影师拥有可靠的基础来比较胶片、镜头和相关附件。特殊的镜头或胶片在各种适用相机中的工作情况完全相同。ISO值高达400的35mm胶卷在最便宜与最昂贵的相机上具有同样的特性。如果放大倍率相同，则特定镜头在任何适用的相机上都能够产生实质上相同的结果。

而数字领域的情况则与此不同。数码单反相机使用很多不同类型和规格的传感器。除了35mm胶片幅，该领域没有东西接近任何程度的标准化；而最奇怪的是之所以35mm胶片幅成为标准，仅仅因为要用来确定特定相机系统背离该标准的程度有多大。

在本书编写期间，市场上只有两种来自佳能公司的全幅数码单反相机新品，因为柯达公司已有很长时间不再推出这种相机（该公司多年前就有1400万像素的全幅专业数码单反相机面世）。因为任何适用于这些全幅相机的镜头所产生的放大倍率和视场都与在胶片相机上获得的放大倍率和视场完全相同，所以人们说这样的相机具有1X"倍增系数"。原因在于为了确定放大倍率，你必须使镜头焦距乘以1.0（这种情况相当于没有倍增）。

配合更小传感器的镜头将裁剪掉部分图像（使得"裁剪系数"比"倍增系数"更准确）。佳能公司长久以来一直为专业市场提供具有1.3X裁剪系数的相机，并且为业余爱好者提供拥有更惊人的1.6X裁剪系数的机型。尼康、索尼、富士、适马、宾得、三星及其他厂商都生产裁剪系数为1.5的相机，而奥林巴斯却独自推出了裁剪系数为2.0的机型。对于标称100mm的镜头来说，这些1X、1.3X、1.5X、1.6X和2.0X的裁剪系数所产生的图像将分别具有100mm、130mm、150mm、160mm和200mm镜头的视场。我将在第2章和第6章更深入地解释裁剪系数。图1.3所示是一幅全幅图像及几种典型的裁剪系数。

这种很大的传感器规格变化范围以及由此引起的众多裁剪系数，是数码单反相机用户中间诸多争论的源头。有些用户喜欢这种裁剪所能提供的额外远摄范围；其他用户抱怨这些相对而言比较昂贵的镜头太宽，以致裁剪之后仍然有宽阔的视场。全帧相机在分辨率相同的情况下可以有更多像素，因此传感器在收集难以捕获的光子时理论上可以更灵敏，因此将产生更少的噪点。争论不可能很快结束，因为有传言说尼康公司在本书面世后一两个月之内就会推出新的全帧机型或裁剪系数为1.1到1.3的机型。简而言之，支持或反对全帧传感器的观点如下所述：

■ **我们需要全幅传感器，因为所用传感器小于24mm×36mm的相机要考虑那麻烦的镜头裁剪系数。** 当然，关于公制他们也会说同样的话，即认为每次测量什么东西时都需要在心里面把米转换为英尺。一旦新一代仅用过数码相机的摄影师成长起来，他们将忘掉"35mm"，而调整到新的基准。因为他们可能从未用过任何其他相机。我当然用过。当我因需要超广角镜头而拿出我的12–24mm变焦镜头时，心里知道将获得何种视场。我不会停下来想一想："哦，这个镜头在我的裁剪系数为1.5X的相机上相当于18–36mm的变焦镜头。"

我已有很长时间没有使用全幅相机了，以致18mm镜头对我来说不再意味着"在全幅相机上非常宽"，而是意味着"在我每日使用的相机上宽度适中"。如果相机的裁剪系数为1.5X，则适于拍摄短人像的远摄镜头不是85mm，而是55mm。从边线拍摄足球比赛的合适焦距不是300mm，而是200mm。你应逐渐习惯这种新基准。

■ **全幅传感器能消除那种往往是不需要的额外景深。** 在裁剪系数为1.5X的相机上，50mm镜头所产生的视场可能与全幅相机上75mm镜头所产生的视场相同，但它在任何相机上所获得的景深都相同。裁剪系数不会魔术般地把特定镜头变为更长的镜头；景深将保持相同，只有视场会因裁剪而改变。因此，在数码单反相机最终能够使数字摄影师在某种程度上控制景深之前（该功能是那种即指即拍型相机所缺乏的，因为它们所用镜头的焦距更短），选择聚集仍然不像使用全幅相机的情况下那么容易。

图1-3 小于24mm×36mm 的传感器将实际裁剪掉部 分"全幅"图像区域。

举例来说，你的28mm镜头或设置为28mm的变焦镜头不能提供那种你期望从广角镜头获得的景深；相反，其景深接近于在35mm相机上用那种被认为接近"标准"的42mm镜头所获得的景深。那么这是怎么回事呢？这是另一个"习惯"问题。到将来某个阶段，我们必定会停止进行比较，由数码相机上特定焦距所提供的景深将成为所期待的结果。

■ **尺寸小于24mm×36mm的传感器不自然**。关于全幅传感器，实际上没有什么天生神圣的东西，那只不过是最初全幅格式（35mm电影胶片）的两倍大小而已。35mm胶片幅甚至没有对应于所用打印纸的高宽比。当你用8英寸×10英寸的纸张打印时，必须从某一端或两端切掉部分图像区域，否则将使图像长边的边界更宽。那么比较理想的规格是什么呢？大多数数码相机传感器的规格——包括4:3的高宽比，都更有意义。

■ **全幅传感器更好**，因为它们更大。更大的传感器当然会有更多空间来容纳像素，而且产生的噪点将更少，但数码单反相机所使用的传感器已经大于那些即指即拍型相机中的传感器。更大必然更好吗？这可不一定，我将在下面进行解释。事实上存在某个回报递减点，即大于某个临界尺寸的传感器可能引入新的相机设计问题。

假设支持全幅数码单反相机的所有论据都有效，那么这样的相机还不普遍的原因可归结于若干因素。更大的传感器可能更难以生产，也更昂贵。另外，像尼康公司这样的数码单反相机厂商正在专门为更小的传感器设计更轻、更紧凑、更便宜的镜头，他们往往会向整个产品线（从入门级数码单反相机到专业机型）的客户销售这些镜头。事实上，投入大量资金专门为更小的传感器设计镜头的相机制造商愿意使他们自己的光学器件过时吗？（如果在全幅相机上使用，这些镜头的多数焦距都会在边角处形成严重晕影。）如果某个制造商以使用全幅传感器的新机型完全代替当前的相机，则就会出现这种他们不愿意看到的情形。这正是非常不可能改用全幅传感器的原因。

图1-4所示是尝试在全幅相机上使用专门为数字用途设计的镜头时将发生的情况。在本示例中的镜头焦距被设置为33mm；由于数码单反相机的镜头倍增系数为1.5X，这样的设置所提供的视场与50mm镜头的视场相当。绿框表示该数字传感器在单反相机中将看到的视场。如果把相同的镜头安装在全帧数码相机上，则真正的33mm焦距将获得由外部红框表示的广角视场。遗憾的是，为较小传感器设计的镜头将产生阴暗的边角（亦称作晕影），因此这种镜头同样不能在35mm的全幅胶片相机或数码相机上使用。

当关于传感器规格的争论尘埃落定之后，我们期待在将来看到更好的变焦镜头、为更小的标准化传感器设计的更小的相机、更有效的观察系统、更快的传输速度以及数十种我们甚至不知道的确实有用的功能（比如好像有电机驱动的超高速连续摄影）。毕竟，当今的速度冠军——佳能EOS D1 Mark III的每秒10帧和尼康D2Xs的每秒8帧，是通过记录小于全幅的裁剪图像来达到这样高的速度的。

在若干年之内，所有数码相机都可能具备无线功能（大部分家庭和企业网络也将实现无线化），因此仅仅按一个按钮你就能够从相机向计算机传输图像。所以我们同样期待着对数码相机的无线控制，无论是从手持遥控设备上控制，还是通过无线网络直接从计算机上控制。你将能够把三脚架上的数码单反相机设置成面向前走廊，然后拍下每个进来和出去的人；或者使相机指向落日或开花的植物，然后根据计算机的指令拍摄延时照片。而所有这些都不再需要连接电缆。

我们知道，未来许多新生事物都是些没人想到能够存在、而且要以现在无法预知的方式使用的东西。这是件极其有趣的事情。

图1-4 为紧凑型数码单反相机设计的镜头能够覆盖较小传感器的画面（绿框），但不能覆盖使用全幅传感器的胶片相机或数码相机的完整画面（红框）。

1.3 需要数码单反相机的原因

信不信由你，现在仍然有些人认识不到数码单反相机的优越性。其中多数都是些从未有机会实际使用数码单反相机的可怜家伙，因此也没机会将数码单反相机与很多技术规格都似乎相同（除了更换镜头的能力）的其他类型数码相机进行比较。毕竟，市场上有1000万像素的即指即拍型数码相机出售，有些带固定镜头的超级变焦电子取景器机型可提供从相当于24mm的广角镜头到相当于420mm的远摄镜头（已经用裁剪系数作过校正）。有些非单反数码相机能够以每秒2到3帧的速度拍摄，最新机型拥有高达3200（及更高）的ISO设置。在尼康D40/D40x这样的相机面世之前，即使最高级的非单反数码相机也显著小于最小巧的单镜头反射式数码相机。因此如果你不需要可互换镜头，或者买不起数码单反相机，那么有什么理由一定要买呢？

真相在于数码单反相机远不止带有单镜头反光板这么简单。我将在第2章深入讨论更多细节，但在本节先简要总结一下数码单反相机的优缺点，并说明为什么使用分辨率为1000万像素的单反相机能比分辨率相同的非单反相机获得更好的结果。注意，我要吹捧的第一批优点只与相机属于单镜头反射式类型这样的事实偶尔相关。

1.3.1　dSLR与单镜头反射性无关的4个优点

dSLR所具有的某些优点与它们是单镜头反射式相机的事实无关。

■ **较高的感光度和较少的噪点。** 当感光度被提高到 ISO 800 或更高时，大多数非单反数码相机的图像质量将开始下降，主要原因是噪点过多。这些相机几乎都不能使用很高的 ISO 设置。相反，很多数码单反相机（特别是佳能公司最流行的机型）在 ISO 设置为 1600 的情况下仍然仅仅产生非常少量的噪点，在 ISO 设置为 3200 及更高的情况下所拍摄的图像依然可以接受。数码单反相机所提供的更佳噪点特性归因于这些相机中使用了更大的传感器。随着厂商将越来越多的像素挤进非单反相机中那些微小的 CCD 传感器，图像像素将变得更小，而且更易于形成噪点。而在数码单反相机的 CMOS 和 CCD 传感器中，较大的像素产生随机颗粒（我们将其看作噪点）的可能性极低，而且在感光方面更灵敏，从而能提供更快的有效 ISO 速度。

■ **能控制景深。** 更大的传感器需要焦距更长的镜头，因此数码单反相机重新获得了对景深的控制——这是非常重要的创造性功能。不要理睬那些非单反数码相机所宣称的"相当于35mm焦距"这种技术规格。即指即拍型数码相机上这种通过变焦设置的"35mm"，可能是由真实焦距只有6mm的镜头提供的。相同相机的210mm远摄镜头设置，应当是由实际焦距为36mm的镜头产生的。与典型远摄镜头的浅景深（最合适选择聚集）不同，你最终将获得相当于广角镜头的锐度范围。任何用过消费型数码相机的人都知道，如果拍摄距离不是特别远，则照片中几乎一切景物无论变焦设置和光圈大小如何都会同样锐利。如果你打算创造性地使用景深——比如像图1-5中的照片那样使背景散焦以强调花朵，则需要一部带有大尺寸传感器的数码单反相机。

图1-5　数码单反相机使摄影师能够控制景深。

■ **数码单反相机的工作过程与相机相同，而不是与DVD播放机相同。** 我拥有一部尼康CoolPix 995相机，这款在新千年开始时面世的机型当时属于最好的1000美元数码相机之一。即便如此，这款相机也把我气得发疯。即使在拥有这部相机一年以后，我仍然必须携带作弊用的纸条来告诉自己如何激活那些不常用的功能——比如手动聚焦。我经常使用这款995相机，但仍然不得不参考那些在考试时会夹带的纸条才能知道为激活特定功能而需要哪个菜单，为使其工作应按下哪些按钮。这是一款非常好的相机，但其工作过程却让人不敢恭维。

今天的大多数非单反数码相机也存在同样的情况。我每月都有机会测试8到10种各种价格的即指即拍型相机，它们的操作情况几乎全都更像录像机而非相机。当放大或缩小图像时，你是愿意按下若干按钮之后等待极小的电机为你调整镜头，还是更愿意通过旋转镜头上的变焦环来完成变焦？为切换到手动聚焦模式，难道你不愿意在轻按一个自动聚焦/手动聚焦开关之后旋转镜头上的变焦环，而是更喜欢按下菜单键、找到聚焦设置菜单、切换为手动聚焦模式，然后按那两个左、右箭头按钮？

狂热的摄影爱好者在拍照时不会容忍这种无意义的操作。我使用的数码单反相机有单独的按钮用于调整突发模式、ISO设置、白平衡、电子取景器、测光模式和分辨率。为调整其中任何一项，我只需按下适当的按钮，然后以拇指将命令拨盘拨到所需位置即可。此后，我会把相机设置为快门优先或光圈优先（用拨盘而非菜单），然后拨动命令拨盘以调整光圈大小或快门速度。在手动曝光模式中，有单独的命令拨盘用于调整快门速度和光圈。在如图1-6所示的相机上，我们似乎要掌握大量按钮的用法；但请你相信我，学会使用这些按钮要比记住典型即指即拍型相机的菜单系统快得多。

■ **操作更快。** 你会发现，数码单反相机的工作速度要比即指即拍型数码相机快得多。我在为cNet Networks网站测评相机的时候，用来测量即指即拍型相机性能的指标之一是"开始拍摄所需时间"。也就是在决定拍照并接通相机电源开关之后，要等待多长时间相机才能真正做好拍摄准备？通常，你必须等待3到5秒或更长时间，然后在按下快门之后可能还要再等1秒钟让相机自动焦距并计算曝光设置。而数码单反相机一旦电源开关接通，就随时可以拍摄。我就有好几次在突然发现意外的拍摄机会之后，赶紧拿出我的数码单反相机，打开电源开关，随后立即拍照，而所有这一切都是在不到1秒钟的时间内完成的。

图1-6 数码单反相机的操作被设计得与相机相似，而非与DVD播放机相似。

1.3.2 dSLR所独有的4个优点

数码单反相机还有若干与单镜头反射式设计紧密相关的优点。

■**更好的镜头**。你或许认为非单反数码相机能够消除对可互换镜头的需要。如果你的18X变焦电子取景器相机能提供相当于从24mm～442mm的所有焦距，那么（除了需要超广角镜头的建筑摄影师以及需要超远摄镜头的专业体育运动摄影师）谁还会需要其他镜头呢？但是我认为，即使你用超强力胶水把镜头粘到数码单反相机上（使之变成镜头不可互换的相机），数码单反相机的变焦镜头也能提供更好、更锐利的图像，肯定优于非单反数码相机上的镜头所能获得的结果。

此处有很大的争论空间，但通常为单反相机那更大的传感器设计高质量的镜头更容易，而为小巧的即指即拍型相机中的CCD传感器设计镜头则不然。你有什么折衷办法能让6-60mm的变焦镜头适合那些小巧的相机吗？

■**更容易升级**。只需购买所需的外接式附件，你就能非常容易地增强数码单反相机的功能。你的相机不必因那些不需要的功能而负担过重。有些非单反数码相机提供内置的图像稳定功能（能够将低快门速度条件下因相机移动而造成的模糊减至最小程度），有些则没有提供。这种功能不是用户可以随后再添加的。如果你需要非单反数码相机的图像稳定功能，则必须专门购买提供了该功能的相机。而近期尼康或佳能公司的大多数数码单反相机，都能够使用在需要时可以购买的减振镜头。有些第三方厂商能够提供适合各种相机的图像稳定镜头，从而使防抖功能对众多数码单反相机拥有者来说成为可行的外接式附件。（索尼和奥林巴斯公司当前提供内置的图像稳定功能。）功率更大的外部闪光灯也是易于添加的设备，而即指即拍型数码相机根本不允许任何外部闪光灯（从属设备除外）。

■**更节约电能**。你会发现，数码单反相机的电池持续时间能大大超出预期。有一次我要去欧洲旅行10天，但竟然把电池充电器留在了家中。这没有任何问题，因为我的数码单反相机内置的电池能够支持相机拍摄1500～2000幅照片。其他电源不太强劲的数码单反相机通常充电一次也能够拍摄1000多张照片。之所以如此，部分原因是数码单反相机可以安装更大的电池。但除此之外，它们还能够更好地利用可用电能。你很快就会注意到的一件事情是，通常不需要关闭数码单反相机来节省能量。大多数数码单反相机在用户停止操作几秒钟之后就会自动关闭自动聚焦和自动曝光系统，而且非常耗电的液晶显示屏仅在图片预览或菜单导航期间才会点亮。即使连续数天不关闭数码单反相机的电源开关，也不会耗尽电池的能量。试一试始终开着即指即拍型数码相机的电源，看看会发生什么事情！大多数非单反数码相机都会在尽可能短的时间内自动关闭（经常"忘记"你在此期间做出的特殊设置）；而如果已经禁用"休眠"模式的话，则它们无论你有没有拍摄照片都会在数小时之内耗光电池能量。

■ **真正的"所见即所得"构图。** 带光学取景器的非单反数码相机当你构图时必定会砍掉人的脑袋或者更糟。相机背面的液晶显示屏能够相当精确地复制传感器所看到的景象，但我们在明亮的光线下不能看清显示屏，而且小型液晶显示屏上的细节即使在良好的照明条件下也难以看清。电子取景器相机稍微好些——尤其是在光线明亮的条件下，但多数在昏暗的照明条件下将产生难以观察的颗粒状图像或噪点，对于在最佳条件下精确聚焦的需要而言它们不是最适宜的机型。大多数液晶显示屏取景器都会引入时间延迟因素，即所看到的实际上发生于大半秒之前。数码单反相机的取景器所显示的景象正是你将要获得的照片（但有些取景器所提供的视场小于100％的完全视场），你甚至可以预览你的景深。图1-7为你展示了主要的选项。

图1-7　你更喜欢以哪种方式来构图？在微小的液晶显示屏上（左边）还是在又大又亮的单反相机的取景器上（右边）？

1.3.3　数码单反相机的5个缺点

　　数码单反相机不是在所有方面都完美无缺。有些挑剔的事情就难以用数码单反相机来做，还有些问题是只有数码单反相机拥有者才必须考虑的。本小节将列出若干最主要的缺点。

■ **缺乏超广角镜头。** 除非你拥有的是全画幅数码单反相机，否则必须将焦距裁剪系数算进去才能计算出镜头的真实覆盖范围。将200mm镜头有效转换为300mm远摄镜头似乎很好，但当你发现你的20mm广角镜头现在只是几乎没有资格叫做广角镜头的普通30mm镜头时感觉就没那么好了。为获得真正的广角覆盖范围，你需要有非变焦的定焦镜头或者从17–18mm开始的变焦镜头。而超广角镜头更昂贵、更难以找到。

当我开始从胶片摄影向数字摄影过渡时，已有的最宽兼容镜头是一个特殊的半鱼眼镜头，它在我新买的数码单反相机上相当于24mm的镜头。很多数码相机拥有者都成功地使用过类似的鱼眼镜头，然后再对拍出的照片进行"去鱼眼"调整，以校正夸张的扭曲现象，从而获得传统的广角视图。我最后走上一条与此不同的道路，那就是买了一个12–24mm的变焦镜头（花了大约1000美元，这与我的第一部数码单反相机机体的价格大致相当），以获得（相当于）18mm–36mm的视点。如果你确实喜欢鱼眼视图，也可以购买10mm范围内的定焦镜头，或者像我那样购买一个10–17mm的鱼眼变焦镜头，但这两种选项都相当昂贵。任何喜欢广角视点的人都可能期望购买额外的镜头。当然，几乎没有多少非单反数码相机能够配备宽于24或28mm的变焦镜头。

- **没有用于预览或构图的液晶显示屏。** 大多数数码单反相机上的液晶显示屏仅能用于观看照片或使用菜单。正如我前面提到的那样，只有少数机型才有"实况观看"液晶显示屏。通过镜头观看场景不是什么问题，你认为呢？试着使用能够阻挡可见光的红外线滤镜拍几张照片。在单反相机取景器中所看到的场景完全是黑色的，而某些非单反相机的液晶显示屏在这样的条件下仍能显示模糊可见的图像。需要以古怪的角度拍摄照片吗？有些即指即拍型相机的液晶显示屏或机体能够旋转，因此在将相机举到头顶上或放到腰以下的情况下你仍然能够观察图像。想自拍肖像吗？有些带旋转镜头的非单反数码相机能够自动颠倒液晶显示屏上的图像，使你在将相机指向自己的情况下仍能预览即将拍下来的图像。虽然我非常不喜欢使用液晶显示屏作为取景器，但它们仍然能够做一些用数码单反相机难以做到的、或者需要借助特殊外接式附件才能做到的事情。

- **污垢与灰尘。** 别搞错我的意思。如果你要更换镜头，则无论如何你的数码单反相机终将在传感器上积累少量灰尘。你必须清除这些灰尘。在拥有第一部数码单反相机之后两周内，我可能仅仅更换过4次镜头，然后便注意到在所有照片中都有重复出现的斑点。这种灰尘通常不难清除，甚至只在那些用小光圈拍摄的照片中才会显示出来，但这种轻微的威胁也足以使你疯狂。我强迫自己在每次外出执行重要拍摄任务时都清洁传感器，以免带回家500张被尘斑损坏的照片。奇怪的是，只有佳能、奥林巴斯、宾得或索尼等能够提供内部传感器清洁系统的厂商在讨论数码单反相机的这个缺点。然而，该缺点可能是数码单反相机拥有者所遇到的最普遍的问题。

- **大小、重量以及通常笨重的机体。** 数码单反相机通常要比那些你已经习惯的即指即拍型数码相机大得多，也重得多。如果你转换到数码单反相机上之前使用的是胶片单反相机，则可能注意不到这种差异。即使在关闭虚假噪声的情况下，数码单反相机通常仍比即指即拍型数码相机更笨重、噪声更大。

■ **你不能用数码单反相机拍摄电影**。我曾经使用6M像素的即指即拍型数码相机（它能够以每秒30帧的速度记录分辨率为640×480的视频），为我的儿子在"西区故事"节目中的表演拍过几段不错的有声电影。由于数码单反相机那独特的操作方式，电影的拍摄不在其能力范围之内。

1.4 利用你已经知道的知识

当数码单反相机的价格开始变得合理时，很多早期购买者都是用过胶片单反相机的成熟老手。相对于那些必须同时学习摄影基础知识并掌握数字技术的摄影新人，他们具备相当大的优势。今天，数码单反相机的价格已经能够为每个人所接受，而且其操作也足够简单，甚至年轻的摄影爱好者也能正常使用。

但是，这是一本更高级的数码单反相机书籍。（如果你需要一些能够帮助你提高对本书的理解速度的资料，我建议你参考我编写的介绍性书籍《数码单反相机摄影快速指南》。）如果你是颇有经验的摄影迷，则肯定已经知道不能对着太阳拍摄，除非你想获得剪影。你肯定还知道，在剧院二楼最后一排包厢内不能考虑使用相机的内置闪光灯来拍摄上流音乐会上Bono在舞台上蹀步的照片。你知道在昏暗光照下应稳稳握住照相机，也知道通过使背景散焦来突出其他主题。你理解像镜头眩光、动感模糊以及颗粒这样的术语，而且可能对曝光过度作用、半色调、金属版印刷法或模糊蒙版等概念有较为清晰的认识。

还有一些你可能已经理解的摄影概念能够供你在使用数码单反相机摄影时利用。下面是简要的汇总：

■ **基本的构图**。成熟的摄影师知道如何排列主题，以形成令人满意的构图。你将发现这种技能在数码单反相机的摄影过程中非常有价值，因为它们的所见即所得视点能够使构图更加精确。

■ **选择镜头**。初学者不会选择镜头或变焦设置。他们只是通过放大或缩小使图像呈现为所期望的大小。而有经验的摄影师都懂得，镜头选择是创造性过程（比如压缩物体之间的外观距离，强调背景，或者创作令人满意的人像）的重要组成部分。

■ **使用选择聚焦**。即指即拍型相机在运用景深方面通常不能提供更多灵活性。对选择聚焦的理解将使你能够把照片中的重点恰好放在你认为合适的位置。

■ **选择某种胶片"外观"**。如果你是经验丰富的胶片摄影师，则可能习惯于因某种胶片即使在阴天也能提供鲜艳的饱和颜色而选用，因另一种胶片能够在人像摄影中准确再现肤色而选用，因第三种胶片具有能够使产品照片呈现最佳外观的额外对比度而选用。你可以把这些知识应用于数码相机，以选择准确适合所需外观的饱和度、对比度和曝光量。

■ **知道在胶片和数字暗室中能够做些什么事情**。有经验的摄影师知道如何以及何时利用图像编辑技术——比如润饰、合成、颜色校正和特效。这些知识可用来修复有问题的图像，或者使良好的图像成为极佳的图像。

注意：

　　本书不包括图像编辑内容。很多数字摄影书籍都会拿出半数篇幅来讨论图像编辑技术。其善意但误入歧途的目的，是向你展示如何实现一些效果；而如果你知道怎么做，则实际上在相机中就能获得这些效果。我完全不会在这上面多费口舌，而要集中讨论数码相机技术。如果你想学习更多用Photoshop模拟暗室和相机效果的知识，或者想掌握高级的图像编辑技能，那么我建议你阅读我编写的另一本书《Adobe Photoshop CS3：摄影师指南》。如同本书一样，那本书也是从摄影师的观点编写的，由Course Technology公司出版发行。

1.5　数码单反相机的用途

　　仅在数年以前，人们还不认为数码相机能够适合所有可能的拍照情形。事实上，数码相机在若干专业领域中似乎极为理想而且特别节省成本（在数码单反相机价值1万到3万美元的时代，成本是主要的考虑因素）。本节将概述数字摄影的最初用途，并说明数码单反相机是如何在那些领域及更多领域占据优势的。

1.5.1　数字摄影占据优势的领域

　　数字摄影最初仅应用于若干专业领域，即那些立即获得数字图像的便利性要比1.2~3万美元的相机价格更重要的领域。今天，数码单反相机的价格已经不再成为要考虑的因素；这些相机的售价与功能相当的胶片相机大致相同，但它们不需要胶片，而胶片毕竟只能使用一次而且需要处理。下面将简要总结一下数码相机在若干不同领域能够如此快地占据优势的原因：

- **新闻摄影行业**。报纸、新闻杂志以及新闻网站需要迅速看到图像，他们不能等待其摄影师从伊拉克或阿富汗把图像寄回来。在20世纪90年代早期就能通过电话线传输的数字图像，现在可以通过相机电话或互联网传送，而且能够立即出版。但即使你不是专业的摄影记者，对数字图像的存取速度也可能至关紧要。我曾经为我的孩子们所在的学校拍过一张宣传照片，但1小时之后该照片才被印刷到当地的报纸上。如果你为演示目的拍摄的照片要在1小时之后才能看到，那么可以接受吗？你可能会像新闻记者那样考虑问题，并使用你的数码单反相机。

- **人像摄影**。数字技术对专业的人像摄影师而言一直都很重要，因为这种技术使他们有机会在客户坐下之后兴趣最高的时候就能够立即推销原始大小以及扩大的照片。数字人像也更易于润饰。如果你决定为你的家人和朋友创作人像，或者需要迅速打印出护照照片，那么也将感激数字技术。

■ **照片插图**。商业、企业和工业摄影师都已经彻底沉溺于数字摄影。照片插图可以采用多种形式。有业余爱好的摄影师经常会为那些业余收藏品（比如船模或瓷器）拍摄吸引人的照片。你也可能对拍摄花朵或动物感兴趣，或者需要为eBay网站上你的拍卖物品拍摄照片。就产品目录编制工作来说，数字摄影已经成为必由之路，因为你可以使用重复的设置快速地一张接一张拍摄照片，而获得的图像可以立即布置在产品目录的页面上（见图1-8）。

■ **其他领域**。虽然上述3个领域最先采用数字技术，但今天所有其他种类的拍照工作也均已转为数字方式。发现不喜欢某张照片之后立即重新拍摄的能力，使旅行和度假摄影均可从中受益（你不必重复安排一次到印度泰姬陵的旅行）。家庭和宠物摄影也因为数字摄影所能提供的即时反馈而日渐繁荣。为了鼓励孩子们在拍摄过程中合作，还有什么方法能好过在相机液晶显示屏上向他们展示每组照片？今天，所有形式的摄影均已被数字技术统治。

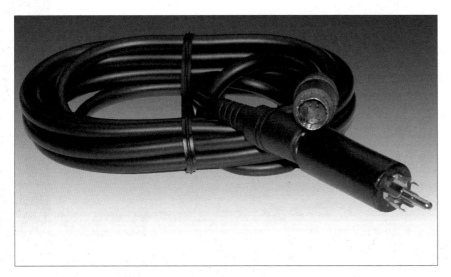

图1-8 标准设置确定下来以后，你可以一张接一张地快速拍摄产品照片，并立即将其导入产品目录的页面当中。

1.6 下一章简介

下一章将深入数码单反相机内部，为你展示各功能部件的工作原理及工作过程。虽然你不必关心即指即拍型数码相机的内部结构，但对于数码单反相机的操作而言，理解如何以最佳方式使用其功能部件可能至关紧要。

2

数码单反
相机技术简介

　　你不需要知道关于内部燃烧过程的任何事情就能驾驶汽车，实际上也不需要理解数字技术就能使用即指即拍型数码相机。今天这两种设备都已经非常自动化，以致于并不需要司机或拍照者做多少事情，他们只要使机器指向正确的方向，然后踩下加速踏板或按下快门即可。即使你决定使用非单反数码相机上的手动控件，也只需知道使照片更亮或更暗、帮助定格动作以及改变相机聚焦方式的分别是哪个按钮即可。

　　而使用数码单反相机属于不同的情况，它使我们能够在极大程度上控制照片拍摄方式，而我们多数人都没有以任何其他方式拍摄过照片。与几乎不可能调整景深而且可用ISO范围为ISO 100到ISO 100（这只是开个玩笑！）的即指即拍型数字摄影不同，数码单反相机内置的技术确实允许你以技术方式创造性地造成差异——只要你知道怎么做。对于普通的严肃摄影师而言，拍摄照片就是要完全具有创造性。

　　使用数码单反相机，你很容易使用景深来巧妙地处理图像，但必须理解数码相机是如何与镜头和光圈协同工作的。照片"颗粒性"也在你的控制之下，但要严重依赖传感器规格、所用灵敏度等级以及相机内置的减少噪点技术。如果你能够及时使照片中的赛跑选手定格，但其身后那条纹状的模糊痕迹就像连环漫画中的闪电一样，那么你会感到满意吗？你最好还是理解一下前帘同步与后帘同步快门设置之间的区别。你有兴趣在不用三脚架的情况下使用超长远摄镜头或者切换为高速的快门速度？那么应逐步学习如何使用图像稳定器。

如果你是我想象的那种人，则不会把理解数码单反相机技术视为令人畏缩的任务，而应将其看作有趣的挑战。当某人乐意接近数码单反相机的时候，他必定期望在更大程度上控制拍照过程的各个方面。已有胶片单反相机经验的摄影爱好者同样会发现，这是一项易于接受的挑战。

前面最后一句话尤其真实，因为用于胶片和数码单反相机的技术这些年来已经显著收敛。固态技术在20多年以前就以电子测光、电子快门、编程曝光模式和自动聚焦等形式，使自己慢慢进入到了传统相机当中。后来有厂商把数字传感器嫁接到胶片单反相机后面，然后添加了一些电子装置来处理和存储图像，就这样创造出了最初的数码单反相机。即使今天的数码单反相机只能使用很少的胶片相机现货组件，仍然有很多机型非常类似于同一家厂商生产的上一代胶片相机，以致于我们在随机拿出一部之后可能必须仔细检查数秒钟，才能辨别出它是胶片版本还是数字版本。

关于数码单反相机技术，最使人感到安慰的消息是绝大部分机型都是由理解摄影的工程师设计的。而我用过的很多即指即拍型数码相机，似乎都是由那些上周还在制造手机或PDA（Personal Digital Assistant，个人数字助理）、本周刚刚转移到数码相机上的技师设计的。其操作与计算机而非与相机相似，有些功能实际上是任何头脑正常的人都不会需要的，还有些功能在其打算发挥作用的摄影场合却完全不能使用。举例来说，现在有一种令人担忧的趋势，即完全没有光学传感器的数码相机正日益流行。使用背板液晶显示屏来框住每幅图片是必要的；但遗憾的是，该显示屏在阳光充足的室外使用时将完全无法看清。还有一种相机具有令人激动的能够在大约1.5秒钟之内拍摄6帧画面的突发模式。偶尔拍摄体育运动的摄影师会喜欢这种相机，但这种特别的机型却不能提供任何将快门速度设置得足够高（能够使动作定格）的方法，甚至连"体育运动"拍摄模式也没有。这是真的！

相反，数码单反相机是由那些理解你需要什么的人设计的。他们多数都有多年相机设计经验，而且根据收到的反馈知道摄影师需要的究竟是什么。因此，学习数码单反相机技术是一件值得你做的事情，因为你将逐渐完全理解如何使用那些为帮助你成为更好、更具创造性的摄影师而设计的功能。

本章将解释这种技术，这些知识将通过两种途径对你提供帮助。如果你接下来要购买数码单反相机，那么将更加清楚相机中有什么值得期待的技术。如果你已经拥有一款数码单反相机，那么在读过本章之后将知道如何使那些部件工作。

我不打算在本章花大量时间来讨论数码单反相机的机械方面。如果你检查图2-1，则可能认为自己已经对此有所了解。在图2-1中，光首先进入镜头，然后躲过光阑的捕捉，通过反光板抵达你的眼睛，同时还会抵达传感器。

因此，下面我将更详细地讨论某些基本的数码单反相机部件，比如传感器、镜头和取景器。从第3章开始将讨论更高级的功能——比如自动曝光、自动聚焦、图像稳定、减振以及电子闪光灯设置，并连带给出关于如何最有效利

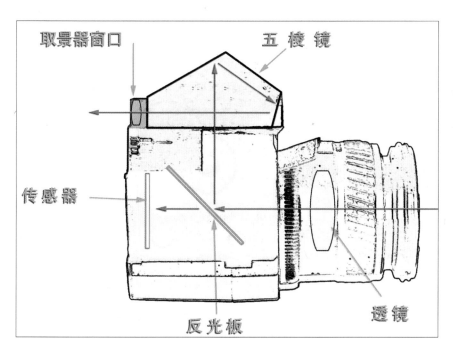

图2-1　数码单反相机中的光程与此类似,但仅仅知道这么多远远不够。

用这些功能的建议。眼下,我们首先将探索图像是如何被捕获的。

2.1　传感器和灵敏度

数码单反相机中的传感器——比如图2-2所示的Foveon传感器,是捕获图像的关键组件,也是实现众多创造性选项的关键组件。你需要理解大量关于传感器的知识,仅仅知道其像素数远远不够。为什么某种10M像素的传感器及其电子装置只能产生良好的照片,而另一种10M像素的传感器却能够获得使人感动的结果?其中有非常充分的理由。本节将帮助你理解其中的原因,并知道应当如何利用底层技术来改善照片。

在定义最宽松的术语中,数码相机传感器是一种感光固态器件。当数码单反相机的镜头将光子聚焦在传感器上的时候,这些光子将被传感器捕获,并在累积数量足够多的情况下被转换为数字形式,从而形成能够在相机液晶显示屏上观看的图像映射。你还可以将图像传送到计算机中进行编辑。高效精确地捕获光子是一项非常棘手的任务。

图2-2　图中的Foveon成像器属于CMOS传感器。

2.1.1　传感器综述

　　今天，数码相机使用的传感器主要有两种类型，即CCD（Charger Coupled Device，电荷耦合器件）和CMOS（Complementary Metal Oxide Semiconductor，互补金属氧化物半导体）。在技术发展初期，摄像机、彩色扫描仪以及最初的数码相机都曾经选用CCD作为成像器件来完成高质量图像捕获任务。而CMOS芯片只是某些不太重要的应用场合才会考虑的"廉价替代品"。这种情况无论如何都已经不再成为事实。在某些最新的前沿数码单反相机中——包括佳能和尼康公司为专业摄影师提供的顶级机型，我们已能发现使用CMOS技术的传感器。因此，你在选择相机时可以不考虑其传感器的类型。有些更重要的因素与传感器相关，我很快就会对此加以解释。

　　最早的CCD传感器大约产生于30年以前，而直到1986年柯达公司推出第一个兆像素级传感器（有1400万像素）时才实际应用于数字摄影。CMOS传感器是在更晚些的时候开发出来的。这两种类型的传感器都经历了重大的设计改进，特别是在如何捕获和处理图像这两个方面。

　　在捕获光子的方式上，这两种类型的传感器基本上相同。它们都使用金属氧化物半导体，对可见光谱和红外光谱中的光有大致相同的灵敏度。它们以几乎相同的方式将光子转换为电子，而且在很大程度上都是"色盲"，要使用外部滤镜将接收到的光分成我们所见到的颜色。

　　主要区别在于处理光的方式。CCD属于模拟器件。这项技术使用像点来表示图像中的每个像素。所谓像点就是光电二极管，它具有存储电荷的能力（称作电容），而电荷是在光子击中本像点时累积下来的。这是一种简单的设计，不需要为每个像素提供专用的逻辑电路或晶体管，而读取图像的方法是将电压施加到与各个像点相连接的电极，从而使电荷转移到传感器芯片边角位置的读出放大器。

　　反之，CMOS传感器的每个像点都包括晶体管，因此每个像素都可以单独读出，这与随机存取存储器（Random Access Memory，简写RAM）芯片非常相似。与所有信息都要在外部进行处理的CCD传感器不同，CMOS传感器无需把所有像素都转移到同一个位置，每个像素都可以立即被单独地处理。该特性使这种传感器能够在拍照时响应某些特定的照明条件。换句话说，CMOS本身能够完成某些CCD器件不可能完成的图像处理任务。

　　最初，CMOS技术的主要优势是CMOS芯片的制造成本较低。生产这些芯片所用的工艺与制造大多数其他计算机芯片的工艺相同，而CCD器件需要更昂贵的特殊生产技术。正如我前面提及的那样，第一代CMOS传感器易于产生低质量的图像，但这种情况已经成为过去。佳能公司一直站在克服CMOS局限性的最前线，现在已经将这些芯片用于其专业和业余数码单反相机当中。柯达公司也一直在其顶端的数码单反相机中使用高质量的CMOS传感器。尼康公司最新推出的专业级数码单反相机使用了索尼公司生产的1240万像素CMOS

传感器。好几种适马牌数码单反相机也都使用了一种特殊的CMOS成像器——Foveon传感器。

如果你理解胶片的工作原理，则数字传感器背后的基本概念也易于理解。如图2-3中的横截面所示，彩色胶片由好几层组成。落到胶片表面的光将穿透所有涂层，而场景中呈现的红、绿和蓝光的数量将被记录为不可见的潜像，要到后期显影过程中才会成为可见影像。

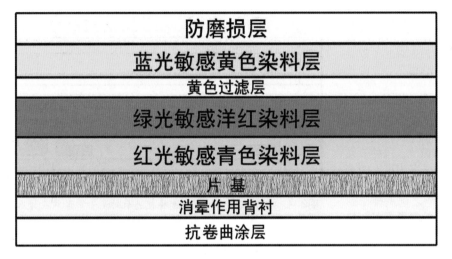

图2-3　如本截面图所示，胶片使用感光乳剂中的有色涂层来捕获彩色图像。

虽然数字传感器本质上仅仅响应存于可见光当中的所有颜色的亮度，不过与滤镜相结合就能响应单独的红、绿和蓝光。但因为传感器是数字式器件——这与胶片不同，所以图像要分割为成行成列的图片元素——简称像素。行和列的数量决定了传感器的分辨率。举例来说，1000万像素的数字图像可能在水平方向上有3888列像素，在垂直方向上有2592行像素。

除Foveon传感器以外，其他传感器的像素位置或像点不能记录光的全部3种原色。虽然单独的像点最初能够感知所有颜色，但因为大多数CCD和CMOS传感器都用某种红色、绿色和蓝色滤镜覆盖住了这些像点，所以任何单独的像素都只能记录一种特定的颜色。而原始场景中对应该像素的位置可能存在的其他颜色，是使用名为插值的过程创建的。我们很快就会更详细地讨论这种滤色系统和插值方法。

2.1.2　深入讨论CCD传感器

如同CMOS芯片一样，CCD传感器也使用微型透镜将进来的光子束聚焦到芯片的光电二极管网格中各个像素的光敏区域（见图2-4）。在CCD传感器中，各个像点的光敏区域相对于像点整体大小而言相当巨大，经常可达到总面积的95%左右。这使得CCD器件捕获光子的效率特别高。

随着光子不断落入像点这样的容器，容器将逐渐充满。如果曝光期间接收的光子达到一定数量（称作阈值），则相应像素就会记录图像。如果捕获的光子太少，则相应像素将把这种情况记录为黑色。捕获的光子越多，像素中的颜色就会变得越亮。如果某个容器达到充满状态，我们将认为其对应的像素是白色。如果光子数量既没有充满容器，也不是非常少，那么将产生各种灰色调，或者因为滤镜的使用而产生各种红、绿和蓝色调。

如果落入某个容器的光子太多，它们就可能像在真正的容器中那样溢出到周围的像点上，从而产生那种被称作光晕的有害眩光。这种效果在CCD传感器中往往更加明显，因为进入的光束很容易使CCD传感器过于饱和。唯一能够避免光子溢出的方法是在像点充满之前就排出少量额外的光子，但CCD传感器的像素不可能包括做这件事情的电路。

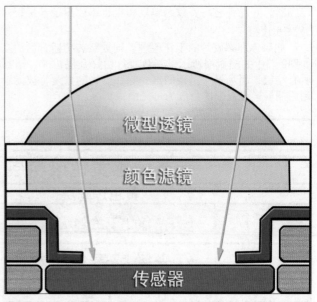

图2-4　各个像点上的微型透镜把进来的光子束聚焦在传感器的光敏区域。

当然，你现在有满满一桶光子，它们就像一桶水那样以模拟形式全部混合在一起。但用计算机术语来说，我们需要满满一桶方形冰块，因为单独的立方体（数字值）要比无形状的液体更容易用计算机来处理。要做的第一步是把光子转换为能够以电子方式处理的东西——即电子。这件事可以直接在像点内完成，但结果仍然是信息的流体（模拟）集合。

因此，CCD阵列内每一行的模拟电子值都要沿着各自所在的那一列被向下传送到传感器最底部那一行。正如你从图2-5中可以看出的那样，当某一行电荷抵达底部区域（称作传送寄存器）时，这些电荷将被转换为模拟电压，再被放大，然后被传送到芯片外部的数码相机电路中。相机的电路将完成从模拟（"液体"）到数字形式（"方冰块"）的转换任务。每一行电荷都要重复前述过程（我们称之为"清除"芯片中的图像），最终CCD芯片将被清空，而图像也已经完全从模拟转换为数字形式。

遗憾的是，因为CCD成像器非常"低能"，所以芯片外部的电路必须相当智能——应包括振荡器、时钟驱动器和定时组件，才能确保从芯片中提取图像这项任务以有序方式进行。而所有这些对像素的处理都需要时间和电能，而且在理论上将使处理速度变慢。更糟糕的是，即使你拍摄的某幅照片没有用到传感器的全部区域，但这种处理方式仍然要涉及芯片上的每个像点。

2.1.3 深入讨论CMOS

CMOS与CCD传感器中的每个像点都可以被比喻成装满光子的桶,而这些光子都是被微型透镜引导至光敏区域的。从这个意义上说,CMOS传感器及其光电二极管网格与CCD成像器有相似之处。但CMOS传感器的像点包含大量在CCD像点中所不存在的电路,因此光敏区域的面积相对较小。在某些CMOS传感器中,光敏区域的面积可能只有像点总面积的50%左右;你从图2-6中也可以看出这一点。

阈值以及灌水桶的类比同样适用于CMOS传感器捕获光子的方式。但与CCD芯片不同,CMOS传感器是直接在各个像点内部将捕获的光子转换为数字形式。像点内的电路首先也是将光子转换为电子(这一点与CCD成像器相同),但随后就把电荷变换成放大的电压值。CMOS传感器可以包括某种像素复位电路,以便或多或少地在过量的光子溢出到邻近像素之前将其清除掉。因此,CMOS芯片几乎不可能产生光晕效果。

整个工作过程效率更高,因为所有信号处理任务都能够以较低的能量消耗并行完成。逐行逐列从芯片中清除图像的操作不再必要。CMOS成像器中的每个像点都可被直接访问。

存在于CMOS成像器中的电路本质上类似于像RAM这样的标准芯片中的电路,因此CMOS传感器可以使用同样的设备和生产线进行制造,这与需要特殊制造方法的CCD芯片大不相同。因此如果在像素基础上与CCD芯片进行比较,则CMOS传感器相对而言较为便宜。但从另一方面来讲,这些芯片中较小的感光面积使得产生高质量的图像更加困难,而最后所得到的传感器也没有多高的感光灵敏度。

2.1.4 噪点和灵敏度

CCD和CMOS传感器所共有的一种有害

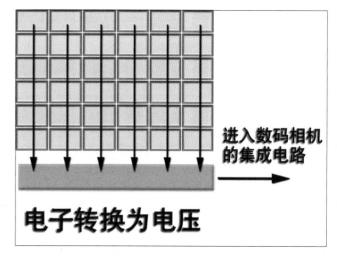

图2-5 每一行像素中的电子都依次被向下清除到传送寄存器当中,在那里被转换为电压并被传送到数码相机的电路内。

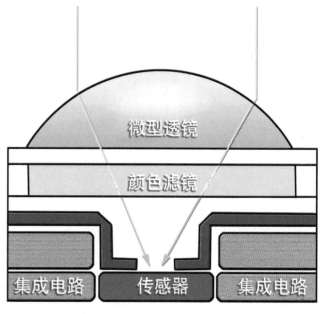

图2-6 因为各个像点都包括电路,所以CMOS传感器的有效感光面积要小得多。

效果是噪点，即在图像中呈现为彩色斑点的丑陋无比的颗粒性。在某些方面，噪点与存在于某些高速摄影胶片中的过多颗粒相似。胶片颗粒虽然有时被用作特效，但在数字摄影中很少合乎需要。

遗憾的是，噪点有若干不同的种类，而产生噪点的方式也有好几种。我们最熟悉的噪点种类可能是在处理电子的时候由于"信噪比"而引入的。模拟信号易于出现这种缺陷，因为可用的实际信息数量隐藏在所有背景噪声当中。当你在汽车中听CD音乐时，如果打开所有窗户，就会给音频信号添加噪声。提高CD播放器的音量可能有点儿帮助，但这样你就要对付另一种令人不快的可能减弱音调（特别是我们非常希望听到的高音部分）的信噪比。

如果你提高数码相机的ISO设置，或者在长时间曝光期间，同样的事情就会发生。长时间曝光使更多光子能够抵达传感器，从而增强在低光照条件下捕获图像的能力。但长时间曝光同样会使某些像素记录随机虚假光子的可能性增加，因为长时间工作的成像器通常将变得更热，而热辐射可能被错误地理解成光子。

提高相机 ISO 设置值将使灵敏度提高，使得只需要很少光子就能使像素曝光。然而，这样的设置同样会增加将某个虚假光子算作实际光子的机会。当放大模拟信号时也会发生同样的事情：你在增强信号中图像信息的同时也增强了背景噪声。在汽车立体声系统上收听一个非常微弱或遥远的调幅无线电台。然后调大音量。在音量大到一定程度之后，进一步调大音量不再有助于你听得更清楚。对于数字传感器而言，提高 ISO 值和放大信号同样存在类似的回报递减点。

但请等一下！还有其他事情要讲清楚。CMOS传感器还易于产生某种特殊的噪点。在使用CCD传感器的情况下，全部信号都要被传送到芯片外部，然后通过同一个放大器和模数转换电路。这种情况下引入的噪点至少是一致的。而CMOS成像器包含数百万单独的放大器和模数转换器，它们全部同时工作。因为所有这些电路肯定不会在任何时间都以完全相同的方式工作，所以就可能把某种固定模式的噪点引入到图像数据中。

无论来源如何，对你来说结果都是不想要的噪点。数码单反相机包括噪点减少功能，你可以利用该功能使噪点减至最低限度。我将在第3章解释其具体用法。

2.1.5 条纹效应

条纹效应——亦称作"条带"或"条绒"效应，有时会被误解为某种怪异的噪点，实际上是沿画面横向平行延伸的线条图案。因此，它们在风景取向照片中以垂直线条出现，而在人像取向照片中以水平线条出现。虽然佳能公司生产的某些机型以及尼康D200一直处于争论中心，但条纹效应几乎可以出现在任何品牌的相机所拍摄的照片中。

争论的起因是条纹效应仅产生于特定的条件之下，比如对比度非常高的场景（如图2-7所示的裸灯泡照片就似乎特别有问题）以及某些特定的相机设置（若干设置必须恰巧同时有效才能使条纹效应这种缺陷出现）。我们通常需要把图像放大到极大程度才能在计算机屏幕上发现条纹效应，而这种条纹甚至在放大到同等程度的相片中也不可见。大多数摄影师不会因条纹效应而烦恼，因为他们不会经常在能够导致条纹效应出现的条件下拍照，而且即使在该缺陷出现时也可能注意不到。虽然有些相机购买者认为这根本不算什么问题，但一直有很多对这种情况大惊小怪的人。

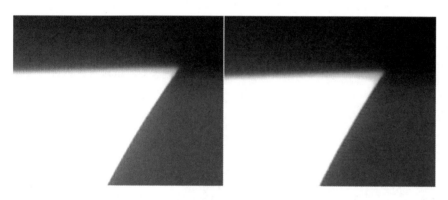

图2-7 在特定条件下，短条纹将以垂直线条（左边）或者在相机旋转90度时以水平线条（右边）的形式出现在图像中。

我很少拍灯泡的照片，但也曾花了些时间做这件事，以获得条纹效应的示例照片供你检查。从图2-7的左边可以看出，微弱的条纹效应轨迹从部分遮住灯泡的金属灯罩开始，垂直向下延伸。而在图2-7的右边，我已经把相机旋转了90度。如果你仔细检查，则可以看出现在的条纹是水平延伸的，因为相机在旋转之后其垂直方向正是图中的水平方向。这种条纹被称作短条纹，因为那些线条不会延伸到整个画面上，而仅仅在离图像明暗部分的交点不远的距离内可见。在适当的条件下，几乎任何数码单反相机都可能产生短条纹。

另一种在整个画面上延伸的长条纹非常少见，它可能是相机校准错误的结果。少量最初的尼康D200相机在特定条件下会产生长条纹，后来尼康公司为那些相机的所有者提供了免费维修和重校准服务。有些潜在的相机购买者会在用户论坛上表示拒绝购买某种型号的相机，理由是该机型存在某种缺陷，而这种缺陷实际上仅在特定条件下才会在少量相机中出现，而且即使出现也往往不可见。每当读到这样的帖子，我就总是感到好笑。我看过的大多数条纹效应示例都是为了证实其存在而故意获得的（需要付出相当多的努力）。

2.1.6 动态范围

　　数字传感器在从最暗到最亮的完整色调范围内捕获信息的能力被称作动态范围。在我们拍摄的很多种类的照片中，都需要有比较宽的动态范围。黑衣人有可能要站在雪景前，日落照片的前景中可能有重要细节，还可能有某幅图像在最暗的阴影中包含重要细节。你或许要像图2-8中那样拍摄林间小路，既希望展现出那些被照得明亮的树梢，又希望逼真地再现那条被阴影遮蔽的林间小路。如果你的数码相机没有足够的动态范围，则不可能在一幅照片中捕获这两个区域中的细节，除非求助于某些特技功能——比如Photoshop的"合并到HDR"。

图2-8　宽动态范围使你既能拍到阴暗的林间小路，又能拍到明亮的树冠（左边）。而拍摄右边照片所用的数码相机只有较窄的动态范围，因此不能捕获这么宽的色调范围。

在捕获可能存在于图像当中的完整色调范围方面，传感器有一定的困难。太暗的色调不能提供足够多的光子进入传感器的像点，从而导致没有任何细节的阴影——除非你指定更低的阈值或放大信号（但这样做又会增加噪点）。非常明亮的色调可能提供超过像点容量的光子，从而导致没有任何细节的高光；额外的光子还将溢出到邻近的像点，导致光晕出现。理想的情况是，我们的传感器有能力捕获所有阴影、中间调和高光区域中非常细微的色调渐变。

为达到理想情况，一种方法是给予像点更大的表面积，从而提高"水桶"的容量以收集更多光子。在较大的数码单反相机传感器中，那些巨大的像点确实能够带来更高的灵敏度（更高的ISO设置）、更少的噪点和更大的动态范围。下面我们来比较一下。在带有2/3英寸CCD传感器的800万像素非单反数码相机中，每个像点有2.7微米宽。而在典型的600万像素数码单反相机所配备的更大传感器中，每个像点的宽度为7.8微米，这几乎是前者的3倍。为什么与800万像素的非单反相机相比，低端的600万像素数码单反相机反而能获得噪点更少的图像？原因正在于此。更大的像点可以说明一切。

我们可以说动态范围是表示数字传感器能够捕获的最亮图像区域与最暗图像区域之间关系的比率。如同表示地震、龙卷风及其他自然灾害的数值范围一样，这种关系也是用对数来表示的。也就是说，动态范围用密度值D来表示；如果D的值为3.0，则密度为2.0的10倍。

如同任何比率一样，动态范围的计算也要使用两个分量——可被捕获的最亮和最暗图像区域。在摄影界（包括胶片摄影；动态范围的重要性不仅仅限于数码相机），这两个分量通常被称作Dmin（最小密度或最亮区域）和Dmax（最大密度或最暗区域）。

当模拟信号被转换为数字形式之后，动态范围就开始起作用。你可能已经知道，数字图像由3个颜色通道（红、绿和蓝）组成；当我们开始在图像编辑器中使用通道的时候，每个通道都有从0（黑色）到255（白色）共256个色调值。用一个字节（8位）可以表示单个通道的256个色调值，而3个通道结合起来（8位×3）就是我们最熟悉的24位全色图像。

但是，当你的数码单反相机将模拟信号转换为数字格式以创建RAW格式的图像文件时，它可以使用多于8个的数据位来表示每个颜色通道的信息，通常是12位、14位或16位。虽然有些图像编辑器（比如Photoshop）也能处理每通道16位乃至32位的图像，但是当图像编辑器打开RAW格式的文件时，通常会将这些范围扩大的通道向下转换为每通道8位。

模数转换电路本身也有动态范围，该指标决定着可转换信息量的上限。举例来说，如果使用理论上的8位模数转换器，则可以表示的最暗信号的色调值为1，而最亮的色调值为255。这种情况相当于可能的最大动态范围是2.4，这在目前并不能给人留下特别深刻的印象。

从另一方面来讲，10位的模数转换器使每个通道具有1024种不同的色调，因此可以获得最大为3.0的动态范围；而在模数转换过程中如果把赌注提高到12或16位（每通道达到4094或65535种色调），则理论上最大动态范围将分别提高到3.6和4.8。

这些数字都假设模数转换电路能够完美工作，而且信号中没有需要对付的噪点。但实际上这是不可能的，所以我说这些动态范围数字只是理论上的。实际获得的动态范围可能稍微小些。这就是16位模数转换器（如果有的话）要比12位模数转换器更可取的原因所在。记住，此处使用的是对数刻度，因此4.8的动态范围要比3.6大很多倍。

最亮的色调如果不是太亮，就不是特别难以捕获。而捕获阴暗的信号则要困难得多，因为我们不能直接通过放大来增强微弱的信号，那样在增强信号的同时也会增强背景噪点。所有传感器都会产生某种噪点，而导致噪点变化的除了所使用的放大倍数，还有其他因素——比如传感器的温度。（传感器工作时会逐渐变热，从而产生更多噪点。）因此，数字传感器的动态范围越大，能够从数字负片最暗部分获取的信息就越多。如果你要在低光照条件下拍摄照片，或者要拍摄色调范围很宽的图像，那么应确保你的数码单反相机具有能够应付这种情况的模数转换器和动态范围。遗憾的是，技术规格本身并不能告诉你这些信息；你必须在所关注的条件下拍几张照片，然后看看相机是否能够完成任务。（应当从当地购买相机的另一个合适的理由在于，以邮寄方式或通过网络购物不能验机。）

清洁传感器

目前为止，我在本书中已经有一两次提到清洁传感器的话题。有些相机更易于使传感器沾染灰尘。你起码应当在手边留有一个吹气球，以便不时吹掉传感器上的灰尘。我将在第4章更详细地解释清洁传感器的任务。如果所有图像都在相同位置出现了斑点（或者至少在那些用小光圈拍摄的图像上是这种情况——调小光圈有助于使灰尘更明显），请赶快向前跳到第4章！

2.2　控制曝光时间

这种收集光子并将其转换为数字形式的奇妙过程，需要一定的时间间隔（摄影领域称之为曝光时间）才能完成。胶片相机一直使用名为快门的机械装置，将光分成易于管理的时间片断。快门的作用是遮住胶片，直到你即将拍摄照片时才会打开，以允许光线在最优曝光（我们希望如此）所需的时间内进入相机。该时间段通常非常短暂，就大多数用手持相机拍摄的照片而言只有1秒钟的很小一部分。

数码相机也有快门。它们可以使用通过打开、关闭使传感器曝光的机械快门，也可以使用模拟相同过程的电子快门。很多数码相机都有两种类型的快门，从而依赖机械快门达到相对较长的曝光时间（通常从1/500秒到1秒多），依赖电子快门达到机械快门本身难以达到的更高快门速度。（之所以有些数码相机的快门速度高达1/16 000秒，是因为它们使用的是电子快门。）

机械快门可以与任何种类的传感器协同工作。关于数码单反相机的机械快门，有一件重要的事情应当记住：它的最高速度通常（但不是总是）决定着电子闪光灯能够以多高的最高速度同步。也就是说，如果你的数码单反相机与电子闪光灯同步的速度不超过1/125秒，则该速度可能就是可用的最高机械快门速度。有些特殊的闪光系统能够以更高的速度与电子快门同步，但我要把关于同步的详细讨论留到第3章。

相机所配备的电子快门的类型很大程度上取决于相机内置传感器的种类。如果依据能够使用的快门类型来区分，则传感器可分成隔行与全帧两个类别。这两个术语都与传感器捕获图像的方式有关。

最初为摄像机开发的隔行传感器，能够瞬间隔离整幅图像，然后逐渐将其从芯片移至相机电路当中，在那里完成从模拟信号到数字格式的处理和转换任务。当该过程还在进行当中的时候，芯片上就已经可以记录新的图像。因为隔行传感器实际上是封装在一起的两个传感器；当其中一个曝光的时候，另一个传感器就会被遮蔽。两个传感器交换工作方式之后，先前被遮蔽的传感器就可以感光，而先前在曝光的传感器则被遮蔽起来，这样它就可以将图像卸载到相机电路当中。该功能对于以每秒30帧的速率使传感器曝光的摄像机来说极为重要。由于这种瞬间隔离图像的能力，隔行传感器可以起到非机械的电子快门的作用。

相反，全帧传感器（不要与全幅传感器规格相混淆）只是一个传感器，它不能在曝光期间隔离图像。你必须以物理方式先盖住、再暴露这种传感器，才能进行曝光；而当向相机电路传输图像的时候，需要再次将传感器盖住。当从芯片向外部传送图像的时候，如果传感器仍在曝光，则图像将被在此期间抵达像点的光照抹去。因此，这种传感器要求使用机械快门。

2.3 如何获取颜色

迄今为止，我尚未提及传感器如何产生颜色的话题。从某种意义上来说，数码相机传感器都是色盲。它们可以记录图像的亮度，但完全没有颜色的概念。因此，CCD和大多数CMOS传感器都用一套滤色镜来覆盖像点。各个像素只记录红光、绿光或蓝光，而忽略所有其他颜色的光。因此，如果某个像素只能看到红光，则它旁边的像素只能看到绿光；如果转到下一行上，则位于绿色像素下面的像素只能感知到蓝光。

正如你可能猜到的那样，用于感知绿光的像素正常情况下不会非常幸运地恰好接收到较多的绿光，或许用该像素来记录红光或蓝光反而更好。幸运的是，在1000万（或更多）像素的传感器中有足够多的带绿色滤镜的像素将接收到绿光，也有足够多的带红色滤镜的像素将接收到红光，还有足够多的带蓝色滤镜的像素将接收到蓝光，最终结果将以相当精确的程度达到平衡。为补偿上述缺点，任何像素的实际色值都是通过名为"插值"的过程计算出来的。相机电路中内置的算法可以检查周围的像素，看看它们的色值是多少，然后以一定精度预测出每个像素的色值应该是多少。这些猜测值在极大程度上都是相当准确的。

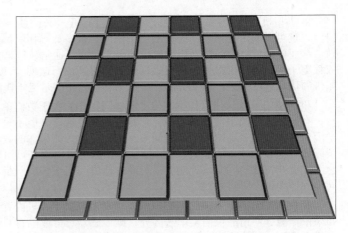

图2-9　为使传感器能够捕获到颜色，需要在像点上方覆盖红色、绿色和蓝色滤镜的矩阵。

由于某些笼罩在颜色科学迷雾中的原因，传感器中的像素并不是严格以红、绿、蓝交替的方式排列的，这一点可能与你想象的不同。相反，像素阵列是按照所谓的Bayer模式（以柯达公司的科学家Bryce Bayer博士命名）布置的。图2-9所示就是Bayer模式，但只显示了整个传感器阵列的一小部分。如果某一行是绿色和红色滤镜交替，则下面一行就是绿色和蓝色交替。之所以过度表现绿色，是因为人的眼睛对绿光最为敏感。因此，计算机黑暗时代的单色显示器最经常显示的就是黑底绿字。

解释捕获的像素值并将其转换为对场景颜色的更精确表示的过程，被称作逆马赛克。该过程在算法合适的情况下是准确的，但存在错误的逆马赛克过程可能使照片中出现不合乎需要的伪像（按照定义，通常几乎所有伪像都是不合乎需要的）。

当然，Bayer模式的使用意味着要浪费大量抵达传感器的光子。实际捕获的绿光只有接近一半，因为每一行都由一半绿色像素和一半红色或蓝色像素组成。更糟糕的是，记录下来的红光和蓝光只有25%。图2-10形象地表示出了所发生的事情。在36个像素的阵列片断中，只有18个覆盖绿色滤镜的像点，而覆盖红色和蓝色滤镜的像点各有9个。因为没有记录下来的光非常多，所以将导致传感器的灵敏度降低（需要更多光才能产生图像），而且将使真实分辨率剧烈降低。分辨率为1000万像素的数码相机，实际上将捕获3个孤立的图像，其分辨率分别为500万像素（绿色）、250万像素（蓝色）和250万像素（红色）。

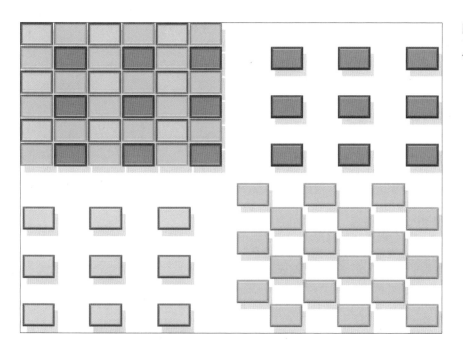

图2-10　在捕获的原始图像中，绿色像素是红色和蓝色像素的两倍。

2.3.1　索尼公司的4色CCD传感器

　　光是由红、绿和蓝这3种原色组成的，那么索尼公司的4色RGB+E传感器技术将带来什么呢？作为数码单反相机的拥有者，你应当为此担心吗？此刻可能不用担心，因为索尼公司甚至在自己的Alpha系列数码单反相机上都没有使用这种4色传感器。但如同与数码摄影相关的任何事物一样，理解技术发展现状往往是有用的。虽然新技术现在尚未应用于你自己的工作，但也许那是在将来某一天。谁知道呢？

　　索尼公司所做的事情，是通过添加第4种颜色来改进传统的Bayer马赛克模式。所添加的是某种名为翠绿的蓝绿色，可使传感器的颜色响应更接近人眼的颜色知觉。红、绿、蓝矩阵的问题在于，人眼对某些频率的红色有古怪的响应。实际上，我们的眼睛中根本没有专门响应红色波长光的圆锥体。所谓的L（长波长）圆锥体实际上对黄绿光最敏感，但也能检测到红色范围中的亮度。人眼与传感器的这种差异可以通过对红色通道应用蓝绿色相减滤镜得到修复，但仅在特定频率上有效。在索尼公司的RGB+E传感器中，某些像点上覆盖的翠绿色滤镜能够提供调整所需的信息。

　　因此，这种RGB+E传感器具有25%感知红色的像素、25%感知绿色的像素、25%感知翠绿色的像素和25%感知蓝色的像素。在大多数条件下，覆盖翠绿色滤镜的像点在感光方面与绿色像素足够接近，因此RGB+E传感器对光照的感应与Bayer模式的马赛克相似（也是25%红色，50%绿色和25%蓝色）。这种4色图像随后将被处理并转换为传统的3色RGB图像，但据索尼公司所说得到的颜色更为准确。

2.3.2 非Bayer模式的Foveon成像器

在不使用Bayer滤镜的传感器中间，唯一常用的数码单反相机传感器是存在于若干适马数码相机中的Foveon传感器（它本身还没有到常用的地步）。Foveon成像器是一种CMOS芯片，它以非常与众不同的方式工作。人类很早就知道，不同颜色的光能够以不同的深度穿透硅元素。因此，Foveon器件没有使用存在于CCD传感器或其他CMOS成像器中的Bayer模式滤镜矩阵，而改用了3层单独的光电检测器——图2-11中分别以蓝色、绿色和红色将其标出。所有这3种由主题反射或穿透主题的光，都会以适当的强度击中传感器中的每个像素。蓝光由顶层吸收和记录。绿光和红光继续穿过传感器来到绿色层，此层将吸收和记录绿光。剩余的红光继续向下穿越，最终被底层捕获。

因此，Foveon 传感器不需要插值（称作逆马赛克）。在无需插值这种复杂处理步骤的情况下，数码相机就能够以快得多的速度记录图像。此外，Foveon 传感器可以实现很高的像素分辨率，而且可能只有很少的光被浪费掉。当然，Foveon 器件作为 CMOS 传感器无论如何也不如 CCD 传感器灵敏，因此光子将以另一种不同的方式被浪费掉。Foveon 样式的传感器之所以尚未占据优势地位，是因为技术问题限制了这种传感器的像素数量。当前版本中，每层大致有 480 万像素（2688×1792 像素），这相当于 1400 万像素的 CCD 或传统 CMOS 传感器（人们对此存有争议）。毕竟，在柯达 DCS Pro 14n 相机中的 1400 万像素传感器只能捕获 350 万红色像素和 350 万蓝色像素（低于高端 Foveon 传感器），以及几乎 700 万绿色像素。

但在理论世界之外，使用Foveon传感器的相机无论是在锐度、颜色保真度还是其他很多方面，都尚未被人视为前沿产品。但只有在充分探索之后，我们才能认为这种技术有没有价值。

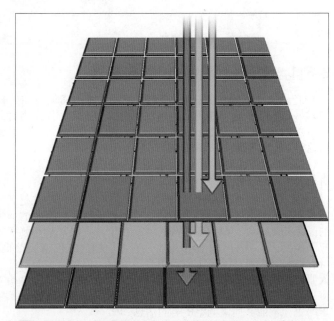

图2-11 Foveon传感器包括3层，它们分别记录一种原色。

2.3.3 富士公司的SuperCCD SR

另一种创新型传感器是富士公司的第四代SuperCCD SR（SR是Super Dynamic Range的首字母缩写，意思是"超级动态范围"），该传感器用于富士FinePix S5 Pro相机中。富士公司宣称，这种新型传感器所提供的动态范围是传统CCD传感器的4倍；如果属实，那么这条消息将成为（也应当成为）头条新闻。

如图2-12所示，富士公司的技术是在每个像点的位置包括两个光电二极管。所有光电二极管都呈八角形状，因此同一个位置可以放进两个二极管。较大的光电二极管具有很高的灵敏度，但其动态范围相对较窄，可用于捕获阴暗和中间色调。主光电二极管旁边是较小的次光电二极管，其灵敏度较低，但动态范围据说是其搭档的4倍。这种传感器虽然总共只有600万像点，但富士公司把S5机型列入1200万像素的相机行列，其图像在相机内通过插值方法可达到的分辨率为4256×2834像素。因为数码单反相机无论使用哪种类型的传感器（Bayer阵列、Foveon或SuperCCD SR），都要使用插值方法，所以我也不想对此提出异议。

虽然两个光电二极管将同时曝光，但相机的数字信号处理器（Digital Signal Processor，简写DSP）将首先读取主光电二极管（高灵敏度/低动态范围），然后再读取次光电二极管（低灵敏度/高动态范围），最后组合读取的信息创建高动态范围的图像。富士公司宣称，这种成像器通过增强云朵中的细节，能显著使拍摄于明亮阳光下的图像产生更佳结果。据该公司所称，这种成像器还能使借助闪光灯拍摄的图像获得更佳结果，而且在高对比度照明条件下还能提高曝光宽容度。

当前的S5 Pro机型基于尼康D200相机机体，并且使用相同的尼康镜头支架。任何人都可以通过用这款相机拍几张照片，来简单地证实其宣称的高动态范围。FinePix S5 Pro及其前辈一直为那些需要宽色调范围的摄影师所珍视。

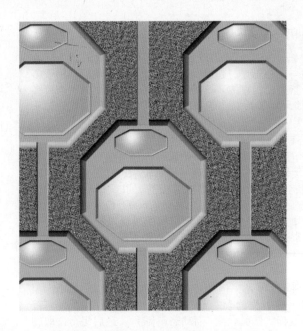

图2-12　富士公司的SuperCCD SR传感器在每个像点上都包括两个光电二极管，一个是高灵敏度、窄动态范围的主光电二极管，另一个是低灵敏度、宽动态范围的次光电二极管。

2.3.4　红外线灵敏度

关于传感器的具体细节，我最后要提到的方面是红外线灵敏度。具体说来，CCD传感器本质上对不可见的红外光非常敏感。使这种额外光成像可能产生不真实（因此也是不准确）的颜色。举例来说，在人眼看来色相完全相同的绿叶（反射大量红外光）和绿色汽车（不反射红外光），成像的结果则可能显得色调不同。因此，大多数相机厂商都在传感器前面安装有红外线阻挡滤镜，或者包括热镜组件来反射红外线，从而提供更准确的彩色图像。幸运的是（对严肃的摄影师而言），足够多的红外光悄悄穿行，恰好使我们可以用许多数码相机拍摄一些极其漂亮的红外线照片。有若干非常简单的方法来确定你的数码单反相机是否可以拍摄红外线照片。把电视机的遥控器指向相机镜头，然后在按住某个按钮的同时拍一张照片；如果有表示不可见红外光束的亮点出现，则表明你的相机具有一定的红外线灵敏度。

你可以用红外线做大量事情，在你乐于用图像编辑器处理照片的情况下尤其如此。例如，像图2-13中所做的那样交换红色和蓝色通道，可以使红外线照片中的天空恢复其暗蓝色的外观，从而获得一种奇怪又奇妙的效果。如果你希望了解关于红外线数码摄影的更多内容，或许应当看看我编写的《数码红外摄影揭秘》这本书，该书也由清华大学出版社出版。

图2-13 很多数码单反相机都可以拍摄像本图这样的红外线照片。

2.4　使用可互换镜头

　　下一个最重要的数码单反相机组件是镜头——更准确的说法是一组镜头，因为数码单反相机的镜头是可互换的，这一点不同于其他类型的数码相机。我不打算浪费大量时间来讨论光学，主要因为它属于古老的技术。实际上在西方世界，罗马人在公元1世纪就发明了玻璃，而且发现不同形状的玻璃可用于放大像昆虫这样的物体。事实上，早期的放大镜因此确实被称作"跳蚤镜"。这些放大镜还可以聚焦太阳光来烧焦某些东西（可能是跳蚤），因此还被称作"取火镜"。

　　在观察跳蚤以及使易燃物着火仅仅1500年之后，荷兰两个天才般的眼镜制造者Janssen（他们是父子），便弄清楚了应当如何组合管子里面的若干透镜，才能获得更大的放大图像。伽利略和列文虎克后来改进了望远镜和显微镜装置，此后大多数光学方面的突破都涉及到不同形状的各种透镜和其他材料（包括非球形元件）、特殊涂层以及巧妙的透镜组合，从而创造出变焦系统、鱼眼和其他技术革新。到人类发明摄影的时候，镜头已经达到令人难以置信的复杂程度。举例来说，著名的光学/相机公司Voigtlander创办于1756年——最初是科学仪器制造商，后来于1840年涉足相机业务，主要围绕最初以数学方式计算出来的镜头制造相机。

前面已经说过，我不打算告诉你更多的镜头工作原理。本节其余部分主要讨论与数码单反相机上的可互换镜头有关的实际问题。关于镜头，你只需要知道下面这些事情：

- **镜头由精确制作的光学玻璃（也可以是塑料或陶瓷材料）片组成**。这些被分成多个编组的玻璃片被称作元件，共同移动即可改变放大倍率或焦点。元件可以是球形薄片，也可以不是（这种情况下它们是非球面）；元件上的特殊涂层可以减少或消除不合乎需要的反射。
- **镜头包含类似虹膜的开口——即光圈**。改变光圈的大小即可让更多或更少的光进入传感器。除了调整通过镜头的光量之外，光圈及其形状还会影响图像的整体锐度、图像中在焦点上的区域有多大、从取景器看到的场景的亮度乃至图像中散焦高光的形状和品质等等。当讨论这些方面的时候，我将更详细地对它们加以描述。
- **镜头要安装在镜头箱内**。镜头箱的作用是使元件不能来回晃荡，并提供允许元件移动的路径，以调整焦距和放大倍率。镜头箱可能包括微处理器以及用于调整焦点的微型电机（电机在非单反数码相机上的作用是变焦），还可能包括使相机抖动失效的机械装置（该功能名为减振）。镜头箱可能包括的其他组件还有：用于连接滤镜的螺纹或卡口架、与相机相连接的附件以及各种用来与相机机体联系的控制杆和电子触点。你还可能发现一两个开关，其用途可能是把自动聚焦改为手动聚焦，或者锁定变焦镜头使之不会在携带相机期间偶然伸出。这样的开关也可能是微距锁定按钮，可限制自动聚焦机构的搜索范围，使镜头不会在你每次部分按下快门时都在从无限远到几英寸这么近的范围内搜索焦点。

其他一切都是细节问题，我们将在本章和下一章对它们进行讨论。

2.4.1　镜头互换性

能够取下镜头换上另一个，是数码单反相机的主要优点之一。当然，可互换镜头不是单反相机所独有的特征。使用光学取景器窗口的胶片相机（名为测距仪照相机）——比如莱卡相机，也有可互换镜头。在我的职业生涯初期，我使用的是玛米亚牌双镜头反射式相机，它允许把两个镜头（一个用于观察，另一个用于拍照）取下来，换上另外一对。现代的摄影室照相机（名为观察照相机）可以使用各种镜头，它们与那些记者用的胶片相机（比如你在上世纪40年代和50年代的电影里可能见过的Speed Graphic牌相机,使用的也是可互换镜头)同源。

可互换镜头是非常出色的工具,因为它们以多种方式扩展了摄影师的多面性:

■ **交换镜头使我们可以改变镜头的感知范围。** 可从广角镜头改为中等距离的远摄镜头,进而改为远距离的远摄镜头。非单反数码相机上的变焦镜头能够在一定程度上提供类似的灵活性,但它们不能提供最长的远摄镜头所能提供的放大倍率,也不能提供最短的焦距所能提供的广角视野。图2-14、图2-15和图2-16说明了正确的镜头能够在多大程度上改变你观察的同一个主题。

■ **可互换镜头允许你选择最适合特殊目的的镜头。** 无论什么照片都用变焦镜头拍摄当然是在很多应用场合都能相当不错地完成任务的折衷方案,但变焦镜头在任何方面都不擅长。使用单反相机允许你选择真正能够非常出色

图2-14 使用设置为18mm(相当于全幅胶片或数码相机上的27mm镜头)的变焦镜头,农场和远处的两棵树都在焦点上。

图2-15 在70mm的位置(相当于105mm远摄镜头),我们已经将注意力集中在这两棵树上。

图2-16　在70mm的位置（相当于105mm远摄镜头），我们已经将注意力集中在这两棵树上。

地完成特定任务的镜头——无论是变焦镜头还是定焦镜头。

举例来说，变焦范围从广角延伸到长远摄的镜头可能在一端或两端产生扭曲问题。多用途的镜头可能比最合适的光学镜头慢得多，其最大光圈可能是f/4.5或f/5.6。在能够使用可互换镜头的情况下，你可以根据需要选择非常快的f/1.4镜头，或者选择在给定变焦范围内（比如12-24mm）特别出色的镜头。而选择另一种镜头的原因，或许是能够提供极佳的锐度或特别适合肖像的梦幻般的模糊效果。需要变焦镜头时就使用变焦镜头，定焦镜头更适合某项任务时就使用定焦镜头。

■**镜头互换性使那些有额外特殊需要的摄影师很容易找到能够满足其特殊需求的镜头。**带有透视系数变换控件的鱼眼镜头、像昆虫眼睛那样观察花朵的微距镜头或者内置相机抖动校正功能的极其昂贵的超长远摄镜头，只要你买得起就都能买到。

但正如你所知道的那样，镜头互换性并非没有任何限制。能够安装到厂商甲所生产的相机上的镜头，可能无法安装到厂商乙生产的相机上（虽然也有例外）。而且你会发现，你的数码单反相机的制造商所生产的很多镜头不能用于当前机型的可能性非常高。遗憾的是，我不能在这里提供全面的镜头兼容性图表，因为市场上有数百种不同的镜头。不过，你在本节可以发现一些有用的指南。

应当知道的第一件事是镜头兼容性甚至不是一个问题，除非你想在现在的数码相机上使用以前的旧镜头。如果你没有需要转移到新相机机体上的旧镜头，那么从镜头的观点来看，无论是购买尼康、佳能、索尼、奥林巴斯、宾得还是购买其他厂商的数码单反相机，都没有任何区别。你会随之购买目前与相机相匹配的镜头，它们是由相机厂商或第三方（比如图丽、适玛或腾龙）制造的。例外情况或许是，你渴望以低廉的价格购买一个旧镜头。如果是这样，那么你才会对旧镜头是否适合新相机感兴趣。

如果你拥有大量昂贵的镜头，希望把它们用在新相机上，那么还可能对向后兼容性感兴趣。这种兼容性很大程度上取决于相机厂商的设计哲学。为新的相机系统设计全新的镜头要比解决如何在最新设备上使用旧镜头的问题更容易。有的厂商以牺牲对旧镜头的兼容性为代价努力追求前沿技术，有的厂商则尽最大力量提供起码少量的兼容性。主要类别如下所述。

1　适度的向后兼容性

佳能和索尼公司的数码单反相机，是那些最适合（或只能）使用最新（相对而言）镜头的相机中的代表——即使相机本身已有很长历史（比如索尼公司Alpha系列相机的先辈是美能达与柯尼卡品牌）。佳能和索尼公司的美能达机型都能回溯至50年以前（那还是胶片时代），它们存在期间一直提供高度兼容的后来由电子装置取代的光学系统。举例来说，美能达相机的MC/MD镜头支架以某种形式使用了接近30年，直到1985年美能达公司才用全电子的镜头支架将其取代。新型支架向后不兼容，但在现代的索尼Alpha相机上仍在继续使用。

佳能公司沿着类似的路径前行，直到1986年为佳能EOS系列相机推出EF支架之后才将其最流行的镜头固定系统取代。今天，如果你想使自己的索尼或佳能数码相机发挥最大功效，则应当分别使用这两家厂商的A支架和EF镜头，它们在任何索尼或佳能数码单反相机上都工作得非常好。当然，佳能公司于2003年为裁剪系数为1.6的Rebel及后续数码相机（包括30D、Rebel XT和Rebel XTi）推出了EF-S（S表示"短"）支架（见图2-17）。

当然，与上世纪80年代的古老镜头不兼容不是多大的缺点，除非你想使用自己所拥有的大量非常旧的光学器件。使用4/3镜头支架的最新奥林巴斯相机，也属于本类别。忘掉所拥有的那些一流的Zuiko老镜头吧，你需要为你的奥林巴斯数码单反相机购买新型的4/3镜头。

2　极高的向后兼容性

宾得公司在为老镜头提供充分兼容性方面一直站在最前线。你可以使用在KA和K支架上固定的镜头、古老的35mm宾得相机上用螺纹固定的镜头，甚至可以使用为宾得645和宾得67系列的中等格式（使用120mm胶卷）单反相机生产的某些镜头。你所需要的只是正确的连接器。有些功能可能会失效——比如自动聚焦、多段测光以及各种编程模式，但镜头确实仍能使用。尼康公司也属于本类别，但由于其半兼容性能够向后回溯至45年以前而属于特例。

图2-17　该镜头带有同相机通信的电子触点。

3 尼康镜头的兼容性

在镜头兼容性方面，尼康镜头的确属于特例。首先，尼康镜头可以用在3家不同厂商生产的相机上，它们是尼康公司、富士公司和柯达公司（柯达公司生产的数码单反相机现在已停止与尼康镜头兼容，但部分机型又改为使用佳能镜头）。第二，随着其镜头系统在这些年里的发展，尼康公司已经竭尽全力来维持至少适度的对老式相机机体和镜头的兼容性。实际上，随同最早于1959年4月上市的尼康F系列相机一起推出的镜头，有时只需少量改动就能在几乎所有尼康相机上安装和使用，只有少数昂贵的单反相机例外。原因在于，尼康镜头的支架在几乎半个世纪内基本上保持不变！

当尼康公司推出尼康D40和尼康D40x相机时，这种极端的兼容性才开始改变。尼康公司以前生产的所有数码单反相机，都在相机机体中包括一个电机；该电机通过移动镜头支架中的插针，可使任何带有AF（自动聚焦）标志的镜头自动聚焦。很多镜头（包括很多更新的镜头和更昂贵的光学系统）都有内置的自动聚焦电机，因此都带有AF-S标志。尼康D40和D40x相机仅当使用这些AF-S镜头时才能提供自动聚焦功能，因为它们缺少使早期AF镜头聚焦的机械装置。不过，几乎所有尼康镜头都能安装在这些入门级相机上；如果它们碰巧是某种带AF标志的自动聚焦镜头，则不能在自动聚焦模式中使用。

当然，不是所有上世纪生产的尼康镜头都能在最新的相机上使用。有些镜头——比如最早的尼克尔鱼眼镜头，在使用时如果不固定反光板的话将过远地伸入相机内部。还有少量镜头——比如透视控制镜头，当特意使用时可能与新式相机的部分机体形成交叉。在1977年以前制造的所有尼康镜头，都必须进行简单的机械加工，以除去镜头支架上那些与后继机型上为实现自动聚焦等功能而添加的调整片和控制杆相互妨碍的部件。这些改造既使镜头能够可靠地安装在最新的相机上，又不会影响在旧相机上的操作。

名为John White的高级技师可以为你完成改造工作，他的要价只有25到35美元。他已经为我改造过许多旧镜头，手艺极其精湛。如果你对哪些镜头可以在哪些相机上工作不太清楚，那么可以在**http://www.aiconversions.com/compatibilitytable.htm**网页上找到有用的图表。

在使用改造过的最古老镜头的情况下，虽然自动光圈功能仍然能够起作用（即观察主题时镜头敞开，而曝光期间镜头将自动把光圈缩小到为摄影设定的大小），但自动聚焦、自动曝光以及其他功能均不起作用；甚至上世纪80年代生产的一些具备这些功能的镜头，在最新相机上也不能以完全相同的方式起作用。

即便如此，在更新的单反相机上使用你积攒的现有镜头，可能仍然是利用很久以前所作投资的好方法；你甚至有可能不会丢失某些功能。举例来说，当我们以手动聚焦方式精确瞄准某个希望使其成为注意中心的区域时，近距摄影往往能获得最佳结果。即便在使用能够自动聚焦的镜头时，我也会手动聚焦我的微距照片，因此当然不介意在使用古老的微距镜头时也这么做。我在第一次购买全自动单反相机之前很长时间内，一直使用手持的入射光测光表计算曝光量。因此，我在使用老镜头时当然能够非常自如地手动设置曝光量。虽然需要做的工作稍微多些，但看看我节省了多少钱！我不必再购买一个400mm的镜头（反正也不会经常使用）。

关于镜头以及如何为手头的任务选择正确的光学系统，还有很多事情要说。因此，我在后面将用整整一章的篇幅来讨论这个话题。在第6章，你将了解到远摄镜头和广角镜头的更多创造性用法，同时我也会揭开"焦外成像"（图像中散焦区域的品质）的神秘面纱。

2.5 取景器

数码相机的第三个关键组件是取景器。取景器连同镜头互换性是数码单反相机与非单反数码相机之间的区别性特征。当然，其他数码相机把当前的传感器图像显示在液晶显示屏上，也属于通过相机镜头观察图像的预览形式。但正如我在第 1 章图 1-7 中所展示的那样，液晶显示屏在构图、辅助聚焦、所提供的信息量以及观察舒适性等方面，与单反相机上明亮的大视图完全不可同日而语。

我们知道，数码相机中有4种基本的预览图像的方式。

- **在背板液晶显示屏上预览**。这些如同小型便携式电脑显示屏的观察面板，所显示的图像与传感器看到的场景几乎完全相同。液晶显示屏的对角线长度大致为1.6到3英寸，通常能显示镜头所见场景的98%或更多。液晶显示屏在亮光下可能难以看清。即指即拍型数码相机使用液晶显示屏在拍照之前预览图像，在拍照之后检查图像。其中有些机型完全没有光学取景器，因此其构图的唯一方式就是在液晶显示屏上观察。在数码单反相机中，背板液晶显示屏只能用来检查拍摄下来的图像，不可能用于预览——只有少数具备所谓"实况预览"功能的机型例外。

- **通过光学取景器观察**。很多非单反数码相机都有名为光学取景器的直接观察系统，你可以借助该系统来框住照片。光学取景器可以是简单的如同窗口般的器件（在放大倍率固定的低端数码相机中），也可以是能够放大、缩小图像，以与传感器所见场景大致匹配的更复杂的系统。光学取景器的优点在于，你总是能够看到主题（如果使用其他系统，则曝光期间取景器中可能只有一片空白）。光学系统还可能比电子取景器更明亮。光学取景器的较大缺点是不能看到与传感器所见完全相同的图像，因此最后你可能会砍掉某个人的脑袋，或者无意中对主题进行这样或那样的修剪。

- **通过电子取景器观察**。电子取景器就同数码相机内部一个小型的电视机屏幕。你可以观察接近传感器所见的图像。电子取景器比液晶显示屏更容易看清，但不具有接近单反相机取景器的质量。不过，这种取景器在曝光期间将变成空白。因为电子取景器相机通常比数码单反相机更紧凑，而且价格也可能更低，所以曾经作为"类单反相机"的替代品流行过一段时间。它们在今天仍然有一定价值，主要因为在于体积小而且内置了经济的超级变焦镜头。

■ **通过相机镜头观察光学图像**。另一种光学取景器是单反相机提供的经由镜头观察系统。在此类相机中，附加组件（通常是反光板）将来自拍摄镜头的光向上反射，然后再通过一个光学系统供我们直接观察。除了少量光可能留下供自动曝光和自动聚焦机构使用以外，几乎所有光都会被反光板向上反射到取景器当中。在曝光期间，反光板将通过旋转方向使进来的光线改为抵达传感器。有些相机中会使用某种分光器件。分光镜要做的正是你所期望的事情，那就是分开光束，然后把部分光反射到取景器中，让其他光击中传感器。

你可能已经想到，因为分光器窃取了部分本来要抵达取景器的光子，所以传感器和取景器都接收不到完整强度的照明。但是，这样的分光器系统意味着预览图像在曝光期间不会变成一片空白。

当然，光学取景器中来自反光板的图像是颠倒的，因此需要在相机内再反射几次才能在取景器窗口中产生左右方向正确的直立图像。有些数码相机使用五棱镜（一块实心玻璃）来产生最明亮、最准确的图像。其他相机使用重量更轻、制造成本更低的五面镜系统，但产生的图像不如五棱镜那么明亮。奥林巴斯公司在某些数码单反相机上使用了一种带有侧向旋转反光板的取景器系统（该公司称之为"TTL 光学波罗棱镜取景器"），该系统的优点是使相机的侧面轮廓更矮胖，因为不必在相机顶部安排需要占据大块空间的五棱镜或五面镜。

关于单反相机的取景器，还有若干重要方面需要你记住：

■ **大多数数码单反相机不能在液晶显示屏上提供图像预览**。由于数码单反相机的工作方式所限，我们不可能在拍照之前在背板液晶显示屏上观察图像，除非所用相机带有某种特殊机构，能够在反光板出现故障时捕获实况场景。缺乏实况预览起初似乎不是多大的问题，光学视图毕竟更明亮、更易于调焦、通常也比液晶显示屏上的预览图更大。直到你拍摄红外线照片或者其他使用滤镜（能够降低通过镜头所见图像的可视性，或者完全使其模糊）的图像时，才会意识到这是个问题。电子取景器相机即使安装上红外线滤镜，也仍然可以在液晶显示屏上产生昏暗但看得见的图像供我们用来构图。而如果使用的是单反相机，我们就只能在看不见的情况下拍摄。

■ **视觉校正**。虽然很多即指即拍型数码相机都没有顾及近视/远视人群的屈光度校正功能，但所有数码单反相机都能提供该功能。如果你有其他视觉问题，需要在构图时戴上眼镜，那么应确保你的眼镜可以紧贴在数码相机的观察窗前，从而看到整幅图像。取景器的设计（包括其框架四周的橡胶斜面）有时可能限制可见性。

■ **出射点**。在能够看见全部图像的前提下，眼睛离开取景器的最大距离被称作出射点；该参数不仅对前述佩戴眼镜的人员、而且在其他情况中也极为重要。举例来说，你在拍摄体育运动时可能希望使用另一只眼睛来观察运动员的动作，以便知道主题何时即将进入画面。那些允许我们在眼睛略微离开取景器窗口的情况下也能看见完整图像的相机，使这件事做起来很容易。在过去，单反相机制造商还曾经提供过"延长出射点"附件，以供那些体育运动摄影师及其他人使用。

- ■ **放大倍率**。在构图的时候，取景器图像的相对大小对于你能否看清画面中的所有细节有直接影响。你可能不会考虑这样的事情；但是，如果你并排比较几部数码单反相机，就会看出有的相机能提供更大的通过镜头看到的场景。更大总是更好，但也可能更贵。

本书后面还将多次提及使用取景器的问题。但是，如果你能记住本章给出的基本信息，就会理解大部分需要知道的内容。

2.6　存储介质

在通过取景器观察图像之后，接下来的步骤是用镜头构图并聚焦，再然后是用传感器捕获光子。一旦完成所有这些，最好的步骤是半永久地存储数字图像，以便将其传送到计算机中进行观看、编辑或打印。虽然相机中使用的存储介质类型不会直接影响图像的质量，但却可能影响到数码单反相机的方便性和通用。因此，存储介质值得我们进行简短的讨论。

在转换为数字形式之后，你的图像首先将进入名为缓冲区的特殊存储器。缓冲区接收来自传感器的信号（清空传感器以便拍摄另一张照片），然后将图像信息传送到可移动存储卡上。缓冲区具有重要作用，因为它影响着在拍摄下一张照片之前需要等待的时间。如果你的相机有大量这种非常快的内存，那么你就可以迅速连续拍摄好几张照片，然后为5次、6次或10次连续曝光获得的照片使用某种每秒可传送多幅图像的突发模式。很多数码单反相机的取景器中都能读出在剩余缓冲区中还能存储多少幅图像，这些相机也可能提供一个随着缓冲区充满而充满、随着有更多空间可用于暂存图像而变小的闪烁条。当缓冲区完全充满时，你的相机将完全停止拍照，直到把部分照片卸载到存储卡上之后才允许拍摄新的照片。

缓冲区对连续摄影有很大的限制，这种情况导致尼康公司推出一款仅仅裁剪图像中心（从1240万像素的照片中裁剪出680万像素的图片）的数码单反相机，因为更小的图像可以更快地通过缓冲区。尼康公司将该功能吹嘘为其更快突发模式的组成部分，并将增大的裁剪系数（总计的裁剪系数高达2X）吹嘘为能够增强远摄照片、有助于体育运动摄影的一个优点。

存储卡本身有自己的写入速度，该参数意味着从缓冲区接收图像的速度可以有多快。目前没有表示这种速度的标准方法。有些存储卡厂商使用MB/s

（兆字节/秒）表示，有些厂商给自己的存储卡贴上80X、120X、233X等标签，还有些厂商宁愿使用文字描述——比如标准、超高速II、超高速III或极速。我不打算在这里告诉你哪种存储卡最快，因为存储卡的技术和售价都在以令人眼花缭乱的速度变化。但Rob Galbraith一直在跟踪存储卡技术的发展，访问他的网站（**www.robgalbraith.com**）可以获得最新信息。

就标准拍摄任务而言，我从未发现数字胶片的速度曾经成为重大的限制因素。但如果要拍摄很多动作照片、连续照片或高分辨率图像（TIFF或RAW格式），你或许应当在购买之前仔细比较写入速度。在你没有时间等待相机将照片从缓冲区写入存储卡的情况下，经测试写入速度更快的存储卡就会派上用场。我总是建议人们在负担得起的条件下购买最快的、能够容纳足够多照片的存储卡。然后再以便宜的价格购买几个容量较大的存储卡作为后备。

举例来说，如果你有很多钱需要花出去，则应当购买4GB或8GB的超高速卡作为日常拍摄的主要存储卡，然后准备几个速度较慢、但非常便宜的4GB存储卡，以便在主卡充满时使用。而如果你的预算有限，而且不是经常需要高速卡，则应当购买容量较大的标准卡，然后以更能承受的价格购买容量不太大的高速卡。这样，如果你确实需要超高速卡的超快写入速度，那么所购买的小容量高速卡就能为你提供这样的速度，但你却没有在高速/高容量存储卡上大把花钱。与此同时，你以相当划算的价格获得了容量充足的标准卡。

你当然不会基于所用的存储介质来选择数码相机。大多数数码单反相机都依赖CF卡（Compact Flash Card，小型闪存卡），因为它体积足够小，因此便于携带，而且似乎总是率先出现更大的容量。形状更小的存储卡——比如只有邮票那么大的SD卡（Secure Digital Card，安全数字卡），并没有在多少高级相机中使用，其令人讨厌之处是易于放错地方。但它们在诸如尼康D40/D40x这样的入门级数码单反相机中比较普遍。SD卡在容量方面正在迅速赶上CF卡，我期望将来有更多数码单反相机能像佳能EOS-1Ds Mark II这样同时为CF卡和SD卡提供插槽。

在非单反的即指即拍型数码相机中间，各种存储卡格式正在以令人惊讶的速度激增。然而，只有下面列出的前3种格式可能在数码单反相机中广泛应用。

■ **CF卡**。在美国，CF卡在所有数码相机中间是第二最受优待的格式，而在数码单反相机中间却是第一。虽然在形状上要比SD卡更大，但CF卡毕竟还是非常小巧的，因此便于携带和使用。更大的容量通常首先出现在CF卡上。CF卡还有一个附带优点，那就是它的插槽还可供微型硬盘（比如IBM公司那些容量为1GB或更大的微型硬盘）使用。

■ **SD卡**。数年以前，当最后一个堡垒——尼康公司最终也在其即指即拍型相机中间添加了支持SD卡的机型之后，SD格式便取代CF卡成为非单反数码相机中最流行的存储卡格式。当时大多数其他厂商的小型数码相机已经改用SD卡很长时间了，不过佳能公司仍然继续给初学者提供使用

CF 卡的相机。邮票大小的 SD 卡允许设计更小的相机，其容量与 CF 卡大致相同，而且两者价格也相差不多。目前，业界已经为 SD 卡开发出一种新规范——SDHC（Secure Digital High Capacity，安全数字高容量），以便为兼容新标准的设备（包括相机）提供容量大于 2GB 的存储卡。图 2–18 所显示的既有 CF 卡，也有 SD 卡。

图2–18　虽然数码单反相机几乎普遍使用CF卡，但SD卡也在逐渐赢得市场，已在很多入门级数码单反相机中得到运用。

- **微型硬盘**。在很长一段时间内，如果你需要 1GB 以上的存储容量，那么微型硬盘总是你的唯一选项。如果你使用的是分辨率为600万像素或更高的相机，又喜欢把图像存储为 TIFF 文件或另一种无损格式，则需要1GB以上的存储容量。但在目前已有4GB、8GB及更大容量CF卡的情况下，微型硬盘正在丧失其容量优势，而且其售价总是高于容量相当的硅存储卡。虽然与存储卡相比不是特别易于出现故障，但微型硬盘确实有移动部件，因此我们在使用中必须更加小心。虽然现在仍有使用微型硬盘的相机，但它们可能不会存在太长时间。

- **xD和微型xD卡**。xD和微型xD卡属于新格式，它们在形状上比SD卡小，当前仅被奥林巴斯和富士这两家厂商支持。这两家公司在其数码单反相机中使用的均为CF卡，不过富士公司另外提供了xD卡插槽。xD格式进入其他品牌的数码单反相机的可能性不大。

- **索尼MS卡和MS Duo卡**。索尼公司生产的大约只有口香糖那么大的MS（Memory Stick，记忆棒）卡是一种比较实用的存储卡，因为你还可以将其用在其他设备上，比如MP3播放器。但是，它们不可能代替CF卡，也不可能成为数码单反相机中的主要存储设备。即使是索尼公司的Alpha相机，也只能使用安装在CF卡适配器上的MS Duo卡。

2.7　选择正好适合你的数码单反相机

或许由于正考虑购买哪一款数码单反相机，你已经研究过本章对数码单反相机技术的解释。因为技术发展非常迅速，所以你今天购买的相机不可能是你最后购买的一款。从另一方面来讲，即使最便宜的数码单反相机也是我们大多数人的一大笔投资，而如果把购买镜头和附件的成本也计算在内则更是如此。因此，你应当第一次就做出正确的选择。

实际上自从涉足摄影以来，究竟选用哪个家族的单反相机就一直是个令人苦恼的问题。没有人愿意受困于不能完成任务或不能跟上技术发展步调的产品系列。更糟糕的是，如果你的相机制造商即将破产，那么将使其产品的拥有者在某种意义上成为孤儿。30年以前，胶片单反相机的购买者都会选择由拓普康、美能达或雅西卡等公司生产的相机。它们当时都是高端相机制造商，但没有一家能够生存到数字时代。

即使在当代的数码相机厂商中间，有些重要的单反相机制造商（比如索尼公司、柯尼卡美能达公司）是后来才加入进来的，还有些厂商所生产的产品在市场上时有时无。比如宾得N Digital这款600万像素的数码单反相机是2000年7月宣布面世的，但后来又从美国市场上被召回。你可以确信索尼公司——这个传感器竞技场上的主要选手能够在数码单反相机的竞争中长期生存，但对游戏中的其他选手你能如此确信吗？

决定选用数码单反相机的人通常属于下列5类：

- **严肃的摄影师**。这类人包括狂热的摄影爱好者和专业人员。他们可能已经拥有属于特定系统的镜头和附件，希望通过选择一款尽可能与现有设备兼容的数码单反相机来保护原来的投资。

- **专业人员**。专业摄影师通常像木匠购买刨槽机那样购买摄影器材。他们需要的是既能完成任务又足够健壮、无论如何过度使用和虐待都能可靠工作的设备。如果设备满足需要，那么他们可能不会在乎成本，因为最后支付账单的是他们的组织或客户。如果某个组织的摄影人员要共用一套特殊设备，则购买时考虑兼容性应当是个好主意，但选择切换到全新系统上的专业人员可能不会对是否必须把旧设备搁置一旁考虑太多。

- **富有的摄影爱好者**。很多数码单反相机购买者表现出很高的周转率，因为他们购买相机的主要原因是喜欢拥有新鲜、有趣的产品。有些人竟然认为，他们能够拍出像样（或更好）照片的唯一方法是拥有最新的设备。这些人当佳能Digital Rebel刚刚上市时就会购买，但几个月后又会卖掉一切改用尼康D70，以获得一些附加功能。他们现在又在使用佳能EOS 30D或尼康D200。我很高兴看到这些人玩得如此开心，因为他们往往是为我们这些人提供大量二手设备的良好来源。

- **严肃的新手**。有很多数码单反相机都卖给了缺乏经验的摄影者。他们是第一次购买数码单反相机，此前使用的一直是即指即拍型（胶片或数字）相机。这些人要么并不拥有现有的胶片单反相机，要么对于能否在新相机上使用旧设备不是特别在乎。这样的购买者不会在不久之后就扔掉一切重新购买某种新系统，因此可能会仔细检查所有可选项，并基于尽可能多的因素选择最好的数码单反相机系统。

- **偶尔拍照的新手**。随着数码单反相机的价格掉到600美元的水平，我注意到有一类新的购买者出现。他们过去可能在相同的价位上购买过即指即拍型相机，但现在认为拥有一款数码单反相机应当很酷，而且可能拍出更好的照片。其中很多人虽然有可能认真地尽力为家人、旅行或某些活动拍出一些不错的照片，但对于摄影这件事情并不抱认真的态度。许多人都会发现，基本的附带镜头的数码单反相机就能非常好地满足自己的需要，因此他们从不购买另一个镜头或附件。可以这么说，数码单反相机的威力对于这些偶尔拍照的购买者而言有些过度。不过，多数人即使用不到全部可用功能，最终对自己购买的东西还是会感到非常满意。

2.7.1　问自己几个问题

在知道自己属于哪个类别的购买者之后，你需要把自己的需求列出来。你将拍摄什么种类的照片？每隔多久就要升级？需要哪些功能？问一问自己下列几个问题，以便搞清楚自己的实际需要。

1　你需要多高的分辨率？

这是一个重要的问题，因为目前市场上数码单反相机的分辨率从大约400万像素到1670万像素不等（如果包括某些名为中等格式相机的奇异类型，则还有更高的分辨率）。更为有趣的是，不是所有分辨率相同的数码单反相机都能产生相同的结果。如果某款8M像素的单反相机所使用的传感器具有很少的噪点和更为准确的颜色，那么与类似的带有劣等传感器的1000万像素机型相比，前者完全有可能拍出更好的照片（即使不考虑镜头性能的差异）。

一般而言，有些类型的摄影需要更高的分辨率。如果你需要制作大于8英寸×10英寸的相片，则使用分辨率为600万～1000万像素或更高的相机将使你获得相当满意的结果。如果你需要输出某幅图像的部分区域，则可能需要使用分辨率为1000万～1200万像素的相机。从另一方面来讲，如果你的基本应用是拍摄在网页上显示的照片，或者需要为身份证或带有小插图的商品目录拍摄缩览图大小的照片，则使用600万像素的单反相机可能就非常合适。但是要记住，你的需要可能改变，因此以后有可能为选购了一款低分辨率的相机而后悔。

2　你希望每隔多久升级一次？

摄影领域有大量的技术狂，他们几乎总是必须使用最新、最好的设备。数字摄影领域很少让这些技术狂热者失望，因为更新、更复杂的机型每隔几个月就会推出。如果你必须站在技术前沿，则数码单反相机不可能是一项长期投资。你不得不每隔18个月到两年就要购买一款新相机，因为多数厂商都是以这样的速度用更新的机型代替当前的机型。有些升级只是轻微的改动，比如佳能公司用Digital Rebel XTi代替Digital Rebel XT以及尼康公司用尼康D2Xs代替尼康D2X的情况就是如此（在尼康公司的个案中，只需通过固件升级相机的操作系统或BIOS，即可把新机型中的大多数改进添加到旧版本当中）。

幸运的是，与即指即拍型数码相机相比——其中高端相机可能每隔6个月或更短时间就会被取代，典型的数码单反相机的更新周期要长得多。如果你希望在过去5年内一直拥有尼康公司最先进的非单反相机，那么将需要购买至少12种不同的机型。

从另一方面来讲，你可能不会永无止境地追求闪亮的新产品，而只希望拍出好照片。一旦得到了能够完成任务的相机，那么在发现某些照片因设备局限性而不能拍摄之前，你始终不会考虑升级的问题。对于以可以承受的价格购置的能够为你完成任务的相机，你会感到满意。如果你的期望很高但囊中羞涩，则可能需要重新调整你的购买行为，以使那些不可避免的频繁升级切实可行。

折旧换新还是继续保留？

通常在升级之后，旧的数码单反相机如果原样卖给另一个用户要比折旧换新更划算。因为我也正期待着在升级到下一代之后，把当前这款我特别喜爱的数码单反相机用作第二或第三个相机机体。我在使用胶片相机的那些年里，无论去任何地方都会携带至少两个（通常是3个）机体。虽然你可能认为数码单反相机的电子装置要比古老胶片相机的机械部件更可靠，但实际上有更多捉摸不定的东西可能出现故障。额外的机体有可能派得上用场。当外出旅行时，我通常都会携带一个额外的机体作为备件。如果我把远摄镜头安装在"主"机体上，那么就会把广角镜头安装在备用机体上，这样我就不必频繁地更换镜头。因此，我最终使用备用机体的次数还是多于预期。

3 小型的单反相机对你来说很重要吗？

与即指即拍型数码相机相比，所有数码单反相机都略嫌笨重。但在一群胖子中间，也有一些显得偏瘦的机型，还有若干近似于巨大的机型（特别是带有大型电池组和垂直手柄的专业相机）。在作出购买某款相机的重大决定之前，应当先摆弄一番，以确认你是否可以舒适地携带着这么大个头的相机跑来跑去。如果你每天都要脖子上挂着相机吊带到处跑，那么单是重量上的差异就有重大意义。如果你属于对个头小、重量轻、几乎无声的莱卡牌测距仪相机（但却能拍出极好的照片）一直感到满意的一类摄影师，则可能仍然更喜欢选用小型的数码单反相机。你甚至可能希望使用莱卡M8，这是一款外观和操作都类似测距仪胶片相机，但能产生数字图像的非单反数码相机。

别忘记考虑将要使用的镜头的大小。我那款特别受宠的数码单反相机带有一个28-200mm的变焦镜头，其介绍资料上宣称这是世界上最小的镜头。我对如此小的镜头却有这么大的变焦范围感到非常满意，因为只要带上这一个镜头就能满足很多外出摄影任务的要求，使我可以避免携带沉重的相机包和半打其他镜头。我若干年前去欧洲旅行时实际上也仅仅携带了这个28-200mm镜头、另一个12-24mm广角变焦镜头、两个数码单反相机机体和一个不经常使用的

105mm微距镜头。我的全套装备仅用一个易于随身携带的小型挎包就能装下。

如果你需要小型的数码单反相机，那么在检查机体本身重量的同时，还应仔细检查可能用到的镜头的大小和重量。

4　你希望共用镜头和附件吗？

你现在拥有附带大量镜头和其他附件的胶片相机吗？你可以考虑购买一款在机体方面与你的胶片相机类似的数码相机。这款相机不需要来自尼康或佳能公司。其他厂商——比如柯达和富士公司，都曾经设计过以这两家市场领头羊的机型为基础的相机（不过柯达公司后来退出了数码单反相机市场）。索尼、宾得和三星公司所提供的某些数码单反相机也能使用原本为胶片相机设计的镜头。

可以共用的兼容器材很多，比如电子闪光灯、滤镜、微距摄影附件、三脚架等等。我积攒了大量适合我那款35mm相机的滤镜和附件。为了能够旧物利用，我使用了一些大小相同的增大和缩小连接环，图2-19所示就是其中之一。在此过程中，应确保这些连接环不会在图像边缘处造成晕影（广角镜头摄影普遍存在的现象），还应确保你的滤镜两面都有螺纹，这样你才可以把它们堆叠在一起（有些滤镜——特别是偏振镜，可能在前面没有螺纹）。你需要额外买些"纤瘦"的连接环，以免滤镜在镜头前面向外突出太多。这种好处值得你花这笔钱。为消除那些有晕影的边角，一种简单的的方法是将图像稍加放大。

图2-19　连接环可使你的滤镜和其他镜头附件具有双重用途。

5　你还需要什么功能？

在选择过你的数码相机所必须具备的功能之后，你还可以考虑一些虽非必需、但相当不错的额外功能。所有数码单反相机都有很多共同的功能，比如都有手动、光圈优先和快门优先这3种曝光模式，都有很好的自动聚焦功能。很多（不是全部）数码单反相机具有能够与曝光系统相结合的内置闪光灯。除了这些标准的功能以外，你还会发现一些某款相机所独有的功能。在考虑购买哪款相机的时候，你必须自己判断这些附加功能对你来说有多重要。下面是一些在不同相机上区别很大的功能。

■**突发模式功能**。如果你经常拍摄体育运动，则需要在尽可能长的时间内每秒钟拍摄尽可能多的照片。有些相机每秒钟可以拍摄更多帧画面，还有一些相机拥有更大的缓冲区，允许你在一次突发模式中拍摄多张照片。举例来说，某款佳能相机能够在一次突发模式中以每秒4帧的速度拍摄32幅JPEG图像或11幅RAW图像。而同一家厂商的另一款相机虽然拍摄速度提高到了5帧/秒，但在一次突发模式中只能拍摄23幅JPEG图像。如果你的腰包很鼓，那么佳能公司的顶级动作型数码单反相机在拍摄体育运动时能够以每秒10帧的速度一口气捕获100幅或更多图像。我们仅仅提到了一家公司。在尼康、奥林巴斯、宾得、三星及其他厂商提供的相机中，你还可以找到其他突发模式功能。

■ **图像稳定/除尘**。有些数码单反相机可能具有内置的减振功能。而其他厂商会要求你购买图像稳定镜头，或者根本没有这种功能。如果你需要手持相机以较低的快门速度拍摄，或者在没有三脚架的情况下需要以无论怎样的快门速度拍摄稳如磐石的远景照片，则应当考虑图像稳定功能。具有内部防抖功能的相机通常会利用快速移动传感器的能力来提供某种除尘系统。佳能EOS 1D Mark III相机虽然没有内部的图像稳定器，但也提供了除尘功能。

■ **更高和更低的ISO等级**。有些相机提供低到ISO 50以及高达ISO 6400以上的灵敏度。是否需要这样的灵敏度，取决于你打算拍摄的照片种类以及这种极端的ISO设置所得到的结果有多好。

■ **特殊连接**。大多数数码单反相机都有能够连接到计算机的USB接口。有些机型提供的是FireWire（即IEEE-1394）连接。通过无线连接在相机和计算机之间交换照片的机型也已经开始出现。虽然直接取下存储卡之后将其插入读卡器是最普通的下载照片的方式，但其他选项也有用武之地。例如，相机和计算机之间的链接使我们可以把计算机用作控制器，以遥控方式来拍摄照片。这种可能性对于监视或延时摄影可能颇有价值。

■ **回放/检查功能**。你可能发现，面世仅数年时间的二手数码单反相机只有一个很小的背板液晶显示器——其对角线长度仅仅1.8英寸，而几乎所有新机型都有2.5英寸或更大的液晶显示屏——如图2-20所示。大小相同的液晶显示屏性能并不相同。有些具有更多像素和更精细的细节，在阳光直射或斜视等情况下可能更明亮、更易于看清。有些系统允许你将显示屏上的图像放大3到4倍，而其他系统可提供10倍或更大的放大倍率。如果现场检查图像至关紧要，则应当仔细检查一番相机液晶显示屏的性能。

■ **最高快门速度**。有些相机的快门速度最高达到1/4000秒；而其他相机则可以高达1/16000秒。在现实生活中，你很少需要如此短暂的快门速度来使动作定格。当你希望在ISO设置最低的条件下使镜头张得更宽时，这么高的速度才更有可能派上用场。举例来说，如果在日光充足的条件下你希望在明亮的海滩或雪景中使用大小为f/2.8的光圈，而所用相机的最低ISO设置是ISO 200，那么你可能需要使用1/8000秒的快门速度。如果你的快门速度达不到这么高，我希望你手边最好有一两个中性密度滤光片。但实践中确实不需要这么高的快门速度；我经常使用的最高快门速度是1/2000秒，我不记得什么时候曾经用过相机上那高达1/8000秒的速度——测试时除外。

图2-20　如果要检查相机中的照片，又大又亮的液晶显示屏是必需的。

　　我将在本书其他地方——特别是第10章，讨论如何使用这些及其他特殊功能。

2.8　下一章简介

　　本章解释了数码单反相机内部的技术。在下一章，我们将探索如何最有效地利用数码相机的曝光控制、聚焦、突发模式以及分辨率设置等功能。

3

掌握数码
单反相机的控件

　　虽然所有相机都会使用单独的按钮和菜单来控制主要功能，但在基本的控件方面不同机型之间均存在一定差异。本章将概述数字摄影师必须掌握的曝光和聚焦控件，并对这些控件在数码相机与胶片相机之间有什么区别作出说明。

　　你将在本章学习如何使用自动曝光模式、直方图、光圈大小和快门速度，并学习如何选择适当的"场景"。我还将讨论使用自动聚焦系统的某些缺点。我不打算在某些比较简单的控件（比如快门释放按钮）上浪费篇幅，也不打算在某些通过菜单系统设置的选项（比如白平衡）上浪费篇幅。本章强调的是那些在日常拍摄活动中要用到的最重要的控件。

3.1　曝光控制

　　在构图之后，获得好照片的两个最重要方面是使图像恰当地曝光和聚焦。数码单反相机大多数时间都可以自动为你完成这两项任务。当例外出现的时候，就需要你使用相机的控件对图像进行微调。本节研究曝光控制；我将在本章后面再解释聚焦。

　　正确的曝光是必需的，因为任何数码相机传感器都不可能捕获所有光级中的细节。在场景中非常阴暗的部分，能够进入各个像点的光子非常少。而如果某部分场景非常亮，则像素"井"就会溢出，从而停止收集更多光子。过量的光子甚至可能溢出到邻近的像素上，导致不合乎需要的光晕效果出现。

曝光控制的目标或者是增加进入像点的光子的数量（通过提高曝光量），以记录阴暗区域中的细节；或者是减少从明亮区域涌进像点的光子的数量（通过减少曝光量）。传感器如同胶片一样，也不能处理在阴暗和明亮区域之间亮度变化巨大的高对比度情形。传感器处理这种变化的能力被称作动态范围，第2章已经对这一概念作过解释。但即使具备宽动态范围的传感器也不能处理最极端的照明条件，因此"正确的"曝光可能只是一种折衷方案，在保留色调范围一端细节的情况下要以牺牲另一端的细节为代价。

这通常意味着应避免因曝光过度导致高光细节无法显现。某个像点一旦充满光子，该像素就会被渲染成完全没有任何细节的纯白色。此时像点已经没有任何空间来收集更多光子，如果继续收集就会像前面所说的那样损坏图像上周围的像素。从另一方面来讲，即使比较阴暗的图像区域曝光不足，我们通过使其中的数据增大，通常也可以从中找回所需的信息。

图像处理算法经常可以很好地完成这项任务，这就是提高相机 ISO 灵敏度可以增加所捕获阴影细节数量的原因。但是，增强曝光不足的区域有可能产生噪点。你可以在图像编辑器中使用"亮度"控件，简单地看一看这种增强曝光不足区域的过程。将"亮度"滑块向右移动，使阴影区域变亮到足以使你看清先前黑暗中所隐藏细节的程度。但是，将同一个滑块向左移动使曝光过度的高光区域变暗，却不会产生更多的细节，而只会把白色区域变为毫无特征的灰色。

经过优化的数码相机自动曝光系统将以牺牲阴影细节为代价（以后还可以找回），努力保留高光细节（否则将永久丧失）。我们关于如何曝光作出的任何调整，其目的都只是为了改进场景中实际亮度级与相机所捕获的亮度级之间的关系。

3.1.1　色调范围

图像的色调范围就是从暗色调到亮色调的变化范围，它可以从完全没有亮度的黑色，变化到最亮的白色，两者之间是所有中间色调。虽然色调是在红、绿、蓝这3个单独的颜色层中捕获的，但因为所有色调值都会落入黑色与白色之间的连续光谱，所以从黑白或灰度图像的角度来考虑照片的色调最为简单。

在传统摄影中，灰度图像（我们称之为黑白照片）易于理解。至少我们认为是这样。在观看黑白照片的时候，我们认为所看到的是从黑到白的连续色调范围，中间是所有灰色调。但真相不完全是这样。任何照片中最黑的黑色都不是真正的黑色，因为照片表面总是会反射一部分光。最白的白色也不是真正的白色，因为即使最亮的照片区域也会吸收一部分光（只有镜子能够将几乎所有光都反射出去）。

实际上，相片制造商很长时间一直不停地在寻求更白的相纸。如果比较在不同的相纸上输出的两张相片，那么你很容易就能看出其中一个具有更黑的黑色和更亮、更白的白色。因此，黑白照片上的连续色调并没有覆盖完整的灰度光谱。

而在数字领域，当然更没有什么真正连续的色调范围。机械式模拟手表以秒针平滑移动360°作为1分钟，而数字手表必须把1分钟分成指定的增量（无论这些增量是秒、十分之一秒还是其他时间长度）。你的数码相机也会做同样的事情，那就是把灰度光谱按照惯例分成256种各不相同的色调（但由于传感器具有很宽的动态范围——第2章讨论过，实际能够捕获的不同色调的数量可能要多得多）。为简化起见，我们可以把色调标尺想象为只有256个不同的值。黑色的值是0（没有亮度），而白色的值是255（最大亮度）。而它们之间的色调——从几乎是黑色的深灰色到几乎是白色的亮灰色，必须用0和255之间的其他254个数来表示。

当要拍摄色调逐渐从一端大范围变化到另一端的图像时——比如天空、水面或墙面，则完整的色调范围是有益的。考虑为篝火周围一群露营者拍摄的照片。因为火光直接照在脸上，所以在这些露营者的脸部没有多少阴影。构成篝火旁这些人面部特征的所有色调都集中在亮度光谱上更亮的那一端。

但这幅场景使我们感兴趣的不只是脸部。露营者身后有树木、岩石，还可能有少数在阴影中窥视人们的动物。它们是由周围反射的更柔和的光照亮的。在眼睛对这种减弱的照明习惯之后，你就会在这些阴影区域发现丰富的细节。

如果要忠实再现这幅篝火场景，那么任何情况下都会成为你的梦魇。如果你是有经验的摄影师，则可能会对这种高对比度照明条件下的拍摄任务退避三舍。有些照片可能有极高的对比度，其中只有少量色调，而且全部集中在光谱中有限的几个点上。低对比度图像中有更多色调，但它们分散在很宽的范围内，致使图像显得单调无味。数码相机可以使用所谓的直方图，为你展示这些色调之间的关系。

3.1.2　直方图基础

数码单反相机以及很多即指即拍型相机，都包括显示直方图的选项。直方图就是在液晶显示屏上显示出各个亮度级有多少像素的图表。非单反相机在这方面具有优势：电子取景器机型及即指即拍机型在你构图时可以在液晶显示屏上实时显示"实况直方图"。你随之可以立即作出优化曝光的调整。

另一方面，大多数数码单反相机都不能预览拍摄结果，因为曝光之前尚未向上翻转的反光板妨碍了传感器接收光子，导致我们必须在拍照之后才能查看直方图。你能做的只是为下一张要拍的照片调整曝光量。

直方图是每个亮度级（共256级）上像素数量的简化显示，所得结果是有趣的山脉图形——你从图3-1中可以看出这一点。图中这款特别的相机提供了查看4种直方图的选项，其中一个对应于图像的亮度（在画面底部），其他3个各自对应于图像的红、绿和蓝通道。在刚开始使用直方图时，你应当专心使用亮度直方图。

图中一条一条的垂直线表示图像中对应于各个亮度值（从左边的黑色0到

右边的白色255）的像素有多少。垂直轴用来测量各亮度级的像素数量。

根据示例直方图可以看出，多数像素大致集中在直方图的中间区域，左边非常暗的像素相当少，最右边非常亮的像素也不太多。这个直方图代表的是相当令人满意的曝光，因为这样虽然浪费了某些相机记录黑暗及明亮区域中信息的能力，但带来的结果是两端都只有少量的图像信息无法显现。

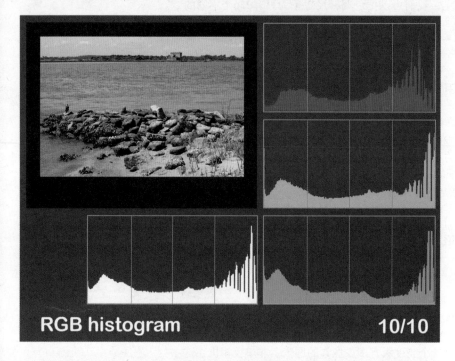

图3-1　直方图可显示出各亮度级上像素数量之间的关系。

在呈现出标准对比度、包含典型主题的图像中，直方图的垂直线将形成某种曲线。图3-2所显示的图像就具有相当标准的对比度。看看直方图的这些垂直线是如何形成跨越大多数色调的曲线的？我们从图中可以看出，这尊小雕像本身只有很少的黑色调。直方图左侧的尖峰表示黑色背景。如果没有背景的话，则直方图最左边将几乎没有任何色调。

而对于如图3-3所示的低对比度图像，直方图的基本形状是两端若有若无，然后越来越多的像素逐渐挤压到一起，灰度光谱上被覆盖的区域只有一小块。造成这种挤压式直方图形状的原因是，印刷图像中的所有灰色都属于小范围内数量有限的灰色调。

这尊雕像上最暗的色调并没有抵达光谱的黑色端，最亮的色调也没有延伸到最亮的白色端。相反，雕像上最黑的区域现在由某种浅灰色表示，而白色由某种更亮的灰色表示，这当然导致图像的总体对比度降低。因为所有比较暗的色调实际上都是某种中间或更亮的灰色，所以这幅照片中的雕像就显得更亮。

如果选择另一个方向——即提高图像的对比度，那么将产生如图3-4所示的直方图。在本示例中，色调范围现在散布在更大的区域上。当你像本图这样在两个方向上拉伸直方图时，最暗的色调将变得更暗（有可能做不到），而最亮的色调也将变得更亮（同上）。事实上，如果朝着某一端移动，则此前为灰色的色调可能变为黑色或白色。

提高对比度可能将某些色调完全移出色调范围的某一端，而其余灰色则被散布在光谱中数量更少的位置上。上面的示例就是这种情况，即存在的色调数量更少，而图像变得更加粗糙。

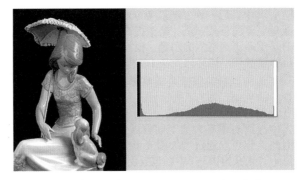

图3-2　虽然除背景以外，这幅图像几乎没有真正的黑色显示在直方图中，但其对比度仍然相当标准。

3.1.3　使用直方图

当使用相机中的直方图显示功能时，应记住的重要事情是改变曝光量不会改变图像的对比度。当你增加或减少曝光量时，前面3个示例中的曲线将保持完全相同的形状。我再重复一遍：当曝光量改变时，直方图中灰色的分布形态并不会改变，既不会拉伸也不会压缩。但全部色调将作为整体朝着直方图某一端移动，移动方向取决于你是增加还是减少曝光量。你可以在下面的若干插图中看出这一点。

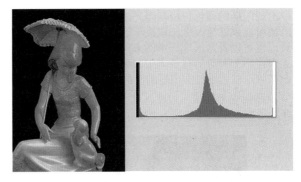

图3-3　这幅低对比度图像的所有色调都挤压在灰度光谱的一小块区域上。

因此当你减少曝光量时，色调将逐渐向黑色端移动（有些将移出可见色调范围）；而当你增加曝光量时，情况刚好相反。仅当某些色调被移出可见色调范围，因此再也不能在直方图上被表示出来的时候，图像的对比度才会改变。

为改变图像的对比度，你必须做下列3件事情之一：

■ 使用菜单系统改变数码相机的对比度设置。

■ 更改场景本身的对比度，比如使用附加照明灯给太暗的阴影增加亮度。

■ 使用图像编辑器或RAW文件转换器，努力在后期处理过程中调整对比度。

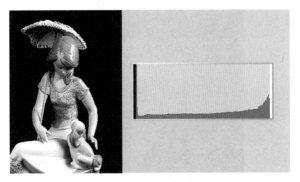

图3-4　在高对比度图像的直方图中，色调散布在很大的区域上。

　　其中最后一种方法最为可取，因为企图通过乱动色调值来修复对比度不可能是完美的补救办法。略微提高一些对比度可能成功，因为丢弃某些色调换来的是反差更为强烈的图像。但反过来做就要困难得多。反差过于强烈的图像很难修复成功，因为你无法添加本来不存在的信息。

　　你可以做的事情是调整曝光量，以使传感器正确捕获那些已经存在于场景中的色调。图3-5所显示的直方图来自一幅严重曝光不足的图像。我们从该直方图的形状可以猜出，位于曲线左边的很多暗色调都再也无法显现于图像当中。而右侧有大量空间可供像素驻留，这部分区域不会使像素曝光过度。因此，你可以通过增加曝光量（要么改变光圈大小或快门速度，要么增加EV值），来获得图3-6中经过校正的直方图。

　　除直方图以外，你的数码单反相机还可能提供在回放期间为最亮和最暗的照片区域添加颜色标记的选项。如果启用该功能，你就可以看出哪些区域可能会丧失细节，其重要程度能否使你对此担心。这样的标记通常包括在检查屏幕中出现闪烁的颜色。极端曝光过度的区域可能以白色闪烁，而曝光非常不足的区域可能以黑色闪烁。取决于这种"被裁切"细节的重要性，你可以调整曝光量，也可以置之不理。举例来说，如果在检查图像时所有以黑色标记的区域都处于你不太关心的背景当中，那么你可以不加理睬，自然也不用改变曝光量。但如果这些区域位于主题的面部细节当中，你或许就应当作出一些改变。

　　图像也可能曝光过度，从而产生如图3-7所示的直方图。使曝光量减少一两个等级，可获得如图3-6所示更为优化的直方图。

图3-5 如果某幅图像曝光不足，其直方图可能与本图所示类似。

图3-6　增加曝光量将产生类似本图的直方图。

图3-7　如果某幅图像曝光过度，其直方图就会是这种右侧被裁切掉的形状。

什么是EV？

　　EV是Exposure Value（曝光值）的缩写，只表示曝光量的变化，而不管造成变化的原因是光圈还是快门速度。你知道，如果光圈在f/8位置，那么把快门速度从1/125秒改为1/60秒将使曝光量加倍，因为快门打开的时间延长到了原先的两倍。与此类似，在不改变快门速度的情况下调大光圈（即在f/5.6位置以1/125秒的快门速度进行曝光），同样会使曝光量加倍。有时候你不会在意使用的是什么方法，因为快门速度仍然足够快，可以定格出现的无论什么动作，而光圈也仍然能够提供足够的景深。在使用何种方法无关紧要的这些情况中，如果你使用的是某种程序曝光模式（即由相机来选择快门速度和光圈），那么将发现使用相机的EV调整功能来增减曝光量最为简单。相机将自行选择对哪个参数进行修改，从而提供所请求的曝光量变化。EV的增量可以是原先曝光量的二分之一或三分之一（或者是其他值，这与相机有关）。设置+1/2的EV增量将使曝光量增加原先的一半（通过改变光圈或快门速度），而设置−1/2的EV增量将使曝光量减少同样的数量。

3.1.4　使用光圈优先、快门优先和手动曝光模式

　　虽然数码单反相机具有完全程序化的曝光控制功能，能够以相当复杂的方式为你选择光圈和快门速度，但我发现大多数数码单反相机用户多数情况下更喜欢使用光圈优先或快门优先曝光模式，因为他们通常比相机更清楚取景器框住的是哪一类主题，因此更清楚怎样的光圈或快门速度可能最适合要拍摄的场景。

　　举例来说，如果你要拍摄体育运动，则可能希望尽量使用相对较高的快门速度。所需速度可能是1/1000秒，也可能是1/1500秒，在照明不足的情况下还可能慢到1/125秒，但你需要决定在这样的场合希望使用的最慢快门速度是多少。数码单反相机也像其他现代的数字和胶片相机一样，具有一种名为快门优先（在相机模式拨盘上通常将其标记为S或Tv，S表示快门，而Tv表示时间值）的曝光模式。有些厂商把这种模式称作快门首选。

　　在快门优先模式中，你需要设置快门速度，然后相机使用其测光功能来设置合适的光圈，从而获得正确的曝光量。如果相机在你选定的快门速度下不能接收到足够多的光子（或者捕获的光子太多），因此得不到正确的曝光量，则取景器中将显示某种指示器，它可能是LO或HI这样的文字信息，也可能是闪烁的发光二极管。你可以随之手动选择不同的快门速度，但选择权始终在你的手上。有些相机具有自动ISO功能，能够在选定快门速度下通过提高传感器的ISO灵敏度提供正确的曝光量。

光圈优先（亦称作光圈首选）模式以相反的方式工作：你设置光圈，相机选择快门速度。你可能希望使用小光圈使景深最大化，或者希望使用大光圈使景深减小，从而实现选择聚焦效果。如果你设置的光圈不能实现正确的曝光，则取景器中会再次出现警告信息。如果在首选的光圈下没有足够多的光可用，则带有自动ISO功能的相机可以提高传感器的灵敏度。

这里提供一个你可能没有考虑过的诀窍：某些情况下你可以使用与应当选择的模式相反的曝光模式。例如，如果在变化的照明条件下你希望使用尽可能最高的快门速度，则不应当在快门优先模式中工作，而应使用光圈优先模式，并把相机光圈尽可能设置到最大的程度。相机将自动选择可用的最快快门速度，以确保正确的曝光。而如果你由于景深的原因希望使用相对较大或较小的光圈，但并不介意光圈朝某个方向变化1档或2档，则应当选择快门优先模式，并大致根据你希望选用的光圈大小来设置快门速度。如果照明有轻微变化，则相机将自动进行补偿。

手动曝光模式在那些更老练的摄影师中间是流行选项，他们知道自己在曝光方面需要什么，而且希望亲自完成设置。手动曝光模式允许你设置快门速度和光圈。使用手动曝光的原因有以下几种：

■ **当你需要独特的曝光量以实现某种特效时。**可能你希望故意使某幅图像严重曝光不足，以产生某种阴影或剪影外观。你可以乱动EV设置或者以其他方式滥用相机的曝光控件，但直接手动设置曝光参数通常更为简单。

■ **当你由于需要绝对控制或者照明条件错综复杂而使用外部测光表时。**高水平的摄影师经常凭借他们特别喜爱的手持式测光表，进行非常精确的曝光量计算。举例来说，入射式测光表测量的是落到主题上的光，而不是从主题反射回来的光；你可以在主题所处的位置使用这种测光表来单独测量高光和阴影中的光照强度。这在人像摄影中是普遍做法，因为摄影师随后可以增加辅灯亮度，降低主灯强度，或者作出其他调整。那些使人迷恋的特殊曝光系统——比如安塞尔·亚当斯（Ansel Adams）开发的那套极其有效和复杂的区域曝光系统，也可能需要由外部测光表所提供的附加控制。

■ **当你使用与相机的TTL（through-the-lens，经由镜头）闪光测量系统不兼容的外部闪光灯时。**你可以使用闪光表来测量闪光灯的光照强度，或者直接拍一张照片，然后在手动模式中调整曝光量。

■ **当你使用的镜头不能与数码相机的曝光系统相耦合时。**个别型号的数码单反相机可以使用一些不支持最新操作模式的旧镜头，但必须在手动聚焦/曝光模式中使用。我就在数码单反相机的手动聚焦/手动曝光模式中使用过好几个专用的老镜头。它们工作得非常出色，但我必须通过瞎猜或使用外部测光表来计算曝光量。相机的曝光系统任何情况下都不会借助这些光学器件进行测量。

为使用光圈优先、快门优先和手动曝光模式，你当然需要掌握相机的光圈和快门速度的控制方法。但与那些可能需要先找到菜单，然后按下一些神秘的按钮组合才能设置好光圈和快门速度的即指即拍型数码相机相比（如果它们根本没有可以直接选择的曝光控件），那么单反相机的操作简单性通常达到了使人感觉好笑的地步。

在数码单反相机上，上述过程要简单得多。只要没有把相机设置成全自动曝光模式，你就可以非常容易地调整单独的快门速度和光圈控件。流行的惯例是使用相机前面的命令拨盘（镜头附近）调整光圈，使用相机后面的拨盘（快门附近）调整快门速度。其他相机使用同一个拨盘，因此需要你在旋转拨盘的同时按住某个按钮才能改变其他设置。

你还可能在镜头筒上发现光圈控件。但是，为那些能够以电子方式控制光圈的相机制造的镜头有时完全没有光圈环。仅当你打算在老相机上（它们必须以手动方式调整光圈）或者在手动模式中使用这种镜头（比如连接到皮腔上进行极近距离的特写摄影）时，才会出现问题。正是由于这样的原因，我始终保留着一个旧的微距镜头。通过少量的机械加工，即可使其与我的数码单反相机配合良好，但只有自动光圈功能起作用；我需要手动聚焦并计算曝光量。当我调整曝光设置的时候——即使已将镜头固定在延长管或皮腔上，老镜头上的光圈环在需要时即可用来设置光圈大小。

3.1.5　程序曝光和全自动曝光

数码相机上通常以P和Auto标记的两种模式可以为你选择光圈大小和快门速度。通常两者的区别是，你在P（程序）模式中可以更改相机的设置，而在Auto（自动）模式中不能更改相机的设置。当你在大街上拦住一位看起来可信的陌生人，请他为已经在埃菲尔铁塔前面摆好姿势的你和家人拍一张照片时，应当使用自动模式。即使是傻瓜也无法弄乱该模式中的相机设置，但假设前提是相机一次就能圆满完成任务。

这两种模式通常都要使用某种不可思议的复杂智能，来分析你的场景并选择合适的光圈大小和快门速度。举例来说，相机可能尽力使用相对高的快门速度来抵消相机抖动，仅在非常低的照明条件下才会切换为较低的快门速度。光圈大小和快门设置的最佳组合已由厂商内置在相机之中。

虽然完全程序化的曝光模式可以相当不错地完成工作，但严肃的数字摄影师可能仅在第一次买来数码单反相机之后会使用P模式，他们一旦认识到调整设置是多么有趣之后就会很快改用光圈优先、快门优先或手动模式。不是所有数码单反相机都有类似的模式拨盘，而在所提供的设置类型方面也可能有所差异。你可以看一看图3-8所显示的两个典型的数码单反相机的模式拨盘（左边是某款佳能相机，右边是某款尼康相机）。

数码单反相机还有若干"场景"模式——我过去称之为"傻瓜模式"（直到一些经常使用这些模式，但不是傻瓜的人责骂过我之后，我才不再这么说）。这些模式基于特定照片类型（比如体育运动、风景或人像）的需要调整设置。有些非单反即指即拍型相机可提供25种以上场景模式，其中甚至包括一些很无聊的模式，比如"食品"（增加饱和度以使食品显得更好）和"博物馆"（即使在低光照条件下也禁用闪光灯，以免当场被人赶出去）。场景模式在为你提供某些设置组合的同时，也可能限制你更改其他设置的权力，即可能禁止你对焦点、曝光量、亮度、对比度、白平衡或饱和度进行修改。

图3-8 数码单反相机的模式拨盘可提供包括优先模式和场景模式在内的各种曝光选项。

　　我不知道有哪个老练的数码单反相机用户会经常使用场景模式，但如果你是个新手，担心基本的编程曝光模式不能完成任务，则场景模式可以给你带来方便。如果眼前突然出现了短暂的拍摄机会——比如宠物出乎意料地摆出某种惹人喜爱的姿态，而你又不记得在相机上调整过哪些设置，则应当切换为适当的场景模式。即使最后知道相机在昨晚为拍摄焰火而被设置成了手动模式，快门速度慢到1/30秒，也不妨碍你抓拍到当前的照片。下面是数码单反相机中存在的一些常见场景模式：

- ■ **人像**。该场景模式使用大光圈使背景散焦，通常还会把闪光灯（如果使用的话）设置为红眼消除模式。

- ■ **夜景**。该场景模式将降低快门速度，从而在不用闪光灯的条件下延长曝光时间，并在使用闪光灯时让环境光充满背景。

- ■ **夜景人像**。该模式使用长时间的曝光——通常还会使用被设置为红眼消除模式的闪光灯，以使背景不会沉入到无边的漆黑当中。

- ■ **海滩/雪景**。该模式可能会使场景略微曝光过度，从而抵消自动测光系统对非常明亮的设置过度补偿的倾向。

- ■ **体育运动**。该模式尽可能使用最高的快门速度来使动作定格，可能选择点测光模式使画面中心快速移动的主题曝光。

- **风景**。该模式通常选择小光圈使景深最大化，还可能提高相机的饱和度设置以使风景更鲜艳。

- **微距**。有些相机上的近距场景模式就是微距聚焦模式。该模式默认使用更小的光圈（以提供更大的景深）和更高的快门速度来使近距照片显得锐利，还会调整相机选择焦点的方式。

3.2　曝光测量

无论你使用的曝光模式是全自动、程序、光圈优先、快门优先还是手动，都需要根据相机的曝光指示器，选择一种适合具体情况的测光系统。

数码单反相机使用光敏电子装置来测量通过镜头的光。在早期的非数码单反相机中，该功能本身被认为是一个奇迹，因为那个时代的相机通常借助安装在相机机体外部的笨拙的光电元件来获取曝光信息。另一种方法是使用手持式测光表。这些系统的灵敏度相对较低，你必须极其幸运或者在解释测光表读数方面极其富有经验，才能使测光表捕获的光与实际抵达胶片的光照强度接近一致。当然，如果你使用滤镜或其他外接式附件，则所有赌注都将赔光。摄影师很乐意看到有厂商推出对实际抵达胶片本身的光进行测量的机型。

当然，我们现在认为TTL测光理所应当。与最早的TTL测光机型（它们只管捕获无定形的光子，不会过多考虑它来自图像中什么位置）相比，数码单反相机使用的测光方法更加精确。现代测光系统可以分为下列几类：

- **中央加权测光**。虽然早期相机具有平均测光（捕获来自取景器所有部分的光）的形式，但实际上它们倾向于强调画面的中央部分。不过缺点后来变成了特点，偏重中央的平均测光系统就是这样诞生的。大多数曝光信息都来自画面的中间。图3-9大致显示出偏重中央的测光系统所强调的典型区域（蓝色调不会出现在取景器中！）。

- **点测光**。该方法仅从画面的中心部分收集曝光信息。你可以选择6mm、8mm或更大的点。图3-10所示是典型的中心点的排列，其中敏感区域以蓝色标记。有些相机允许你改变中心的点测光区域，通常可将其改为由焦点区域的那些方块（图中以红色标记）所指示的某个位置。

- **矩阵测光**。该方法从画面中很多不同的位置收集曝光信息，然后使用若干计算例程之一来计算合适的设置。图3-11所示是佳能公司某款中间机型所使用的矩阵测光区域。

在相机的测光系统获得通过镜头的光照强度之后，就会对该信息进行评估，然后确定正确的曝光设置。但计算方法可能因相机而异。有的相机可能基于落到画面上的所有光的平均值为中央加权测光系统计算曝光量，但会给予中央区域额外的权重。而其他相机虽然名义上使用的是中央加权测光系统，但实

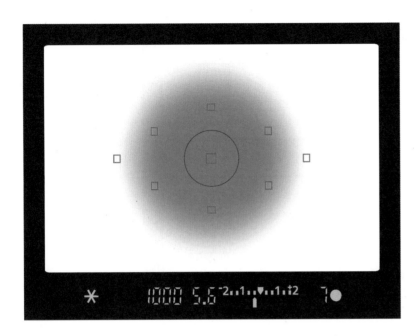

图3-9　偏重中央测光系统
从画面中心收集大部分曝光
信息，但同样包括图像其余
部分的数据。

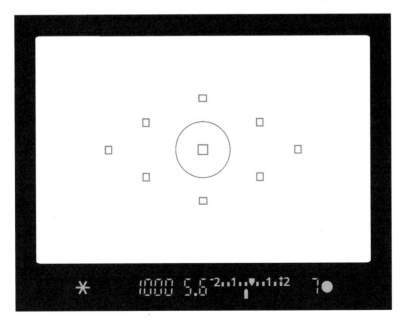

图3-10　点测光方法仅从
画面中心收集曝光信息。

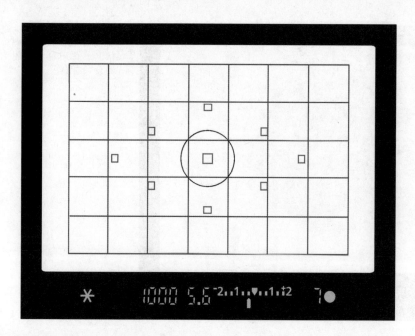

图3-11　矩阵测光方法从画面的很多区域收集曝光信息。

际上使用的却可能是某种改进型点测光系统，其使用的点是相当大的模糊点，以致画面外围的光几乎可以忽略不计。

　　同样，导致点测光系统存在差异的因素可能包括点的大小、相机利用所获得的信息要做什么事情、摄影师对测光过程有多大的灵活控制权等。例如，前面曾提到你可以选择点的大小。你还可以使用相机的光标控件，将测光点在取景器中四处移动，从而测量选定的主题所在区域，而不是测量相机强加给我们的中心区域。在拍摄背光照亮的主题或拍摄微距照片时，你将发现该选项特别有用。

　　在现代的多点矩阵测光系统中，要测量的点可能有数百或数千之多。例如，各种尼康相机就在取景器中使用包括420～1005个像点的CCD传感器来收集各种曝光数据。

　　矩阵测光系统使相机能够对要拍摄的照片类型进行一些有根据的猜想，并据此选择适当的曝光设置。例如，如果相机检测到画面上半部分比下半部分亮，则可能会合理地假设要拍摄的图像属于风景照片，并据此计算出合适的曝光设置。

　　测光系统还会收集画面中大量测光区域所形成的亮度模式，然后将其与相机制造商汇编的包含大量样本图片的大型数据库进行比对。你的相机不仅能够算出你在拍摄风景照片，而且还可能高度准确地识别出人像、月光、雪景以及数十种其他情形。

　　这些高度复杂的评估系统使用大量的信息来帮助作出有关曝光的决定。除了场景的总体亮度以外，系统还可能基于焦点距离（如果焦点被设置为无穷大，则图像更可能是风景照片）、聚焦或测光区域（如果你选择特定的画面部分进行聚焦或测光，则该区域就可能是兴趣中心，因此从曝光的观点来看应当给予其更大权重）、整个画面中亮度值的差异（实际上就是图像的对比度）以及最终实际遇到的亮度值作出调整。

　　略微使图像偏向于曝光不足经常是聪明的做法，因为错误曝光的阴影要比丧失细节的高光更容易复原。评估测光系统使用这种偏差及其他因素来计算曝光量。例如在阴暗的场景中，系统往往偏爱照片的中心。而在包含很多明亮区域的场景中，特别是在图像的总体对比度相对较低的情况下，额外关注将给予最明亮的部分。你的最佳赌注是逐渐熟悉自己的相机的曝光系统在你喜欢的各种摄影场景中是如何工作的。

曝光锁和包围曝光

　　数码单反相机以及其他相机，都包括一个曝光锁/焦点锁按钮。可以使用该按钮来获取当前的曝光设置，而不需要连续按下快门释放按钮。曝光以及聚焦设置在你拍摄下一张照片之前将一直保持锁定状态，从而允许你在实际按下快门拍照之前重新构图或者做其他事情。

　　另一个很少使用但可能给你带来方便的控件是包围曝光选项。该功能可使用你选定的增量（比如1档光圈的1/3或1/2），自动提供许多递减或递增的曝光设置（围绕基础曝光量产生）。更先进的系统还可以为其他设置（比如白平衡）单独或共同进行包围曝光。

3.3　聚焦

　　能否拍出技术上最佳的照片，正确聚焦是另一个关键方面。你通常希望主要主题处于锐聚焦位置（当然也有例外），然后可能希望图像其他部分同等锐利，也可能希望使用选择聚焦技术（如图3-12所示的选择聚焦技术将在第6章更详细地描述）使它们变得模糊。

　　在使用即指即拍型相机的情况下，聚焦在你涉足微距摄影之前很少是要考虑的事项。这些机型上的短焦距镜头可迫使所有主题都呈现出锐聚焦状态；这到底是好事还是坏事，取决于你是否希望创造性地使用聚焦技术。

　　而数码单反相机当然没有这样的问题或优点。你可以手动选择如何使图像聚焦，可以让相机为你完成聚焦，还可以在相机竭尽全力之后进一步微调焦点。每种方法都各有优缺点。

图3-12　选择聚焦能带来双重好处：一方面使背景模糊，另一方面使主题在比较之下显得更加锐利。

3.3.1 手动聚焦

在手动聚焦模式中，你要旋转镜头上的聚焦环，直到要拍摄的图像达到锐聚焦状态为止。对于某些摄影新手来说，这可能是一种几乎要忘掉的技能。但该技能实际上易于掌握。很多数码单反相机都具有一个出色的功能：即使你在手动调焦，聚焦指示灯在你实现正确聚焦之后也会点亮，从而额外给你提供某种有益的确认信息。

关于手动聚焦，要考虑的一些要点如下所述：

- **速度**。与自动聚焦系统那迅速的操作相比，手动聚焦需要更多的时间。如果你要拍摄以沉思为特征的艺术作品（主题通常在一段时间内会保持原位不动）或者拍摄近距照片，则手动聚焦的速度可能根本不会成为要考虑的因素。但对于动作摄影来说，你恐怕无法以足够快的速度改变聚焦。你可以在第8章了解到关于手动聚焦和动作摄影的更多内容。

- **不记忆效应**。眼睛（实际上是大脑）不能非常好地记忆聚焦情况。因此，你必须多次越来越轻微地前后移动聚焦环，才能最终确定图像是否已经精确聚焦。在镜头开始散焦之前，我们实际上不知道是否达到了最优聚焦状态。所以说，手动聚焦事实上可能是一个反复试错的过程。

- **难度**。如果图像又明亮又清晰，所观察的图像景深较浅，而且图像中有充足的对比度使我们可以辨别出那些精确聚焦和散焦的细节，则实现正确聚焦是件非常容易的事情。遗憾的是，你将经常遇到一些模糊、昏暗、对比度不高的场景，而使用低速镜头将使问题更趋复杂。

- **准确性**。从另一方面来讲，手动调整焦点是确保需要锐利和清晰的图像部分恰好锐利和清晰的最佳方法。如果你要创造性地使用选择聚焦技术，则手动聚焦是唯一途径。

- **追踪动作**。今天的自动聚焦系统已经足够复杂，甚至可以使用推测聚焦功能来跟踪移动的主题，并使他们在经过画面时处于焦点之上。虽然如此，但在已知的将要出现某个动作的位置手动聚焦并在恰当的时刻按下快门可能更为容易。人类的大脑仍然有些用处。

玻璃天花板……

如果你要透过玻璃拍摄，则手动聚焦特别有用。有些自动聚焦机构将聚焦在玻璃而非后面的主题上。如果你手动聚焦，就不会出现这样的问题。

3.3.2 自动聚焦

如同曝光的情况一样，数码相机使用不同的方法来收集聚焦信息，然后通过评估得出正确的焦点。这些方法的工作原理通常都是在前后移动镜头元件以改变焦点时检查图像的对比度。使图像出现高对比度的位置就是锐聚焦位置。在光照昏暗的条件下，自动聚焦系统可能依赖落在主题上的环境光或使用相机内置的某种特殊自动聚焦光源来改善照明。有少量相机将某种古怪的类似全息图的网格图形投射到主题上，从而基于该图形的变形情况进行聚焦。

1 自动聚焦的考虑事项

无论自动聚焦是如何实现的，在使用该功能时都有很多事情需要记住。我在本节概述了关于手动聚焦的若干考虑事项。下面是其他几个要考虑的要点。

- **自动聚焦的速度**。自动聚焦机构的操作速度可能至关紧要。在大多数数码单反相机中，自动聚焦电机都内置于镜头本身之中，从而使聚焦的实现依赖于所用小型电机的类型。例如，佳能公司就使用了好几种类型不同的电机，其中包括相对低速的弧形驱动电机和微型电动机以及若干高级的超音速电机。虽然新型尼康镜头（带AF-S标记）也有内置的电机，但以前的AF镜头却要使用相机机体内的低速电机。

- **自动聚焦技术**。不同的数码单反相机即便是由同一家厂商生产的，使用的也是不同的自动聚焦系统。其中的差异可能包括用来计算焦距的传感器的类型和数量。传感器可能由被评估的几行像素或者由覆盖更多区域的交叉平行线（称作交叉型聚焦传感器）构成。聚焦系统可能有4～9个（或更多）不同的传感器区域，它们位于观察屏幕的不同部分，甚至相互重叠。系统在亮光或暗光条件下可能会使用不同的传感器。另外，你可以使用相机的光标键，把传感器的视点在画面中从一个位置移到另一个位置。

- **自动聚焦的评估**。相机如何以及何时应用所计算出来的自动聚焦信息，可能影响到相机对变化的聚焦情况能够作出多好的响应。如同曝光测量系统的情况一样，你的相机亦可以不同方式使用来自多个传感器的聚焦数据，具体用法取决于其他因素和设置。例如，相机可能被设置为优先在最近的主题上聚焦，还可能使用某种聚焦传感器的图形来选择正确的焦点。更复杂的相机可提供更多自动聚焦评估选项，但同时也使在特定情况下选择使用什么设置更为复杂。

2 自动聚焦模式

为节省电池能量，数码单反相机仅当你半按快门释放按钮时才会开始使镜头聚焦。但在你按下该按钮之后，自动聚焦功能也不是没有头脑的机器，不会只是拍摄聚焦或散焦的照片，而从不接受你的任何反馈。有好几项设置可由你来调整，这至少给了你少量的控制权。供你处置的最重要的设置是自动聚焦模式。3种主要模式如下所述：

- **连续自动聚焦**。在该模式中，一旦半按快门释放按钮，相机就设定好焦点，但会继续监视主题，以便当主题或拍摄者移动时重新使镜头适当地聚焦。如果要拍摄快速移动的主题和体育运动，那么该设置可能是你的最佳选项。该方法的主要缺点有以下几种。第一，如果主题的移动速度超出了聚焦机构的跟踪能力，则可能拍出散焦的照片。第二，该系统要使用更多电能，而且可能产生令人讨厌的噪点。

  在使用连续自动聚焦模式时，一个重要考虑事项是系统的锁定时限，即当检测到移动主题时焦点改变得有多快。你可能认为快速的反应时间更可取，但实际上不总是这样。如果你在边线上拍摄足球比赛，已经聚焦在准备扑球的守门员身上，这时另一名队员或裁判员突然闯入相机前面，那么该怎么办？这种情况下，你当然希望相机暂时忽略闯入者，不要改变焦点。非常高级的数码单反相机允许你设置锁定时限，以使系统或者迅速重新聚焦在新的移动主题上（如果你需要这样），或者短时间忽略刚刚检测到的移动，以便继续拍摄原先的主题。

- **单次自动聚焦**。在该模式中，一旦你开始按下快门释放按钮，相机就把焦点设置好并保持不变，直到你按下该按钮拍照或者直接释放该按钮为止。对于非动作摄影而言，该模式通常是你的最佳选项，可使散焦的照片减至最低限度（以牺牲自发性为代价）。其缺点在于，当相机搜索焦点时你完全不能拍照，直到自动聚焦机构对当前设置感到满意之后控制权才能来到你的手中。

- **可自动调节的自动聚焦**。该模式当前存在于越来越多的相机当中，可在前述两种模式之间提供最佳的折衷。相机可以根据主题处于静止状态还是移动状态，交替地使用连续自动聚焦和单自动聚焦模式。

3 其他自动聚焦参数

你还可以使用其他设置来调整数码单反相机的聚焦方式。不是任何相机都可以使用所有这些参数，但最为普遍的参数如下所述：

- **动态聚焦区域**。因为你的数码单反相机有多个聚焦传感器在检查画面，所以在计算焦点时可以轮流使用不同的传感器。在设置为动态区域的自动聚焦模式中，相机在检测到主题移动时可以自动从一个传感器切换为另一个。

- **用户选择聚焦区域**。如图3-13所示，你可以使用相机的光标键或方向键从一个聚焦区域切换为另一个。自动聚焦系统经常与自动曝光系统使用相同的几个普通区域，并在屏幕上使用一组指示器来显示这些区域。你从图中可以看出，使用中的聚焦区域通常以鲜艳的红光指示（我已经描粗了其他自动聚焦区域，以使它们更容易看清；在你的取景器中，它们显得没有这么突出）。

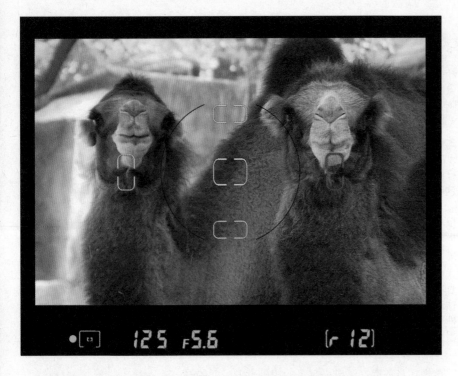

图3-13　当你从一个自动聚焦区域切换到另一个时，优先聚焦区域通常以绿色或红色指示。

- **最近主题**。在该模式中，自动聚焦系统将寻找离相机最近的主题——无论它位于画面中什么位置，并使其聚焦。
- **焦点锁**。数码单反相机都有一个焦点锁按钮，使你可以在拍照之前一直将焦点固定在当前位置。
- **焦点替换**。相机和镜头通常带有一个AF/M按钮，你可以用它在自动聚焦和手动聚焦模式之间切换。有些机型提供的自动聚焦模式可以在不磨损齿轮的情况下手动进行微调。
- **微距锁定/封锁**。有些相机和镜头带有把镜头锁定在微距位置的机构，使得焦点只能在狭窄的特写范围内获得。你还可能发现某些相机具有微距封锁功能，可使自动聚焦机构不能在给定距离以内聚焦。该功能在你拍摄远距离主题时可能给你带来方便，因为镜头不会耗时地搜索近距离的焦点。
- **焦点优先/快门释放按钮优先**。在某些自动聚焦条件下，你的相机可能会拒绝拍照，直到实现锐聚焦为止。该功能被称作焦点优先，对于日常拍摄而言通常是个好主意，因为可以排除拍出散焦照片的可能性。但如果有个重要时刻（比如一次赢得比赛的触地得分）展现在你的面前，而你的相机在需要拍照的时刻仍在搜索焦点，则焦点优先模式就可能使人极其气恼。在这样的情况中，快门优先模式可能更可取。你可以在即将实现完美聚焦之前的瞬间（此时焦点有可能已经足够好）拍照，拍照时刻由你而非相机决定。有些数码单反相机允许你为特定的自动聚焦模式指定要使用两者中间的哪一种。如果你的相机不允许设置该参数，则了解一下所使用的是焦点优先还是快门释放按钮优先无论怎么说都是一个好主意，因为这样可以避免意外的失望。

- **自动聚焦辅助灯**。这是在低光照条件下可以改善自动聚焦操作的可选功能。这种辅助灯最常见的颜色为白色或红色，其强度一般不高，对于几英尺开外的主题来说没有多大改善照明的作用。另外，它往往遭到人类或动物主题的反感，而且要使用足够的电能，可使电池能量更快耗光。

额外的聚焦控件

所谓的DC-Nikkor镜头是尼康公司率先推出的，其包括的散焦图像控件实际上允许你改变图像中散焦部分的特征。这种镜头甚至带有散焦控制环，你可以边旋转该控制环边在数码单反相机的取景器中预览其效果。这个魔术是借助另一个将缺陷转换为特色的诀窍完成的，那就是将镜头产生的通常不合乎需要的球面像差处理成符合人像及某些近距照片需要的散焦模糊效果。这些镜头的焦距为105mm和135mm，其附加优点是速度极高，因此可以用f/2这样的大光圈使选择聚焦更易于实现。希望能够以1000美元或稍高些的价格买到一个这样的专用镜头。

3.4　下一章简介

下一章将继续探讨数码单反相机的优缺点。具体说来，我们要讨论取景器的某些异常状态、传感器清洁任务的恐怖性以及相机内数字存储介质的某些秘密。如果你一直想知道最近图像中那些古怪的污点是些什么，那么本章将为你释疑解惑。

4

数码单反
相机的优缺点

　　如果你习惯于使用即指即拍型相机乃至带有电子取景器的高级机型，那么将发现数码单反相机有其特殊的优点和缺点，你必须对此加以了解。即使你这几年来一直在使用胶片单反相机，也会很快发现数码单反相机属于另一类动物。

　　虽然数码单反相机的设计解决了其他数字和胶片相机中存在的很多可能使你烦恼的问题，但是每一线希望可能都伴随着某种令人烦恼的黑暗。我们可以又快又简单地擦去或润饰掉附着在胶片图像上的微小尘斑，而干净的习惯可以使该问题减至最小限度。与此相反，依附于数字传感器上的尘土几乎不可能避免（除非你仅限于在干净的房间内拍摄），要是不加处理的话可能损坏数百幅图像。

　　你应当了解数码单反相机的取景器可能出现的某些异常，还应当了解在高效存储图像以及使用各种自动曝光模式方面的一些秘密。本章将澄清某些对数码单反相机优缺点的混淆看法，并说明如何利用其优点和缺点来改善你的拍照体验。不是所有话题都100%仅针对数码单反相机而言；例如，胶片单反相机也需要处理反光板反弹的问题。不过，我要说明的是这些缺点将如何作用于数码相机。

4.1　借助反光板完成构图

　　在第2章，我就数码单反相机如何通过镜头提供耀眼视图的问题作过一些基本描述。现在，我们将略微深入地讨论一下观察系统对摄影有着怎样的影响。任何单反相机中的关键组件都是镜头后面的反光板。这面镜子将把通过镜头的全部或部分光向上反射到观察装置中间（在像奥林巴斯E300/EVOLT这样设计古怪的机型中是侧向反射）。观察装置可能包括反映图像的调焦屏，外加使上下左右颠倒的图像正确翻转过来的五棱镜或一组反光板。在曝光期间，这面反光板将向上翻转，以允许光线继续不受阻碍地抵达传感器。图4-1所示是数码单反相机中光程的高度简化版本。

这是个匆忙画出的版本。如果你希望理解单反相机的观察系统是如何给你带来方便和麻烦的，则实际上有大量其他因素需要考虑。让我们从反光板本身开始。这块不大的反射矩形必须仔细地进行设计和激活，才能以精确共轴的方式将光反射到取景器中。否则你的视图——特别是你的调焦能力，就将是不准确的；而相机内要使用取景器图像的机构——比如自动曝光和自动聚焦部件，也将不能正确工作。

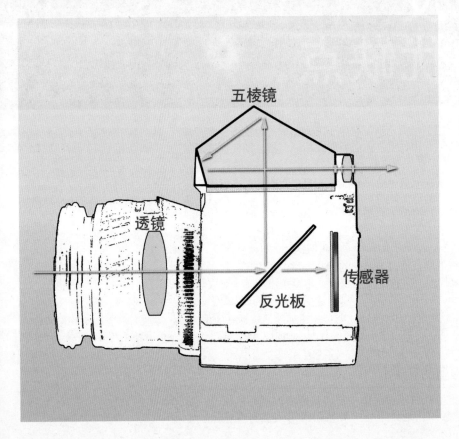

图4-1　从镜头进来的光经反光板反射到五棱镜上，然后再辗转抵达取景器窗口。

4.1.1　反光板反弹

应记住的一件事情是，反光板在曝光期间将向上翻转并作短暂停留，待拍照结束后就会再次返回到观察位置，因此会造成轻微的振动。设计拙劣的反光板甚至可能在完全抵达垂直位置之后"反弹"。这种振动有时确实会（虽然比较少见）影响照片的锐度，原因是在曝光期间引入了少量的"相机抖动"。即使把相机放在三脚架上，并使用自拍器、遥控器或快门线来触发快门，也不能消除这种效果。如果曝光时间既足以使这种振动产生效果，又没有长到使这段出现振动的曝光时间失去意义的程度，那么你最有可能看到这种反光板碰撞的结果。

换句话说，1/4秒的曝光时间要比30秒更可能受到轻微振动的影响。更长时间的曝光有助于抵消在快门打开后最初极短时间内出现的任何反弹所造成的影响。由于可干扰精密相机或观测仪器的姿态，反光板的移动也可能损坏通过显微镜或望远镜生成的图像。

在过去，有些相机厂商事实上已经设法绕过了这个问题，其方法是使用仅仅局部镀银的反光板，从而使部分照明总是抵达取景器，其余照明总是继续前往胶片或传感器。这种薄膜式反光板完全不需要向上或向下翻转。佳能和尼康公司都提供有这种相机，但有些机型需要专门订购或定制。

当然，设计这种基于薄膜的相机不是为了减轻反光板的反弹，而是为了完全消除上下翻转反光板的必要性，从而允许更快的连续拍摄帧速。例如，佳能EOS-1 RS相机每秒可拍摄10帧，而更早的薄膜式反光板机型佳能F-1每秒能拍摄14帧。尼康公司的两款基于薄膜的相机——尼康F2H-MD和尼康F3H，每秒可拍摄高达13.5帧。速度冠军是奥林巴斯公司提供的一款数码相机E-100RS，它每秒能拍摄15帧，但分辨率只有微不足道的150万像素。

不要指望在不远的将来看到新的薄膜式数码单反相机，因为它们有若干固有的问题。在使用非移动式反光板的情况下，最明显的问题是抵达取景器或胶片/传感器的光量永远不会是通过镜头光量的全部，因此视图可能要暗于使用向上翻转反光板的情形，而且用于曝光的照明也较少。第二个最重要的缺点是薄膜式反光板必须非常非常干净。虽然从胶片或传感器的观点来看，反光板本身通常不会在焦点上，但上面的任何灰尘污迹都可能影响到照片的质量。

最后，在使用半镀银反光板的情况下，来自取景器的光可能找到进入相机的途径，从镜头背面的闪亮部分反射或许就是途径之一，其结果是导致幻像出现。当使用这类系统拍摄时，或许将取景器遮住才是一个好主意。即使在使用传统反光板系统的相机中，目镜漏光也可能影响到曝光量的计算，因此有些数码单反相机（比如佳能EOS 1D）带有目镜"遮光器"以挡住光线。你也可以使用为大多数其他数码单反相机提供的那种夹紧式目镜遮光器。

如图4-2所示，另一种处理反光板反弹问题的方法是在曝光之前锁定反光板。因为相机已被固定在三脚架上，所以你可以在正确构图之后锁定反光板，然后再进行曝光，而不用担心光学系统的旋转组件是否会导致振动。遗憾的是，不是所有数码单反相机都带有能够在曝光之前触发的反光板锁定功能。很多机型锁住反光板的唯一目的是清洁传感器。

不过，有些数码单反相机包括在拍照前极短时间内向上翻转反光板的功能。在使用具备该功能的相机（比如尼康公司提供的几款机型）时，第一次按下快门释放按钮将使反光板向上翻转，然后第二次按下快门释放按钮才实际拍摄照片。当然，如果你是用手指按下快门释放按钮，则第二次仍然可能造成某种程度的振动，因此该功能最好连同快门线、红外线遥控器或自拍器一起使用。

图4-2　如果锁住反光板，就会消除一个振动源。

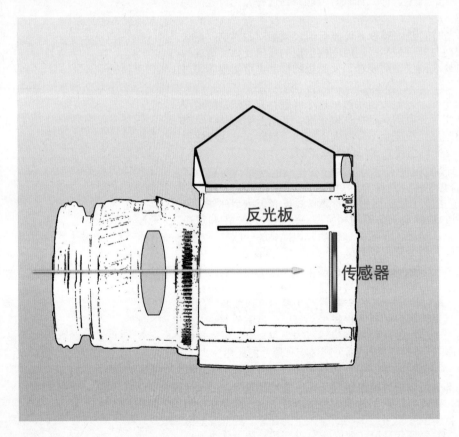

人为锁定

担心反光板的振动损坏你的曝光吗？当长时间曝光开始时，试着拿一片黑卡挡在镜头前面（但不要接触镜头），然后在快门打开之后极短时间内将其移开（此时反光板已经完全向上翻转到位）。

4.1.2　反光板的大小和设计

单反相机反光板的设计涉及大量因素。它们的重量必须尽量轻，以使移动速度最大化，并减轻对反光板升降机构的磨损。不同于镀银面由前面的玻璃加以保护的家用镜子，数码单反相机的反光板必须在前面镀银，以避免双重反射现象发生——即光线既从镀银面反射，又从玻璃面反射。

因为镀银面暴露在环境当中，所以数码单反相机的反光板易于损坏。如果存在粗糙尘粒的话，那么即使非常轻柔地进行擦拭也可能刮伤其表面。镜面上的灰尘对图像本身没有影响，因此你确实可以忽略这些微粒，或者使用气流将其清除掉。

数码单反相机的反光板必须大到足以反射完整的视场（或至少95%的视场），又必须小到足以放入镜头后面的空腔之内。专为使用非全幅传感器的数码相机设计的镜头支架——比如佳能EF-S支架或奥林巴斯4/3支架，均使用较小的反光板，以允许镜头更加靠近传感器。这种设计解决了广角镜头所特有的一个问题：它们的后焦点距离可能要比标准镜头和远摄镜头短。

你可能知道，特定镜头的焦距是从镜头的光学中心到胶片或传感器所在平面的距离。对20mm的镜头来说，该距离大约是0.75英寸，而这显然是不可能做到的。在一般的数码单反相机中，从镜头边缘到传感器的距离通常都在1.5到1.75英寸之间，因此如果用最简单的方法设计镜头，则广角镜头背面的元件将不得不向后延伸到相机内部，完全越过应当安装反光板的位置。我实际上就拥有这样的镜头，那是一个古老的Nikkor鱼眼镜头，其焦距为7.5mm。该镜头要向后伸入到相机机体内非常接近胶片平面的位置，你必须把反光板锁在上面不碍事的地方才能成功安装。

而使用今天的镜头就不用做这样的蠢事，它们均使用所谓的负焦距（亦称作反远距）设计将后焦点的距离增加到合理的数值。如果没有这样的设计，则供数码相机使用的10~12mm镜头（以及大部分聚焦短于40mm的镜头）将不可能存在。

对于所用传感器的规格小于全幅大小的数码单反相机而言，这句话尤其正确。因为倍增系数意味着需要越来越短的镜头才能产生与全幅数字或胶片相机相同的广角效果。（到第6章你就会知道，负焦距设计还有一个优点：较长的后焦点距离使光线能够以更小的斜角击中传感器，从而更为直接地照亮像点。你在第6章还会发现负焦距镜头和传统镜头的设计示意图。）

即使使用高级镜头，数码单反相机的设计者也需要做一些需要技巧的工作，才能使反光板既能适应镜头背面的元件，又能在需要时向上翻转。少数相机所使用的反光板在开始旋转之前能稍微向后滑动，从而为镜头背面的元件腾出额外的空隙。我们在第6章将讨论镜头的其他缺点。

4.1.3 调焦屏

光子旅行的下一站是调焦屏——亦称作观察屏。调焦屏过去曾被称作"磨砂玻璃"，它在理论上正好位于光程中传感器的焦面上。因此，如果取景器屏幕上的图像显得聚焦正确，则拍出的照片也应该是锐聚焦状态。

调焦屏的位置显然必须非常精确，但大部分数码单反相机中（至少在非专业的机型中）的调焦屏都是永久固定在相机上的，这样的事实使我们不必为这件事担心。有些高端的机型——比如佳能EOS 1Ds Mark II，可提供各不相同的9或10个针对特殊应用优化过的可替换调焦屏，其中有的表面粗糙，有的可进行测距仪类型的双图像调焦，有的带微棱镜，有的带有十字线，还有其他类型。专用的屏幕在低光照条件下可以提供格外明亮的图像供我们观察，其中心的亮点区域可供我们调焦，所提供的网格和十字线可用于对齐图像，当然还有其他功能。

我们还可以从第三方获得定制的调焦屏，比如Katz Eye光学器件公司（网址为**www.katzeyeoptics.com**）就提供有各种适用于佳能、尼康、富士、柯达、莱卡、奥林巴斯以及适马等品牌数码单反相机的调焦屏，价格大致都在100美元以内。在相机中安装调焦屏的服务需要付费50美元或更多。Katz Eye光学器件公司承接按需定做调焦屏的订单，所制作的屏幕可以使用你选择的网格线（包括用于构图的三分之一规则标记、建筑学网格，还包括为8英寸×10英寸、5英寸×7英寸或正方形相片的裁剪提供指示的标记——这种标记对人像摄影师特别有用）。你也可以应用Opti Brite这项光学处理工艺（需额外付费55美元），以使取景器图像的亮度在某些条件下达到正常亮度的两倍。

虽然调焦屏在过去通常是精密制造的磨砂玻璃，但今天你有可能在数码相机中发现激光蚀刻的塑料屏幕。虽然原来使用这样的屏幕只是为了给摄影师提供一种观察图像和手动调焦的方法，但今天这些屏幕可以被相机的曝光系统用来测量来自大型点阵的光，可以在使图像自动聚焦方面扮演主要角色，甚至可用来测量和设置白平衡（至少有一款相机是以入射方式从相机顶部的传感器区域测量白平衡的，因此测出的白平衡当然与来自镜头的光无关）。（入射光是落在主题上的光，而不是由主题反射的光。）

与带有电子取景器的相机（将液晶显示屏用作通过镜头的取景器，屏幕上很容易充满各种信息）相比，在数码单反相机的调焦屏上显示的数据可能相当稀少——你从图4-3中可以看出这一点。你通常能看到的只是聚焦区域标记，外加指出正在为点测光或中央加权测光系统的曝光计算测量哪块区域的指示器。这些区域可能会被照亮，以表明正处于活动状态。

图4-3 单反相机的调焦屏相对整洁，大部分信息都排列在画面的底部或两侧。

　　其他数据——包括快门速度、光圈大小、曝光模式、曝光次数、焦点确认灯以及指出是否需要闪光灯的指示灯，通常将以发光二极管的形式出现在调焦屏下面。

4.1.4　五棱镜及五面镜

　　调焦屏中的图像看起来方向正常，因为通过镜头的光接下来还要在五棱镜的反射面上反射两次。五棱镜亦称作屋脊五棱镜，通常是一块表面镀银的光学玻璃组件，也可能是由中空的玻璃/塑料屋脊反光板混合物构成的五面镜或类似系统。有些相机——比如我前面提到的奥林巴斯E300，使用一系列反光板来产生相同的效果，但不像典型的五棱镜那样使相机顶部隆起"驼峰"。无论使用的是什么系统，都需要若干次额外反射才能将图像矫正为正常状态。

　　如果你曾经看过传统的观察照相机的工作情况，则可能注意到磨砂玻璃上的图像是倒立的，其左侧与右侧也是颠倒的。以前在摄影室工作的摄影师习惯于使用以这种方式呈现的图像，但单反相机摄影通常是需要快速移动的工作，因此所有数码单反相机都提供方向正常的视图。

关于五棱镜/五面镜系统，还应知道的一件重要事情是：实心玻璃系统往往能比反光板系统呈现出更明亮的图像。在我的职业生涯早期，我就曾经用过一款能安装任何一种系统的相机，两者在亮度方面的差异令人吃惊。

4.1.5　目镜

在长途旅行的终点（整个旅程可能只需要极短的瞬间，除非你要拍摄月亮或恒星），进入镜头的光将抵达数码相机的目镜供人眼观察。目镜四周通常都衬有倾斜的橡胶垫，因此即使在佩戴眼镜的情况下你也可以舒适地将眼睛靠在它上面。目镜通常还附带屈光度校正拨盘或滑块；如果有近视或远视等视觉问题，你可以使用该拨盘来校正视图。如果正常的屈光度校正功能不够强大，大多数数码单反相机还允许用户给目镜添加一块处方透镜。

有若干因素与目镜中显现出的图像整体有关，你需要对此有所了解。

1　放大倍率

放大倍率指的是取景器中的图像在人眼看来有多大；在不超过某个极限的前提下，图像越大越好。如果你的数码单反相机可提供1X的放大倍率，则通过取景器看到的主题将显得与用肉眼观看时（肉眼相当于在无穷远处聚焦的标准镜头）一样大。在全幅数字或胶片相机中，标准镜头通常被定义为45-50mm左右。因此，如果你在左右摇动照相机时把右眼靠在取景器上，而使左眼睁开，则两眼中的场景将显得大致相同。如果你的数码相机使用小于全幅的传感器，则"标准镜头"将具有不同的焦距。举例来说，如果使用倍增系数为1.3的相机，则该焦距是38mm；如果相机的倍增系数为1.6，那么该焦距就应当是31mm。

如果你要使用非标准的其他镜头或变焦设置，或者不是聚焦在无穷远处，则图像大小即使在1X放大倍率的情况下也会改变。这一点相当明显：将镜头从38mm的"标准"位置变焦到114mm的远摄位置，取景器中的主题将显得比原先大两倍。而为了拍摄广角照片而变焦到19mm，主题的大小将变成原来的二分之一。

1X的放大倍率可提供足够大的图像进行观察。但有些数码单反相机只提供.80X或.75X的放大倍率。确保所购买的数码单反相机有足够的放大倍率，以便舒适地观察图像。

2　覆盖范围

取景器中的图像不可能与传感器所看到的场景100%相同。因为设计出能够显示100%可用视图的光学观察系统较为困难，所以有部分图像很可能会被裁剪掉。专业相机在这方面做得比较好，但你的入门级数码单反相机很可能只显示95%的真实视场。这不算什么严重的问题，因为它意味着最终图像实际上将大于所看到的图像。

如果相机分辨率为100万像素，则95%的覆盖范围大致相当于在图像左侧和右侧各剪去50个像素（大约为宽度的1%），在图像顶部和底部各剪去35个像素（大约为高度的1%）。图4-4大致指明了取景器中会失去多少图像。紫色区域表示使用覆盖范围为95%的取景器时将被裁剪掉的图像部分。

如果所见即所需恰好非常重要，那么你总是可以在图像编辑器中将照片裁剪成原来的取景器图像。在一定程度上，放大倍率和覆盖范围要联手工作：如果你的数码单反相机要提供100%的覆盖范围，则放大倍率必须稍微降低，以便为取景器显示其他信息腾出空间。如果相机的取景器具有100%的放大倍率，则出于同样的原因很可能要略微减小覆盖范围。在图像顶部、底部和两侧裁剪部分图像所腾出的空间，可分配给在取景器屏幕底部显示的信息。

图4-4 如果取景器的覆盖范围为95%，则只有紫色遮住的图像部分将因此丧失。

3 出射点

出射点就是眼睛在看清整个取景器（包括调焦屏和信息显示）的前提下可以从目镜离开的最大距离。延长的出射点有利于佩戴眼镜的摄影者，因为眼镜不可能让你直接把眼睛靠在取景器上。如果你要拍摄体育运动或动作，但不希望让眼睛始终贴在相机上，则较长的出射点图形同样有用。你还可能希望看见相机视场之外的东西，以便监视比赛的进展情况，或者确保当前没在画面中的那个又高又壮的接球手没有向边线上你的位置冲来！出射点图形通常以毫米为单位画出，其变化范围从12mm（半英寸）到25mm（1英寸）或更长。

4.2　数码单反相机取景器的异常状态

通常，数码单反相机取景器系统的工作情况与胶片单反相机非常相似。这当然非常好，只有一件事情例外：这样的系统直到曝光开始之后才允许你使用数字传感器。数码相机的主要优点之一——具备在曝光之前观察传感器图像的能力，在数码单反相机这里不适用；因为它们与胶片单反相机先辈极其类似。下面简单列出这个缺点对你有怎样的影响：

- **大部分没有实况预览图**。正如此前大约6次提到的那样，在传感器观察场景时你完全不能预览将要拍摄的图像（大多数数码单反相机都是这样），因为传感器在挡住光线的反光板向上翻转之前无法产生图像。数码单反相机的液晶显示屏只能用于事后观察图像，外加显示菜单和其他信息。

- **大部分没有实况直方图**。直方图显示是优化曝光的重要方式。如果直方图向某个方向偏移得太多，那么你可以增加或降低快门速度、光圈大小或曝光值，以尽可能获得最佳曝光。当构图的时候，非单反数码相机具备在液晶显示屏及/或电子取景器中显示所谓"实况"直方图的功能，使你可以实时进行校正。除了少数可以偷拍的机型以外，大多数数码单反相机都不可能具备实况直方图显示功能，原因依然是传感器在曝光开始之前什么也看不见。

- **不能偷偷摸摸地进行监视型拍摄**。你可以用USB数据线连接许多数码单反相机，然后使用特殊程序从远处控制相机。但再说一次，你只能盲目地拍摄。你的控制程序或许在拍摄之后可以把远程的照片下载到计算机当中，但是你不能监视在拍照之前相机所看到的场景。如果你希望当场抓获商店扒手，则最好改用常规的监视摄像机或高端非单反数码相机，以给显示器或计算机提供实况反馈。

- **在低光照或使用红外线滤镜的情况下只能盲目拍摄**。这实质上还是同一个问题。因为我们在大多数数码单反相机上仅限于通过光学取景器观察，所以在照明条件非常昏暗或使用红外线滤镜的情况下不得不盲目拍摄。而液晶显示屏或电子取景器经常带有能够在低光照条件下提高增益的电路，因此即使拍摄过程使用了能阻挡可见光的红外线滤镜，它们也能为你提供虽然模糊但仍能看清的有时是黑白的图像。

4.3　保护传感器不受灰尘污染

150多年以来，摄影师始终必须克服污垢和灰尘问题。灰尘可能落在胶片或底版上，进而与图像结合。灰尘可能存在于镜头前面或背面，在数量足够多的情况下就可能影响到图像。污垢甚至可能进入镜头内部，还可能出现在数码单反相机的反光板和调焦屏上，这种情况应当不会影响到照片的质量，但仍然可能使人感到讨厌。肮脏的电子触点毫无疑问可能影响闪存卡存储信息的能力，也可能妨碍外部电子闪光灯的操作。这些害处不仅影响胶片相机，而且多数还会影响数码相机。但数码单反相机又添加了新的缺点：肮脏的传感器。在非单反数码相机中，传感器被密封在相机内部，因此不会遭受灰尘污染。遗憾的是，镜头可拆卸的数码相机每次更换镜头时都会招致灰尘进入。灰尘将不可避免地悄悄混入并停留下来。其中有些等到保护传感器的快门为进行曝光而打开之后，就会悄悄潜入内部，将自己附着在成像器的外表面上。无论你多么小心，无论你更换镜头的过程多么干净，相机传感器上最终都会出现一些灰尘。本节将解释这种现象，并提供一些减少和清除灰尘的技巧，以便在灰尘开始影响照片质量时运用。

4.3.1　无处不在的灰尘

无论你喜欢与否，灰尘和污垢都要将我们包围——除非你生活在纯净的房间或塑料气囊内。它存在于周围的空气中，而且会毫无怜悯之心地进入数码相机的作品内。当你拆下镜头更换成另外一个的时候，部分灰尘就会潜入相机内部。即使你不拆卸镜头，灰尘也可能悄悄渗入。众所周知，某些镜头当变焦或调焦期间镜头筒移动的时候必然会吸入灰尘，然后会将灰尘向后推到镜头支架上。以这种方式进入的灰尘不会就此停留在镜头系统内，而将继续朝着相机内部前进。佳能公司的某些EF-S镜头支架上因此包括有柔软的橡胶垫，以阻止灰尘悄悄通过。

但所有努力最终都会变得毫无价值。灰尘必将进入相机内部。大部分灰尘将依附在反光板外框两侧。有些将落到反光板上或粘附在调焦屏底面。如果所积累的数量不足以干扰自动聚焦或自动曝光机构，那么存在于这些位置的灰尘应该不会影响到图像的质量，但此前很长时间内取景器中那些四处游荡的灰尘微粒将严重使你分心。

真正的危险是那些依附在快门帘和反光板外框后面的灰尘颗粒。它们可能由于快门帘的机械运动而扬起，并飘飘荡荡地进入传感器。在相机指向上方的情况下拍照，将利用万有引力定律来加重这样的危险。

灰尘将停留在传感器外表面上，而不会进入传感器本身。外表面是一层防护性滤镜，通常是低通的图形保真滤镜。有些厂商会努力确保灰尘无法永久滞留。例如，奥林巴斯公司使用一种超声波设备来除尘。该设备就算不能把所有灰尘微粒都震散，至少也能把它们移到相机内其他地方。索尼、宾得、松下等品牌的机型以及佳能公司的最新一款数码单反相机，也都包括清洁机构。

虽然有些数码单反相机比其他机型更易于使传感器沾染灰尘，但大多数最终都会屈服。我那款最新的数码单反相机在买来两周之后——镜头可能更换过三四次，我就注意到它出现了最初的灰尘问题。

你的传感器上现在可能就有灰尘，但你却不知道。因为容留尘垢的表面只是真实传感器上面一英寸长度的极小一部分，所以当镜头光圈较宽时灰尘往往不可见。如果你大部分时间都是以f/2.8~f/5.6的光圈拍摄，则传感器上的灰尘就可能模糊，因此几乎不可察觉——在尘粒很小的情况下尤其如此。如果将光圈缩小至f/16或f/22，则那些尘埃就会突然以锐利浮雕的面目出现。实际的微粒可能因太小而不能用肉眼看见；不大于一个句点的尘斑（直径大约为0.33mm）在典型的数码单反相机传感器上可能遮住高、宽均为40像素的一块区域。如果尘斑可以在明亮的背景上产生阴暗的大块斑点，则小到只有4个像素那么宽的微粒就可能像拇指那样惹人恼怒地伸出来。

无疑，你不希望自己的图像遭受这样的麻烦。

4.3.2 灰尘与损坏的像素

买来数码单反相机不久的新手如果发现许多图像都在相同位置出现斑点，可能想知道所看到的到底是尘斑还是传感器中损坏的像素。损坏的像素并不像你想象的那样死气沉沉。名为像素映射的技术可以找到不起作用的像素，并将它们永久封锁，而相机在将来的图像中将用周围像素的信息来代替这些像素。有些相机具有内置的可以自动或手动应用（取决于相机的设计）的像素映射功能，而其他相机则需要升级固件来完成这项任务，或者需要返回到厂家那里进行调整。如果相机在保修期内，则这种修复通常是免费的。

那么，该如何判断要处理的是灰尘还是坏像素呢？只需遵循下面这些步骤即可。

1、拍几张既有暗色背景又有亮色背景（这样你才能看见亮像素与暗像素两种异常）的空白照片。不要使用三脚架。你不需要使这些照片保持一致。

2、使用最大和最小的光圈——比如 f/2.8 和 f/22,拍几张明暗不同的照片。

3、把这些图像传送到计算机内，然后将其载入到你喜爱的图像编辑器中。

4、复制某一张阴暗的照片，将其作为新图层粘贴到另一幅画面阴暗的图像当中。确保两张照片是分别使用最小和最大光圈拍摄的。重复前述步骤，合成另一幅包含两个明亮画面的图像。

5、放大图像，然后检查有无黑暗和明亮的斑点。

6、如果你找到一个可疑的斑点，则使当前图层不可见，然后看看其他图层中（来自不同的照片）相同的位置是否也有这样的斑点。如果是这样，则图像中这些恼人的图像是由成像器而非主题造成的。

7、使用下面的准则来确定这些斑点到底是由灰尘造成的，还是由损坏的像素造成的。

跟踪损坏的像素可能比较棘手，因为它们可能隐藏在图像某部分中间。热像素在清澈的蓝天图像中可能显而易见，但在受影响区域中有大量细节的图像中就几乎不可察觉。图4-5所示是最好的（或者说是最坏的）情况：热像素（实际上是相邻的4个像素）隐藏在一幅有斑点的几种彩色粉笔的图像当中。该像素隐藏在第3行，但你用肉眼永远不可能发现它。图4-6已经将这几个坏点隔离出来。通过与完全不同的图像进行比较，即可识别出这些损坏的像素。因为不同的图像将在相同的位置显示相同的有问题像素。虽然那些彩色粉笔有其自己的斑点，但热像素仍然令人讨厌，因为所讨论的粉笔应该处于散焦状态，不应当有锋利的热点。从图4-7中可以看出，包围那4个坏像素的邻近像素无法被正确地渲染，因为逆马赛克过程不能正确地为这些像素插值。

图4-5　有4个坏像素隐藏在本图中。

图4-6 放大图像可识别出热像素。

图4-7 坏像素将在拍摄的每张照片中都造成如此难看的斑点。

在识别出图像中有斑点的区域之后，按照下面列出的项目仔细检查即可弄清楚造成这些斑点的原因。如果查明它是尘斑，则使用本章后面描述的清洁方法。如果它是坏像素，则激活相机的像素映射功能，或者与厂家联系。你也可以使用4.3.4小节描述的补救方法来修复出现在现有图像中的坏点。

■ 如果以完全黑暗的区域为背景进行观察，发现斑点的色彩明亮，那么它很可能是由一个或多个永久接通的像素造成的——我们将其称作击穿的像素。

■ 如果以明亮的像素区域为背景进行观察，发现斑点的色彩阴暗，那么它可能是永久断开的像素（我们称之为死像素），也可能是尘斑（如果模糊的话）。形状为矩形的黑暗像素（可能是由密度逐渐降低的像素包围的黑色像素）有可能是死像素。额外的坏像素通常是由于为死像素周围的像素插值造成的。

■ 如果斑点时有时无，你最后认定仅在长时间曝光的情况下它才会出现，那么它可能是传感器变热之后产生的热像素。相机的减少噪点功能可能把热像素看作噪点，并自动将它们删除。

■ 如果以最小光圈拍摄的照片中出现了一组阴暗的像素，但它们在用大光圈拍摄的照片中将消失或变得模糊（见图4-8），则这些像素肯定是尘斑。

4.3.3　保护传感器免遭灰尘污染

为保护传感器免遭灰尘污染，最容易的方法是起初就阻止灰尘进入相机。下面是一些你可以采取的步骤：

■ 保持相机清洁。如果能做到的话，避免在多尘的区域中工作。确保将相机保存在干净的环境中。

■ 当更换镜头时，首先使用吹风管或刷子清除掉替换镜头后支架上面的灰尘，这样就不会因为安装的新镜头不干净而直接将灰尘带入相机内部。这件事应当在从相机上取下镜头之前来做，然后在更换之前应避免使灰尘扬起。

■ 尽最大可能缩短无镜头的相机暴露在灰尘中的时间。这意味着应准备好替换镜头并清除上面的灰尘，一旦取下旧镜头就将其放到准备好的地方，这样你才能快速安装新镜头。

■ 在分离镜头的时候使相机面朝下方，以使反光板外框上的灰尘趋向于落到远离传感器的地方。背对微风或灰尘源，可使灰尘渗入的可能性降至最低。

■ 在安装好新镜头之后，迅速将端帽盖在刚才取下来的镜头上，以减少可能落在上面的灰尘。

图4-8　如果以f／8光圈拍摄的照片所包含的斑点在光圈减小为f／22时突然变得清晰，那么它肯定是尘斑。

- 时常在相对无尘的环境中取下镜头，然后使用球形吹风管（不是压缩空气或真空软管）清除反光板外框区域。球形吹风管通常比压缩空气罐或强烈的正/负气流更安全，后者往往可能把灰尘进一步吹入隐蔽位置或缝隙内。
- 如果你要开始一次重要的拍摄活动，则现在就使用后面给出的建议来清洁传感器是个好主意，否则你带回家的数百或数千张照片就可能全部带有因开始之前就依附在传感器上的灰尘而造成的斑点。

4.3.4　修复包含灰尘的图像

如果在拍过几幅照片之后注意到每幅图像的相同位置都有一个黑点，那么它可能就是尘斑（你可以使用我在上面给出的指导来查明真相）。但无论原因是什么，你都希望使其从照片中消失。有好几种方法来做这件事。下面是粗略列出的清单：

- **使用图像编辑器，以仿制方式清除污点。** Photoshop及其他编辑器都有"仿制工具"或"修复画笔工具"；你可以使用这种工具将周围区域的像素复制到尘斑或死像素上。该过程可能单调乏味，特别是在有大量尘斑或大量图像需要校正的情况下。其优越性在于，这种手工修复可能对照片其余部分只有最低限度的破坏。受影响的只是仿制操作的目标像素。
- **使用图像编辑器的"蒙尘与划痕"滤镜。** 像Photoshop中"蒙尘与划痕"这样的半智能滤镜，通过有选择地使那些它认定属于尘斑的区域模糊，可以清除掉灰尘和其他伪像。该方法非常适用于尘斑很多的情形，因为使你不必再手动进行修复。但任何类似的自动方法都有可能使那些你不想柔化的图像区域模糊。
- **尝试使用相机的参照除尘功能。** 有些数码单反相机提供有参照除尘功能，也就是将图像与为比较目的而拍摄的包含尘斑的白色空白参照照片进行比较，并使用获得的信息来删除图像中相应的污点。但这样的功能通常仅适用于以RAW格式拍摄的文件，而不能帮助你修复JPEG照片。如果图像中的尘斑没有多到不计其数的程度，则参照除尘可能是有用的事后补救措施。

4.3.5　清洁传感器

你应该清洁传感器吗？这取决于你打算采用哪种性质的清洁方式以及要遵循谁给出的建议。有些厂商只支持使用非常柔和的气流除尘，而反对使用刷子和洗涤液进行较危险的擦拭。但同样的厂商有时所提供的仅在日本销售的清洁工具却采用了他们所反对的清洁方式，显然他们认为日本的普通摄影师要比我们这些生活在世界其他地方的人更灵巧。这些工具与厂商自己的维修工人用来清洁传感器（来自因灰尘问题返厂维修的相机）的工具类似。

传感器除尘在某种程度上类似于清洁精密镜头的光学玻璃。把镜头的曝露面想象成是由相对柔软、易于刮伤的玻璃制成的通常是个好主意，这样的想象离真相其实并不遥远（虽然各种多涂层有助于使它们变得相当坚韧）。与此同时，将灰尘颗粒想象为边缘粗糙的细小石块，它们如果被粗心地拖过干燥的表面就可能划伤玻璃。当你使用镜头布或拭镜纸擦除灰尘的时候，液体镜头清洁剂通过润滑玻璃可以减轻这种划伤，但却可能残留一层薄膜，天长日久就可能以另一种方式影响镜头的涂层。把擦拭镜头的行为设想为可能导致灰尘颗粒划伤镜头的潜在危险。

之所以认真对待如何使镜头保持崭新明亮这件事的摄影师往往首先采取预防性措施来保持镜头的清洁，你现在应当清楚原因所在。这些措施通常包括防护性紫外线或天空光滤镜；这样的滤镜可以更随便地清洁，在划伤的情况下还可以直接丢弃。如果所有其他措施都失效，则有经验的摄影师将满怀敬畏之心地仔细清洁镜头的光学玻璃。

上述大多数原则同样适用于传感器，但也有少量区别。相对于你在镜头表面用肉眼即可发现的灰尘颗粒，能够影响传感器的微粒要小得多。覆盖传感器的滤镜与光学玻璃相比往往相当坚硬。在反光板后面那狭窄的空间内清洁长或宽为24mm或更短的传感器，可能是一项更加棘手、需要超常协调性的任务。最后，如果传感器的滤镜由于不适当的清洁而被划伤，你自己也无法直接以新换旧。

实践中有3种可用来清除数码单反相机传感器上灰尘和污垢的清洁方法，这3种方法都要求将快门锁定在打开状态：

- **用空气吹**。该方法需要在快门被锁定为打开状态的情况下向相机内喷入气流，适用于清除那些没有顽固地依附在传感器上的灰尘。
- **用刷子刷**。用非常纤细的柔软刷子划过传感器滤镜的表面，可轻柔地驱逐那些灰尘颗粒，将它们从成像器上扫去。
- **用液体洗**。使用在某种洗涤液（比如乙醇）中浸泡过的柔软药签擦拭传感器的滤镜，从而清除那些更加顽固的微粒。

要做的第一件事是把相机的反光板锁在上面，以使自己能够接触到传感器。你可能必须访问数码单反相机设置页面的某个菜单项，才能锁住反光板。有些厂商建议，仅当用交流电而非电池为相机供电时才可以锁住反光板进行清洁。该建议所依据的理论是，你不希望电池在工具伸入相机内部的情况下出现故障。如果反光板在清洁工作完成之前突然向下翻转，则很容易造成的结果就是损坏传感器或反光板，或者两者均被损坏。

但在实践中，我的数码相机电池停止工作的次数比我经历的局部停电和交流电源中断的次数还要少。我的建议是先给相机电池充满电，然后放心地用电池将反光板锁住。厂家建议的交流电源适配器可能需要你额外花钱购买，但买来后却不会用于任何别的事情（除非你要在工作室中做大量事情）。

在反光板翻转上去之后，你就应当尽可能快地工作，以减少让更多灰尘进入相机内部的机会。准备好一盏大功率的照明灯来照亮相机内部。如果你碰巧有一盏那种把光射向所注视位置的头戴照明灯，那就太好了。

下面将稍微详细地描述这3种清洁方法。

1 用空气吹

利用空气清洁是你的第一道防线。如果你正确地做这件事，则很难做得过头。格外柔和的气流不会以任何方式伤害到传感器。

当然，正确使用这种方法是成功的诀窍。下面列出若干技巧：

■ 仅使用专为这项任务设计的球形清洁器——比如图4-9中所显示的Giottos Rocket清洁器。更小的气球——比如那些有时附带毛刷、用于清洁镜头的气球或者无力的鼻用吸气器，不可能提供充足的空气或足够强大的气流来把这件事做得很好。

■ 不要使用在罐内存放的压缩空气。如果出现失误，这些罐内的压缩气体就可能永久覆盖到传感器上。

■ 不要使用商业用途的压缩空气压缩机。超强的气流在清洁传感器时很可能迫使灰尘进入一些你原本不想使其进入的位置——比如传感器滤镜下面。

■ 手拿上下颠倒的相机，找到里面的反光板外框，然后向内喷出气流，以利用重力将被驱逐的灰尘向下拉到远离传感器的地方。在确定自己的位置时，你可能必须发挥一定的想象力。

2 用刷子刷

如果你的灰尘更为顽固，仅仅使用空气不能将其驱离，那么你可能需要尝试使用某种刷子——例如www.visibledust.com网站销售的"传感器毛刷"。普通刷子过于粗糙和僵硬，而且其纤维往往缠结在一起，甚至可能变松并落到传感器上。"传感器毛刷"的纤维富有弹性，而且据称"比人的头发丝还细"。另外，这种毛刷带有木制的手柄，可以降低产生静电火花的危险。

用干燥毛刷的末梢轻柔地扫过传感器滤镜的表面，就算完成了清洁过程。灰尘颗粒将被吸引并依附到毛刷的微粒上。你应该在每次使用之前和之后用压缩空气来清洁刷子，并在不用期间将刷子保存在密闭的容器中，以使其保持干净无尘。虽然这些特殊的毛刷比较昂贵，但可以持续使用很长时间。它们有多种规格可供选择，可适应不同的数码单反相机传感器的宽度。

你还可以使用刷子为反光板外框的内表面除尘。

图4-9 使用像Giottos Rocket这样强壮有力的吹气球来清洁传感器。

3 用液体洗

最顽固的尘垢有可能混合了某种使它们能够粘附在传感器滤镜表面上的油脂或液体。在这样的情况下，就可能有必要使用药签蘸上液体进行清洁。你可以用覆盖着软布的塑料片来自制药签（你可以使用快餐店里的小刀，以一定角度将塑料片削成适当的形状）。但是，我建议你购买商业用途的传感器清洁药签——比如Photographic Solutions公司（网址为**www. photosol.com/swabproduct.htm**）出售的那些药签，以获得最佳结果。（有些人使用自制的药签和Photographic Solutions公司出售的Pec-Pad清洗布也能获得不错的结果，但该公司本身不建议以这种方式使用这些清洗布。）销售这些药签的厂商将为你推荐适用于特定数码单反相机的正确规格。

你需要的是结实的、不会弯曲或折断的药签，这样才能在擦拭传感器表面时对药签施加柔和的压力。使用前应将药签浸泡在甲醇（纯度越高越好；其他成分可能会留下残留物）或Eclipse牌溶液（也是Photographic Solutions公司出售的）当中。两三滴溶液应该就足够了，除非你的污渍非常难以清除。那种情况下，你可能需要在药签上使用额外的溶液来浸掉污垢。

一旦对于接触相机的传感器这件事不再神经过敏，剩下的过程就相当简单。你要连续在一个方向上用药签擦拭，然后将药签翻过来在相反的方向上擦拭。你必须完全擦拭整个表面，否则就可能把收集的灰尘堆放在一次性动作的远端。要擦拭，不要摩擦。图4-10所示是典型数码单反相机的传感器。

图4-10 仅当将反光板翻转到上方并打开快门之后，我们才能接触到数码单反相机的传感器。

反光板和调焦屏需要小心处理

除了使用气流以外，你不会发现更多清洁数码相机的反光板或调焦屏的技巧。这是因为这两个组件上的少量灰尘不可能影响到相机的操作，而两者又很容易被划伤。如果反光板或调焦屏上那些不易清除的灰尘使你烦恼不已，则应当考虑将相机寄回厂家进行清洁。使用拭镜纸、药签或洗涤液擦拭有可能造成更严重的伤害。

4.4　数码单反相机图像存储介质的秘密

数码单反相机的另一个缺点与你选择和使用的存储方法有关。与使用即指即拍型相机的朋友们相比，你拥有的选项更多，缺陷也更多。本节将揭示其中若干缺陷。

首先，大多数即指即拍型和电子取景器型相机都只能使用一种存储介质——无论是CF卡、SD卡、xD卡还是记忆棒。但很多数码单反相机都有多个存储卡插槽。有些相机可以同时使用CF卡和SD卡。奥林巴斯和富士公司由于自己所大力推广的xD卡始终不能像他们所期望的那样变得流行起来，也被迫在其高端相机中提供了对CF卡的支持。索尼公司在其Alpha数码单反相机中提供了CF适配器，以允许用户使用记忆棒（如果你已经拥有大量记忆棒，该功能就可以给你带来方便）。我不期望在不远的将来看到接受3种以上存储卡格式的数码单反相机出现，但如果有更多机型可以接受两种类型的存储介质或者为相同类型的介质提供多个插槽，那么我将不会感到惊讶。

4.4.1　主要考虑因素

当选择数码单反相机的存储卡时，应考虑下列若干因素：

■ **大小**。CF卡的个头比其他介质稍大，但可能也更健壮。尺寸较大并不意味着特别难以携带（与一盒胶卷占用的空间相比），更不是非常易于丢失。被广泛应用的最小的存储卡是xD卡，其面积不到1平方英寸。因此，我的xD卡就曾经不止一次被放错地方。更为糟糕的是，新的微型SD卡（显示在图4-11中CF卡旁边）甚至比小指上的指甲还小。你可能不会基于所用的存储卡类型来选择数码单反相机，因此多数情况下存储卡的大小不是主要的问题。

■ **容量**。不要期望这种或那种格式能够在非常长的时间内保持容量优势，但目前CF卡的容量在8GB~32GB（或更高）范围内，而SD、SDHC和xD卡略微落在后面。落在最后的是索尼记忆棒，尽管带有MagicGate功能的MemoryStick Pro记忆棒容量可达4GB。如果最大容量对你而言比较重要，可了解不同厂商的最新进展情况，但要清醒地认识到顶级容量的存储卡有可能售价最贵。

图4-11　放在CF卡旁边的微型SD卡显得非常矮小。

■ **形状因素**。CF卡有Type I和Type

II两种外形。Type II卡更厚，因此不能用在以前那些只有更薄Type I插槽的数码相机上。但那样的相机现在已经很罕见了。在数码单反相机中使用你拥有的任何CF卡都不应该有什么问题。

- **成本**。最近几年，尺寸与CF卡相当的微型硬盘在1GB以上存储容量的竞争中有成为最便宜选项的趋势，其价格往往只有相同容量的固态CF卡的一半。今天，CF卡仍然是低成本存储卡领域的冠军。秘诀在于找到价格方面的"最佳平衡点"，以使自己为每GB存储容量支付大致相同的金钱——无论存储卡的大小如何。也就是说，8GB存储卡的价格应当是相同速度的4GB存储卡的两倍。如果不是这样，你就要为额外的容量支付溢价。与此类似，当16GB存储卡的售价大约是8GB存储卡的两倍时（目前就大致是这种情况），你不用付出更高代价就可以使用这些容量更大的存储卡。

- **速度**。在选择存储卡时，应评估你的需要以及所考虑存储卡的写入速度。正如我在第2章提到并将在第8章再次提及的那样，大多数情况下存储卡写入速度对你的摄影工作几乎没有影响。而如果要连续拍摄体育运动，则可能属于例外情况。如果你要拍摄RAW文件，但相机保存这些文件的速度特别慢，那么写入速度也会对拍摄过程产生影响。高速存储需要你支付更多资金，但在拍摄期间却可能显示不出什么明显的好处。

1　使用一个大容量的存储卡好还是使用多个小容量的存储卡好？

与使用多个小容量存储卡相比，选用大容量存储卡的结果不仅仅是每GB容量的成本降低（8GB存储卡通常要比4个2GB存储卡便宜），还会增加丢失图像的风险，因为存储卡可能丢失或者变得不可读。有些摄影师喜欢插入一个存储卡，然后在整整一天的拍摄活动中也不更换成另一个。而其他摄影师更喜欢间隔一定时间就更换存储卡，并将包含图像的存储卡保存在特别安全的地方。（如果你的鸡蛋都放在同一个篮子里，那么要非常仔细地看管这个篮子！）

从安全性的观点来看，使用较少的高容量存储卡与使用大量的低容量存储卡之间几乎没有区别——虽然我往往认为容量越大越安全。用两个4GB存储卡代替一个8GB存储卡意味着丢失一个的可能性加倍，同时因频繁插拔而造成相机损坏（相机内部插针弯曲的可能性要比存储卡出现故障的可能性大得多）的可能性也会加倍。

与使用4GB的存储卡相比，如果8GB存储卡出现故障的确有可能使你失去更多照片，但是谁说过存储卡仅当充满图像时才会损坏？无论是4GB还是8GB的存储卡，都可能在保存了3GB图像的时候出现故障，两种情况下对你造成的伤害是相同的。当你和家人乘车外出度假时，你们会分别乘坐两辆汽车吗？假如你的家庭不是非常大，这个问题的答案可能是不会。但汽车事故要比存储卡故障常见得多，而且我认为对你来说家庭成员要比拍摄的照片重要得多。

当然，使用多个存储卡还有其他原因。使用多个存储卡是按照主题或位置分开图像的好方法。如果你在欧洲度假，则可以为每座经过的城市使用一个新的存储卡（就像在每个位置都拍摄一两个胶卷一样）。你也可以在第一个存储卡上存放大教堂的照片，在第二个卡上存放城堡照片，在第三个卡上存放风景照，在第四个卡上存放当地工艺品的照片。

但是，我在大多数情况下都更喜欢使用容量更大的存储卡来减少拍摄期间的换卡次数。使用分辨率为1000万～1200万像素的数码单反相机，每个8GB的存储卡可以让我拍摄200～300张或更多RAW格式的照片（比使用只能曝光36次的胶卷所获得的照片多得多！），因此除了拍摄体育运动以外我不需要非常频繁地更换存储介质（体育运动摄影可能在一两个小时内就耗尽整个存储卡）。

4.5　愚蠢的文件分配表

数字存储卡的格式要比它的物理形状复杂得多。关于数字存储介质，很少考虑的一个方面是各个存储单元的逻辑格式——即存储卡的FAT（File Allocation Table，文件分配表）系统。如果你只使用2GB或更小的存储卡，并且只在自己的相机中对它们执行格式化操作，则不必过多考虑这个方面。但如果知道一些内部工作过程，则可能给你带来方便。

从相机或计算机的角度来考虑，存储卡的作用或多或少就如同固态硬盘一样（带微型硬盘的相机使用的是真正的硬盘）。FAT系统的用途是把这块"硬盘"上各个最小的存储单元（即扇区）分配成易于管理的单元组（名为簇）。不同的FAT系统使用12、16和32位来记录各个单元的编号；因为簇的最大数量是由最大的12位、16位和32位数决定的，所以任何使用FAT12、FAT16或FAT32格式的系统实际上都存在容量上限。FAT12系统的容量上限为16MB，只能用于像软盘（还记得它们吗？）这样的介质上。数字存储卡可以使用FAT16（容量上限为2GB）或FAT32（容量上限为1024GB）。

当你在仅支持FAT16系统的相机中使用大于2GB的存储卡时，或者当你在计算机上而非相机内将存储卡格式化成了不兼容的格式时（这种情况经常发生），问题就出现了。在购买大容量的存储卡之前，应确保你的相机可以支持2GB以上的容量，然后应仅在相机中格式化存储卡以确保兼容性。

存储卡有时会轻微损坏，在与计算机相连接的读卡器中格式化可以使其再次可用。但即便如此，你也应当立即在相机中重新格式化以确保兼容性。

4.6　下一章简介

既然你已经知道如何应付数码单反相机的某些缺点，现在是探索使用什么文件格式（比如RAW）的时候了。数码单反相机在这方面与其不太复杂的表亲有很大区别。关于文件格式，下一章将为你揭示你需要知道的一切。

5

使用RAW
及其他文件格式

　　如果你是从即指即拍型相机升级到数码单反相机上来的，则很可能因为开始拍照时必须在文件格式方面作出新的选择而感到惊讶。拍快照的人群通常只需要挑选某种质量等级，比如"很好"、"好"或"标准"（在质量上依次略微降低，以便在存储卡上挤入更多照片）。偶尔拍些照片的人还可能不时地从相机的最高分辨率切换为较低的分辨率，这么做通常是为了获得更小的适于用电子邮件传送或者在网页上发布的图像文件。在使用即指即拍型相机的情况下，选择文件格式和分辨率在极大程度上是一件无需用脑的事情。

　　而使用数码单反相机，情况就不完全如此。你也要选择JPEG图像的质量等级，也要根据需要选择不同的分辨率。但是，你还要作出一些大多数即指即拍型相机拥有者不需要作出的决定。你应该只拍摄JPEG图像，还是应该使用被称作RAW的"未经加工的"格式来记录照片？你有可能希望选用一种为每张照片在存储卡上存储两幅图像的设置，其中一幅为JPEG格式（使用3种不同的质量等级之一），另一幅是RAW格式。少数数码单反相机允许你指定要使用的是压缩的还是未压缩的RAW格式，更少的机型还可以提供另一种文件格式选项——TIFF。

　　与文件格式难题有关的最有趣的方面在于，使用数码单反相机的摄影师可能不同于拍摄快照的人群，他们不会基于能够向存储卡内额外填入多少张照片来选择文件格式。任何需要购买数码单反相机的严肃摄影师，肯定已经购买了至少足以满足大多数拍照情况（只要不是长期度假）的存储卡。不同于仅仅为了节省空间而选择格式，使用数码单反相机的摄影师经常因为某种选项比另一种能够提供额外质量或附加控制功能而选用。该过程有点儿像为了产生独特结果而选择具备独特色彩再现能力的胶片，有的胶片色彩饱和、对比强烈，有的柔和而精确。对大多数数码单反相机拥有者来说，文件格式的选择是给照片提供尽可能多能力的首要工具。

在本书中，我始终竭力避免落入一个大多数关于数码摄影的书籍都不慎在此失足的陷阱，那就是花费很多时间来讨论图像编辑器可以实现的图像处理任务，而非讨论纯粹的摄影。但是，如果我只解释特定的格式可以做什么，而不涉及使之成为可能的软件，那么同样是在对你造成伤害。因此，你将在本章发现少量关于那些可使数字图像出类拔萃的实用程序的解释。

5.1　格式增生现象

人类肯定喜爱标准，不然这世界上怎么会有这么多标准。为什么格式会增生？这里面其实并没有什么秘密。厂商总认为自己在某些方面能够比竞争对手做得更好，起码他们希望你能这么想。因此，他们就发明一种带有少量额外特征的新文件格式，用户可借助这些特征来轻微调整文件的性能。但你很可能由于需要这些额外特征而受困于一组特殊的工具。

在某些方面，这是一种荒谬的方法。数字图像主要由位图中排列的成行成列的像素构成。每个像素可能存储着8位、15位、16位、24位、32位或48位信息。其中有些数据位可能要留出来表示图像内部的选择。你还需要存储类似覆盖图的图层、关于所用字体的数据以及其他信息。一旦你开始在图像编辑器中处理图像，就不再需要大量其他数据。你或许认为一种格式就能满足需要。但现在TIFF格式有很多变种，Photoshop PSD格式有少量变种，还得加上以前的众多专利格式，比如.IFF（Amiga）、.TGA（Targa）、.PXR（Pixar）、.PX1（PixelPaint）、.PIC（SoftImage）或.RLA（Wavefront）。

PSD格式的最新版本目前最有希望成为标准文件格式，但仅仅是在图像编辑领域。你的数码相机根本不能读取或生成PSD文件。PSD不能处理数码相机可以记录的很多信息，比如特有的白平衡、锐度、可变的色调曲线及其他数据。当你拍照的时候，大量的这种图片信息将以原始形式被相机捕获，相机然后会立即使用你在菜单中指定的设置对这些信息加以处理。在处理之后，图像将以特定的格式——比如TIFF或JPEG，被保存到存储卡上。保存操作一旦完成，任何修改就都必须针对处理过的数据进行。如果你认为应该使用另外一种白平衡，那么虽然在图像编辑器中修改色彩平衡可以提供某种程度的修复，但你并不能直接对此进行修改。

因此，数码相机厂商另外提供了一种可选择的文件格式；我们通常以RAW来囊括一切，但实际上它们有其他名称，比如NEF（尼康相机）、

CRW/CR2（佳能相机）或ARW（索尼相机）。不同的名称反映出来的事实是：这些RAW格式各不相同且互不兼容。你甚至在同一家厂商所用的RAW格式之间都能找到差别。例如，虽然佳能30D和佳能1D Mark III所生成的RAW文件都使用.CR2扩展名，但两者都需要使用各自特有的RAW转换器才能将文件转换成标准格式。迄今为止，市面上已有100多种"RAW"文件格式。

你还会发现对EXIF（Exchangeable Images File Format，可交换图像文件格式）规范的引用，它是大多数厂商所遵守的更大的DCF（Design Rule for Camera File，相机文件设计规则）系统的组成部分。遗憾的是，虽然EXIF和DCF都提供了转换信息的标准方法，但相机厂商都添加了一些华而不实的小特性来构成实际使用的文件格式。

当然，使用独特RAW格式的原因并非为了使你受困于特定的相机系统。相机厂商已经通过使用专利的镜头支架设计，试图达到这样的目标。表面上，真正的原因乃是前面所概述的那样：为了证明自己能够比其他对手做得更好。当然，某些RAW格式不过是带有简陋伪装的TIFF文件而已，仅仅具有新的文件扩展名和少量额外功能。但其他RAW格式可提供那些由CCD或CMOS成像器捕获的（相对而言）未经处理数据的不掺杂副本。之所以说相对，是因为相机传感器所捕获的模拟信息肯定要经过大量处理，才能转换为以RAW格式存储的数字形式。

DNG格式将何去何从？

为了使情况变得更加复杂，几年前Adobe Systems公司推出了新的DNG（Digital Negative，数字负片）规范，目的在于把各种相机的RAW文件转换为一种与任何软件都兼容的公共RAW格式。当然，该规范也允许向DNG文件添加Adobe公司所说的那种"私人元数据"，以支持"差异化"（表示非标准/非兼容的另一个词）。如果要采用DNG格式，那么就你的相机所生成的RAW图像而言，大部分数据都可以转换成新的标准，但不能保证所有数据都可以转换。因为Photoshop已经可以处理我们所使用的最常见的RAW文件类型，所以大多数数码单反相机拥有者在可预见的将来都可能不会对这项革新产生兴趣。

我们不要指望能够在将来看到数码相机文件格式的数量急剧减少，更可能看到的是出现更多格式——特别是新的及改进的RAW类型。但除了相机制造商提供的软件以外，供Photoshop使用的导入滤镜将随之出现，其他第三方RAW文件处理程序（比如BreezeBrowser、Capture1、Irfanview和Bibble）也将并驾齐驱。

5.2　图像大小、文件大小、图像质量和文件压缩

　　数码相机之所以提供不止一种文件格式，最初的原因之一是限制存储卡上所保存文件的大小。早期的数码单反相机使用吊在肩膀上的硬盘驱动器作为存储介质，使摄影师有200MB的空间来存储130万像素的图像。后来PC卡（现在名为CardBus卡）存储器流行过一段时间（现在笔记本计算机上还有PC卡插槽，但通常供无线网卡使用），直到SanDisk公司于1994年发明CF卡之后情况才发生变化。但所有这些存储选项在容量方面都是有限的，因此必须使用更高效的文件格式。如果数码相机有无限的存储容量，而且瞬间即可将文件从相机传送到计算机当中，那么所有图像就都可能以RAW或TIFF格式存储。因为不是所有应用程序都能解释RAW文件中那些未经处理的信息，还因为TIFF格式所特有的方便性和易用性，TIFF甚至有可能已经赢得绝对认同。RAW和TIFF所带来的质量损失几乎不可察觉，但现代数码单反相机存储RAW文件的速度稍慢，因此只要所购买的相机仍然支持TIFF格式，就几乎没有哪个人愿意在保存图像文件方面花更多时间。

　　后来发明的JPEG属于更紧凑的文件格式，它能以小得多的体积存储数字图像中的大部分信息。文件的体积越小，必然使向存储卡上写入文件的速度更快。JPEG格式出现的时间要早于大多数数码单反相机，最初被用来压缩那些要通过低速拨号连接传输的文件。即使你使用早期分辨率为130万像素的数码单反相机进行新闻摄影，也不希望以1200bps的低速度将照片传回办公室。

　　遗憾的是，JPEG格式是通过以某种丢失少量信息的方式压缩信息来提供更小文件的。但JPEG仍然是生命力最顽强的数码相机文件格式，因为它能提供若干不同的质量等级。在选用最高质量等级的情况下，你几乎不能分辨出在原始RAW文件与JPEG版本之间有什么区别——虽然RAW文件可能占用14MB存储卡，而高质量的JPEG文件仅占据4MB存储空间。在完全没有丧失大部分可见信息的情况下，你已经将图像压缩为原始大小的1/3.5。如果你不介意损失一定的质量，则可以使用更具诱惑力的JPEG压缩选项，从而在一个RAW文件所占据的空间内存储14幅JPEG图像。

　　RAW格式之所以继续存在，是因为我们有时希望能够首先使用一下相机捕获的所有数字信息，之后再让相机的内部逻辑来处理这些信息并将图像转换为JPEG格式。RAW文件不像JPEG那样节省空间。其用途是在应用你为某些项目（比如白平衡或锐化）作出的设置之前，保留相机捕获的所有信息。把相机提供的RAW格式文件看作照底片，它随时可被相机（或者你选用的其他兼容RAW格式的图像编辑/处理软件）转换成其他格式。

　　你可以调整数码相机图像的图像大小、文件大小和图像质量。这些调整是3件完全不同的事情，相机指南和手册有时对此区分得不够清楚。不过，图像大小会影响文件大小和图像质量，而图像质量也会影响文件大小。文件大小虽然依赖于其他两项，但对图像大小或质量却没有直接影响。难怪人们容易混

淆！在继续之前把这3个术语梳理清楚是个好主意，这样我在后面说的跟你心里想的才完全是一回事。下面是简要的总结：

■ **图像大小**。这是所拍摄图像的像素大小。举例来说，如果相机的分辨率为1000万像素，则可以提供3872×2592、2896×1944和1936×1296等几种图像分辨率（分别为1020万、560万和250万像素）。分辨率降低将减小存储卡上所存储文件的大小。

■ **文件大小**。这是图像在存储卡、硬盘或其他存储介质上实际占据的空间，度量单位为MB（兆字节）。文件大小取决于图像大小（分辨率）和图像质量/压缩等级。你可以通过减小图像大小或使用低质量/高压缩比的设置，来减小文件的大小。

■ **图像质量**。这是压缩图像在图像编辑器中被恢复之后所呈现出来的外观清晰度。RAW格式提供的是不损失图像质量的简单压缩形式，但JPEG压缩将降低图像质量，其原因很快就会揭晓。

在继续进行下面的讨论时，请记住图像大小、文件大小和图像质量之间的区别。

5.2.1 图像压缩揭秘

技术性警告！有很多人问过我"压缩是（或不是）什么"这个问题，因此我打算抽出少量篇幅来解释一下压缩的工作原理。如果你不愿意吸收细如发丝的细节，那么请随便往后翻。压缩有两个变种：无损压缩和有损压缩。比如RAW和TIFF格式所提供的就是无损压缩，而JPEG格式所提供的是有损压缩。懂得一些压缩的工作原理可以使这些术语更易于理解。注意，不是所有RAW和TIFF文件都是压缩过的文件。例如，尼康公司最初的NEF格式就是非压缩格式，所生成的600万像素图像将占据11MB存储空间。但该格式的最新版本实际上是压缩格式，可将NEF文件的一般大小减小为大约5.7MB。相机或编辑软件（后者更常用）也可以存储不经压缩的TIFF文件（但提供TIFF选项的数码单反相机极为罕见）。

像所有其他计算机代码一样，位图也是以二进制数序列的形式存储的。计算机只能处理二进制数。64位二进制数可能类似下面给出的示例，也可能与此相差甚远，因为我出于说明目的使用了简化的数值：

0000000000000111000000000000000000111111000000000000000000000001

你或许知道，计算机可以用一个字节存储8个二进制位（尽管我们并非想要这样）。因此，计算机需要8个完整的字节才能存储这个64位的二进制数。如果图像是标准的24位全色图像，则8个字节只能表示两个多像素的基本信息。如果我们不能以某种方式压缩信息，则100万像素的图像无疑将占用数MB的存储空间。

　　压缩是切实可行的，因为任何二进制数字串都包含冗余信息。有些位有或没有，都不会影响精确无损地复现原始数字串。假设你要为自己的小型高尔夫球场登记一份财产清单，而且像上面的数字串那样将64个高尔夫球排成了一行，其中0表示红色高尔夫球，1表示绿色高尔夫球。如果你想描述你的阵容，那么会说这行高尔夫球由"红球、红球、红球、红球、红球、红球、红球、红球、红球、红球、红球、红球、红球、绿球、绿球、绿球、红球、红球、红球……"组成吗？你当然不会。你应当说"前面是14个红球，然后是3个绿球、16个红球、6个绿球、24个红球、1个绿球……"，就像图5-1所显示的那样。你将节省大量单词！

　　当描述数字串而非高尔夫球时，节省效果将更加显著。无损的压缩方案——比如用来压缩TIFF文件的方案，可以把二进制位（不是高尔夫球）1或0重复了多少次用数值记录下来。因此，压缩方案将使用意思是"14个0、后跟3个1、后跟16个0、后跟6个1……"的代码，而不必存储全部64个二进制位。这样的信息将允许重构本示例中所使用的位串。技师类型的人们把这种简化方法称作"有限行程长度"，因为它记录了同一个数连续跑过的长度。

14　3　16　6　24　1

图5-1　*你只需列出相同的像素连续出现了多少次，而不用逐一描述每一个像素。*

　　实际压缩过程将做得更好。压缩算法在工作的时候，能够在某些位串开始重复时注意到这样的现象。压缩代码将指出在哪里可找到与下一个需要记录的位串相同的位串，而不是仅仅数一数1和0的个数。上面那行数字如果第二次出现，那么将被替换成指出这行位串存储在文件中什么位置的短代码。事实上，编码器/解码器将这么说："转到合并起来的表的x，y位置，使用在那里找到的数字串。"显然，表坐标可以用非常小的数来表示，因此随着交叉引用的位串数量增加，文件大小将被压缩得越来越多。图5-2为那些爱好数学的人（我不是）展示了一个简化的查找表。

1000100	01001	10101	11111111
1110111	10111111	00111	10000111
1010101	111000111	10101011	11110101

图5-2　*表中对位串的交叉引用可以节省空间。*

　　为表示位串1111010111100011111111111110001001000100010001001000100

0，你只需要列出各个子串在上表中的地址即可。

我们的讨论还没有完。文件变得越大，压缩方案必须实际记录的位串相对而言就越少。越来越大的代码将由指向位串的指针构成。名为赫夫曼编码的这种方法，将为文件中的位串建立一个频率表，并给出现最频繁的位串分配最短的代码。

即使从文件中清除掉所有冗余数字，压缩算法也能使用编码信息精确重构原始文件。今天，更先进的算法——比如用来压缩TIFF文件的LZW（Lempel-Ziv Welch）算法，都是非常高效的。

LZW最初是由以色列研究人员Abraham Lempel和Jacob Ziv于1977年和1978年共同开发出来的，后来美国Unisys公司的研究人员Terry Welch进一步改进了Lempel-Ziv算法，他于1984年发表了一种现在被称作Lempel-Ziv Welch（不带第二个连字符的写法最常见，但即使Unisys公司本身在书写方面也不一致）或简写为LZW的压缩技术，并取得了专利权。

5.2.2 讨论尚未结束

有趣的部分刚刚开始。（如果你有不同意见，可随便跳到后面的章节。下面是些有人认为相当有趣、有人却有不同看法的滑稽可笑的内容。）虽然用于TIFF文件的压缩方案工作得不错，但TIFF文件可能仍然较为庞大。随着通过电信线路传输图像文件变得流行（甚至比互联网流行得还早），一个名为联合摄影专家组（Joint Photographic Experts Group，简写JPEG）的协会开发了一种既高效、又能保留大多数有价值图像信息的压缩方案——该方案特别适用于色调连续的图像。JPEG使用3种不同的算法：其中一个名为离散余弦变换（Discrete Cosine Transformation，简写DCT），加上一个量子化例程，还有一个类似赫夫曼编码的数字压缩方法。

JPEG首先把图像分成较大的单元——比如8×8个像素，并将图像分隔到一种将亮度值与颜色值分开的特殊颜色空间内。在该模式中，JPEG算法可以单独地压缩不同类型的数据。因为亮度对人眼来说更重要，所以可以对颜色值应用更大程度的压缩。与颜色方面的微小变化相比，亮度方面同样微小的变化更容易被人眼检测到。

接下来，该算法将对信息执行离散余弦变换。这个数学魔术只是简单地通过分析各个单元所包含的64个像素来寻找相似性，然后丢弃那些冗余的像素——即那些与周围像素的值相同的像素。

下一步要进行量子化，也就是把某些接近白色的像素表示成纯粹的白色。然后，该算法将通过记录各个像素与下一个像素的色调差异来压缩灰度和颜色信息，并使用一组数学例程来编码所得到的位串。以这样的方式，包含8×8个24位像素的单元(共192字节)通常可以被压缩到10～13(或更少)个字节。JPEG允许指定不同的压缩比，但选择更高的压缩比将导致更多的信息被丢弃。

　　最后，保留下来的代码还要经受一次可能类似于前述赫夫曼编码的数字压缩过程。最后这一步是无损压缩，因为需要丢弃的图像信息已经全部不存在了。

　　JPEG因为会丢弃数据而被称作"有损压缩"。这意味着图像一旦经过压缩，在解压之后就不可能再与原始图像相同。很多情况下，原始图像与压缩版本之间的区别很难看出。

　　JPEG图像的压缩比介于5：1与15：1之间。图像中的细节种类会影响到压缩比。与包含大量细节的图像相比，大块没有特征的区域（比如蓝天、白墙等）可以得到更好的压缩结果。图5-3所示是分别以低压缩比（上面）和高压缩比（下面）压缩的同一幅图像（鹦鹉眼睛的近距摄影）。

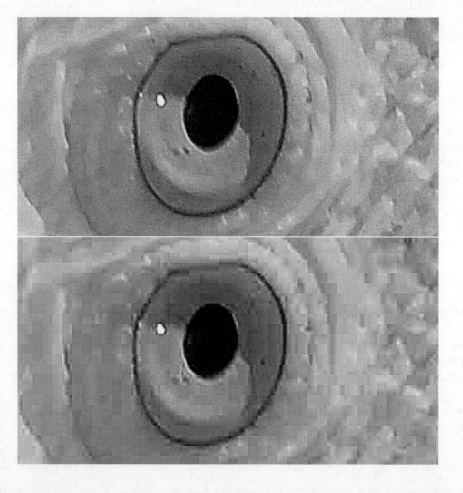

图5-3 低压缩比（上面）可产生平滑的外观，而高压缩比（下面）将产生斑驳的外观。

这种压缩方法特别适用于那些将在网页上发布或者将通过电子邮件发送的文件，亦可用来压缩数码相机文件。然而，我们每次压缩和保存JPEG文件，都会使其质量进一步受损。因此，你不应当多次编辑数码相机的JPEG文件，而应将原始文件另存为TIFF文件或另一种无损的文件格式，然后对无损的文件进行编辑，这样我们在必要时还可以返回到原样保存的原始版本。事实上，把RAW格式的数字负片保存到CD或DVD上是个好主意，这样的话你在将来任何时候都仍然可以返回到原始文件上，而无论此前已经将图像搞坏（或改善）到何种程度。

5.3 与这些格式有关的其他信息

数码相机中使用3种格式：JPEG、TIFF以及各种RAW。它们各有优点，也带有少量需要避免的缺点。

5.3.1 JPEG

JPEG是最常见的数码相机存储图像的格式，因为它就是为了减小摄影图像的文件大小而设计的。该格式在图像质量与文件大小之间提供了适当的折衷，所生成的图像也能够适应日常应用的需要。那些使用即指即拍型数码相机的人可能只使用过JPEG，甚至很多数码单反相机拥有者也发现，默认的JPEG设置所提供的图像质量足以满足普通用途。单从锐度方面来看，要辨别出最佳质量的JPEG图像与那些用RAW或TIFF格式存储的图像之间有什么区别确实困难。但正如你即将看到的那样，起作用的还有其他因素。

你可能已经知道，虽然数码单反相机只能提供固定数量的设置，但JPEG格式实际上允许我们在连续的质量/压缩系数范围内进行调整。如果打开图像编辑器，你就会发现该范围是以质量光谱（比如从0～10或从0～15）表示的。有时候，非常简单的图像编辑器会使用几个以"低"、"中"或"高"标记的质量设置滑块。所有这些都只不过是告诉算法应丢弃多少信息的不同方式。

从另一方面来讲，数码单反相机使用类似"超常好"、"格外好"、"好"、"普通/标准"或"基本"这样的名称，将你限制在数量有限的若干质量设置上，而且不告诉你与其准确对应的JPEG设置是什么。这些表示质量设置的名称不是标准化的东西，不同的相机即使使用同名的质量设置，但两者实际对应的JPEG质量也不一定相同。

你通常会发现，任何数码单反相机上的JPEG压缩选项都不会超过3个。例如，某些尼康相机提供的选项为"好"、"普通"和"基本"。如果你关心图像质量，而且希望使用JPEG，则或许应当始终使用最佳JPEG设置，或者交替使用这样的设置与RAW设置。你的选择可能取决于你有多少存储空间。当在住宅附近拍摄时，因为可以方便地使用计算机，所以我会选择使用RAW格式。当离家外出旅行时，如果我认为要拍摄的照片足以超出那些始终随身携带的存储卡的容量，那么就会改用JPEG格式。

如果要在运动会上连续拍摄很多照片，就可能出现上述情况。为某个比赛项目一次拍摄6～8张照片是很平常的事情，因此10来个项目之后你就会注意到自己已经在相对不长的时间内拍摄了数GB的RAW照片。虽然存储卡相对而言还算便宜，但即便你携带一堆4GB或8GB的存储卡，也会发现布什对巴金森定律的推论同样适用于数字摄影：通过多拍摄照片来填满可用的存储空间。

大多数相机都能够更快地把JPEG格式的照片保存到存储卡上（与RAW格式相比），这是连续摄影要考虑的另一个因素。如果质量不是至关紧要，则为相机选择低质量的JPEG设置可以在可用的存储介质上保存更多图像。

5.3.2　TIFF

纯粹的TIFF——最初的无损图像文件格式之一，在数码相机世界中自有一席之地。在过去，很多高端即指即拍型相机也仅仅提供JPEG，因为TIFF属于更高的质量选项。我使用的一种能够提供TIFF格式的新品牌非单反数码相机，也仅仅面世几年时间。在数码单反相机中间，TIFF无疑正逐渐消失。大多数非专业机型都仅提供JPEG和RAW，或者提供常见的JPEG+RAW模式——即以两种格式保存同一幅图像（通常使用你选择的JPEG压缩比）。少数机型仍然提供TIFF，但它们的数量很少。

最初使用TIFF的根本原因是，该选项能够以标准格式提供更高的质量，不需要厂商开发专利的RAW格式。而今天，RAW格式在调整图像方面的附加优点使其值得任何厂商下功夫开发。

TIFF（Tagged-Image File Format，带标签的图像文件格式）是1987年由Aldus公司设计的（后来由Adobe公司及Aldus公司的旗舰产品PageMaker获得），其初衷是成为标准的图像文件交换格式。该格式确实取得过预想的成功；作为无损的文件选项，有段时期几乎所有高端数码相机都提供了对TIFF的支持——不过今天使用该格式的相机已然很少。但因为TIFF支持众多不同的配置，所以你可能发现某些应用程序不能读取另一个程序创建的TIFF文件。其名称本身来自可以包括在文件头中的标签或描述符，这些标签可以列出图像中数据的种类。

TIFF可以存储黑白、灰度以及24位或48位彩色图像，还可以使用各种颜色模型——比如RGB、Lab和CMYK。如果你用过Photoshop，则肯定知道TIFF可以像Photoshop固有的PSD格式那样存储色阶和选区（即Alpha通道）。该格式可使用多种压缩方案，其中包括完全无压缩、赫夫曼编码、LZW以及所谓的Pack Bits。大多数应用程序都可以读取以其中任意一种压缩格式存储的TIFF文件。

5.3.3 RAW

数码相机所应用的RAW不是标准化的文件格式，而是为各个相机厂商所特有的专利格式。因此，各个厂商都需要为自己的相机编写特殊的软件。RAW格式存储的是相机捕获的原始信息，因此你可以在外部对其进行处理，以获得最优的图像。

有些RAW格式——比如高端的尼康和佳能相机所使用的那些，实际上是某种带有专利扩展名的TIFF文件。遗憾的是，这并不意味着能够读取标准TIFF文件的应用程序同样能够理解它们。RAW文件通常都需要借助特殊软件来处理。如果幸运的话，你的相机厂商可以为你提供易于使用、功能强大的特殊RAW处理程序。举例来说，尼康公司仅仅提供了基本的名为Picture Project的程序来读取和转换它的.NEF文件。你必须使用名为Nikon Capture NX的程序或依赖另一个RAW转换程序。佳能公司为其.CRW和.CR2格式仅仅提供了浏览程序。

但Adobe Photoshop和Photoshop Elements软件都包含的Adobe Camera Raw插件，几乎可以处理任何相机的RAW文件（但在Photoshop Elements程序中，不是所有功能都可用）。你可能已经发现，有些第三方也为具体的机型提供RAW解码器，比如YarcPlus和BreezeBrowser公司就为某些佳能相机提供过解码器，Bibble Pro公司会为尼康、佳能、奥林巴斯、宾得/三星、索尼、富士、柯达和其他数码单反相机提供解码器。极其不错的免费Windows实用程序Irfan View，也可以处理很多RAW文件格式。

你将在下一节了解关于RAW的更多信息。

5.4 如何在JPEG、TIFF和RAW中间作出选择

在这3种文件格式中间，你应该使用哪一种？JPEG文件在空间使用方面的效率最高，而且能够以多种质量等级（取决于你选用的压缩比）存储。你可以选择极小的文件但要牺牲细节，也可以选择很大的文件以保留原始图像中的大部分信息。JPEG实际上允许你为打算拍摄的照片定制文件大小。

但是，JPEG在保存到存储卡上之前已经由相机作过附加处理。你在相机中选择的设置——比如白平衡、色彩、锐化以及压缩比等等，均已被应用于图像当中。你以后当然可以在诸如Photoshop这样的图像编辑器中对JPEG图像作出某些调整，但它们毫无例外都是已经被处理过的图像，甚至经历了过量的处理。

曝光时刻捕获的信息也可以存储为相机制造商设计的固有专利格式。这些格式因相机而异，但都叫作RAW。你可以把RAW看作通用名称而非具体格式，正如商标名称Heinz适用于所有57个品种而非仅仅一个品种一样。

　　我们可以把RAW文件比喻成数码相机的底片，它包含以10位、12位、14位或16位通道（取决于你的相机）存储的所有信息，没有经过任何压缩或锐化，也没有应用任何特殊滤镜或处理。本质上，RAW文件使你有权使用相机在生成24位JPEG文件时所使用的同样的信息。你可以把RAW文件载入到浏览程序或图像编辑器中，然后应用一些与你在相机的拍照选项中所指定的设置实质上相同的修改。

　　图5-4、图5-5和图5-6为我们提供了一个实例。图5-4所示是数码单反相机以JPEG格式存储的风景照片。这是一幅难以正确曝光的图像，因为其中既有漆黑的阴影，也有非常明亮的天空中的高光。图中经过处理的图像显得过于黑暗，其对比度也过于强烈。当你在Photoshop中尝试通过操纵曲线来挽救这样的图片时，图5-5揭示了将会发生的事情。使阴影变亮非常容易，但因为JPEG版本的天空区域没有任何细节，所以在那里没有多少事情可做。

　　因为我的相机以JPEG和RAW两种版本存储了同一幅图像，所以我可以使用Photoshop CS3中名为"合并到HDR"（IIigh Dynamic Range，高动态范围）的功能来处理RAW图像，从而获得如图5-6所示的结果。我实质上使用原始的RAW文件创建了两个32位的版本，第一个包含高光中所保留的细节，第二个包含阴影中的细节。然后，"合并到HDR"命令再将两幅图像合并到一起。

5.4.1　以RAW和JPEG两种格式拍摄的优越性

　　我的个人偏好是同时以RAW和最高质量的JPEG两种格式（RAW+JPEG FINE）拍摄，但奇怪的是在80%～90%的情况中我都仅仅使用JPEG版本。如果你聪明地把相机设置好，则JPEG版本不仅足够满足众多应用的需要，而且可由图像编辑器完成一些次要的优化调整。主要依赖JPEG文件使我不再需要导入RAW文件，然后执行耗时的后期处理。但万一需要表演某种图像编辑魔术——比如微调白平衡或使用Photoshop的"合并到HDR"命令，我也有RAW文件可用。

　　始终如一地拍摄RAW+JPEG两种格式的照片，还允许我们玩一些其他把戏。当你希望探索单色图像的创新可能性时，可以把相机设置为黑白模式，这样就不必麻烦地在图像编辑器中执行颇需技巧的彩色到黑白转换。你的相机将拍摄黑白JPEG图像；但当你希望创建特别的单色再现（比如棕褐色或晒蓝图）图像或者需要彩色时，仍然能够随时返回到RAW图像恢复颜色。

　　你还可以"奇迹般地"同时使用两种颜色空间拍摄。举例来说，你可以把相机设置为sRGB颜色空间，以使拍摄的JPEG图像具有为显示器或网页显示而优化过的颜色范围。以后一旦发现需要使用Adobe RGB颜色范围的图像用于打印，你可以利用RAW文件非常轻松地创建这样的版本。

图5-4 JPEG版本既过于阴暗，对比度又过于强烈。

图5—5   Photoshop可以使阴影变亮，但对天空区域却无能为力。

图5-6　用Photoshop的"合并到HDR"命令处理RAW文件，可以在改善色彩平衡和饱和度的同时修复色调问题。

廉价的固态存储介质使得RAW+JPEG格式拍摄在大多数情况下完全可行，特别是在你离家不远、时常可以把照片上传到计算机中的情况下，或者在你拥有PSD（Personal Storage Device，个人存储设备）或便携式电脑这样的备份系统的情况下。

5.4.2　仅拍摄RAW图像的优越性

有些摄影师只拍摄RAW图像。我本人在长途旅行期间也是这么做的，目的是最大限度利用可用的存储空间。我的做法是拍摄RAW格式的图像，然后把文件备份到一两个PSD上；我认为这样可以充分利用可用存储容量。如果我仅使用JPEG格式拍摄，则可以把更多照片塞入相同的存储空间，但我外出旅行所拍摄的照片往往要在工作中使用，自然希望每一张照片都尽可能具有最佳质量。因此，如果我不得不选择一种格式，那么最终会选择RAW。

在回到家中的时候，如果我认为有必要，则可以使用某个实用程序从各个RAW图像创建JPEG文件。创建大量JPEG文件的过程非常耗时（RAW+JPEG通常是最佳双格式拍摄选项的原因也正在于此），但需要的话我可以在夜间进行批处理。

对于那些打算做大量后期处理工作、完全不需要相机生成JPEG文件的摄影者来说，只拍摄RAW格式同样是合适的选项。

5.4.3　仅拍摄JPEG图像的优越性

我在本章已经大力吹捧了RAW有多好，但你可能想知道只拍摄JPEG图像是否也有什么优越性。有大量摄影师都依赖JPEG图像来完成大部分工作，因此选择这种格式并避开使用RAW图像的乐趣必然有充分的理由。

事实上，很多专业的摄影记者以及拍摄体育运动、婚礼和商业活动的摄影师都只拍摄JPEG图像，其原因并不是希望把存储卡的最后一个字节也榨干。不同类型的摄影师有不同的仅使用JPEG格式的理由，其中多数理由与技术问题或工作流程有关。下面是这些理由的简要汇总：

■ **纯粹出于容量考虑**。婚礼摄影师在婚礼之前、期间和之后可能要拍摄1000～1500张照片（或更多）。虽然包括在影集中的照片数量相对不多，但拥有其他图像以及几乎所有来宾和亲戚的照片可能使你有机会通过加印照片、出售光盘等形式获利。商业活动摄影师很容易在短时间内就拍出数千张照片。新闻记者和体育运动摄影师同样要拍摄很多照片。我记不起最近在哪个运动会上所拍摄的照片没有达到1100～1200张，其中很多都是以每秒5～8帧的连续突发模式拍摄的。任何人（特别是专业人员）都不希望艰难地对数千张照片中的哪怕是一小部分进行后期处理。解决方案是确保相机设置最优化，然后拍出始终令人满意、不需要在尘埃落定之后另行调整的JPEG图像。

■ **纯粹出于速度考虑。**数码相机通常需要更长时间才能把RAW文件或RAW+JPEG组合保存到存储卡上。对大多数照片类型而言，相机的缓冲区将首先吸收所拍摄的图像，然后迅速在极短时间内（大概只够你按下快门）将图像传送到存储卡上。但如果你要以快速的突发模式拍摄体育运动或其他活动，则缓冲区极易被大量文件压垮。以每秒5帧的速度你或许只能连续拍摄5或6个RAW文件，但如果仅使用JPEG格式的话则连续拍摄的照片数量可提高到两倍或三倍。

■ **需要较快的传输速度。**因为RAW文件比JPEG文件大好几倍，所以需要较长时间才能从相机或存储卡上传输到计算机当中。如果你忙得不可开交（比如要满足最后期限的要求），则额外的等待时间可能使你非常沮丧。因此在时间不充裕时，你应当使用JPEG图像以及可用的最快传输方法——比如兼容USB 2.0的读卡器。图5-7显示了在诸如Adobe Bridge这样完善的图像管理程序中，大量图片可以非常迅速地以相当整齐划一的形式摆放在屏幕上。

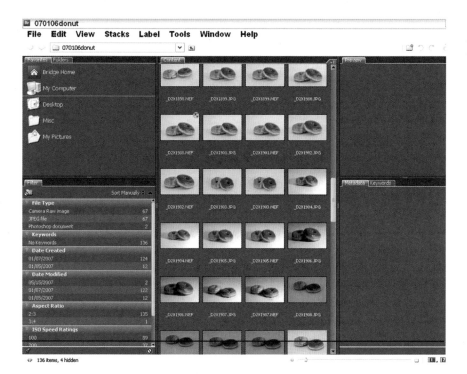

图5-7 Adobe Bridge是管理JPEG和RAW文件的合适工具。

5.5 RAW文件处理程序

能够处理RAW文件的软件数量比你想象的要多。相机厂商总是提供某种实用程序来读取他们的相机所特有的RAW文件，但第三方解决方案的市场同样欣欣向荣。这些方案通常以独立应用程序（通常为Windows和Macintosh两个平台提供可用版本）或Photoshop兼容插件的形式提供，有些还能以两种形式使用。因为RAW插件将取代Photoshop自带的RAW转换器Adobe Camera Raw，所以我往往更喜欢在独立模式中使用大多数RAW实用程序。这样的话，如果我选择直接在Photoshop中打开某个文件，则Photoshop将自动使用既快速又易用的Camera Raw插件将其打开。而如果我有更多时间或者需要另一个转换器所特有的功能，则可以加载那个转换器，打开要处理的文件，然后执行所需的校正。即使你不使用插件模式，大多数应用程序也能直接将处理过的文件传递给Photoshop。

本节提供对众多RAW文件处理程序的简要概述，以使你更清楚在不同的应用程序中各有哪些信息可用。我打算既包括高端、也包括低端的RAW文件浏览器，以便你了解可用软件都有哪些。

5.5.1 相机厂商提供的转换器

前面曾提到，那些由相机厂商提供的文件转换器属于大杂烩。有的极其出色，有的尚可接受，而有的却令人生厌。最好的方面在于，它们通常都伴随相机免费提供。尼康公司随相机提供有基本的RAW转换器——Picture Project，但如果你需要上等货，则必须花159美元购买该公司的Capture NX软件。下面简介几种可以从相机厂商那儿获得的实用程序。

1 尼康公司的Capture NX

尼康公司用Capture NX（见图5-8）取代了先前的实用程序Nikon Capture，该软件与其前辈都是需要额外付费的产品。那些憎恨在拿出一大笔钱购买相机之后还要额外为合适的RAW文件转换器付费的人，往往会被这种做法激怒；而那些打算改用Adobe Camera Raw或其他插件的人，将因为该程序的成本没有包括在相机价格之中而感到高兴。

Capture NX实际上不是Nikon Capture的升级产品，而是一个新的应用程序，具有完善的编辑组件和新的功能。最初的Nikon Capture是有用的处理尼康NEF（RAW）图像文件的工具，可以成批转换文件，可以上载、下载和传输图像，还可以通过USB电缆遥控相机（适用于延时摄影及其他用途的远程拍摄）。而Capture NX进一步提供了更多可用来对选定图像区域（你可以使用U形控制点来隔离部分区域）进行非破坏性修改（这意味着你总能返回到最初的图像）的强大编辑工具。

图5-8　尼康公司的 Capture NX软件可使用尼康NEF（RAW）文件中的所有选项。

　　大多数使用尼康相机的摄影师在是否选用Capture NX方面无疑有高度自由。该公司甚至已经对旧程序Nikon Capture中使用最多的相机通信工具分开计价，现在将其作为另一个可选实用程序以名称Camera Capture Project（CCP）对外提供。该实用程序可以配合Picture Project和Capture NX使用，因此你可以花大约70美元将其买来，这样就不需要投资沉甸甸的159美元来购买Capture NX（两者均可免费试用30天，然后再决定是否购买）。

　　Capture NX使用了一些得到Nik软件公司许可的技术，以提供一些新的工具（比如画笔、套索和选框）和先进的分层功能，并提供允许你在选定区域内修改颜色、动态范围及其他参数的U形控制点。这个新程序还对那些用于校正Nikkor镜头所带来的像差（比如桶形失真、晕影和鱼眼扭曲）的工具作了改进。新的"编辑列表"通过列出所应用的每一步操作并允许以任何顺序撤消单独的步骤，可以对图像处理工作流程提供更好的控制。该程序还包括新的Capture NX Browser，可用于标记和排序图像，并对成批照片同时应用选定的设置。

　　高水平的摄影师肯定喜欢那些色彩管理控件（使打印图像与你在相机和显示器上所看到的图像更匹配）以及完善的噪点减少新算法。

　　Capture NX程序的用户在导入RAW/NEF图像之后，可以使用相机文件的原始设置或者在某些方面（比如锐化、色调补偿、颜色模式、颜色饱和度、白平衡或噪点减少）微调过的设置，将图像保存为标准的格式——比如TIFF。Capture NX包括一个有用的图像除尘功能，可以消除那些由落在传感器上的灰尘造成的尘斑。只需拍一张空白的灰尘参照照片，该应用程序就能在导入的其他图像中"除去"相同位置上的灰尘伪像。

2　佳能公司提供的软件

佳能公司提供有简单的RAW转换器——RAW Image Task；该软件的用户可以使用在相机中指定的设置或者重新调整过的设置，从RAW文件创建TIFF或JPEG图像。该软件还可以把转换得到的文件传递给另一个图像编辑器——比如Photoshop或Photoshop Elements。这些功能在Windows和Macintosh系统上都可用。

图5-9　Digital Photo Professional永远不会代替Photoshop，但也有一些基本的图像编辑功能。

更有用的是名为Digital Photo Professional（见图5-9）的小型图像编辑器，它不仅能够处理佳能公司的RAW文件，而且还能组织、修剪、校正和打印图像。你可以用RAW调整功能来校正色调曲线、色调值、颜色饱和度、锐度、亮度和对比度。特别方便的是，你可以开发和保存"处方"，以便单独保留一组与文件脱离的校正设置，并在需要时将其应用于其他图像。

3 其他专利的RAW文件转换器

索尼公司在其Alpha数码单反相机中包括了一个名为Image Data Converter SR的程序。如同所有由相机制造商提供的RAW转换器一样，Image Data Converter SR也保证100%与索尼Alpha DSLR-A100相机的RAW文件兼容。该转换器允许你修改在相机中作出的任何设置，还允许你调整一些通常不能在拍照时调整的其他设置——比如色调曲线。允许用户在拍照之后对这些设置进行修改，使你不仅可以微调图像，校正某些可能在拍照时造成的错误，还可以修复相机错误设置的色彩平衡等问题。举例来说，该程序有单独的曝光值（EV）调整设置、对比度和饱和度设置以及3个通道的直方图——它显示单独的红、绿和蓝直方图而非相机中那种简单的亮度直方图。

其他数码单反相机厂商——包括奥林巴斯、宾得和松下公司，都提供带有同类功能的类似程序。如果随相机一起提供的RAW转换器所做的任何事情都不能使你满意，那么你应当考虑使用下面讨论的某个第三方解决方案。

5.5.2 第三方解决方案

注意，包括Bibble和Capture One在内的大多数带有价格标签的产品都可以免费下载并试用30天。这些下载版本的网络地址经常改变（例如Phase One公司的大本营在丹麦，但其产品却可以通过其他经销商下载），因此如果你确实喜欢其中之一，那么应当用Google来搜索最新的链接。

你将会发现，RAW文件处理程序可以从很多供应商那里获得，而且可能不需要花费1分钱（IrfanView就属于这种情况），或者其成本已经包括在其他软件的价格中（Photoshop属于这种情况）。你也可以花费129美元购买一个功能完善的程序——比如Bibble Professional，或者花费500美元巨资购买顶级的程序——比如Phase One公司的Capture One Pro（C1 Pro）。

1 IrfanView

IrfanView属于低端（免费）产品，你可以从www.irfanview.com网站下载这个免费的Windows程序。该程序可以读取很多常见的RAW照片格式，是快速浏览RAW文件（只需将文件拖放到IrfanView窗口即可）并对未经处理的文件作出快速修改的好方法。你可以裁剪、旋转或校正图像，还可以做些很酷的事情——比如交换周围的颜色（红色换为蓝色，蓝色换为绿色，诸如此类）以创建虚假的彩色照片。

Irfan View（见图5-10）确实是免费软件，而且有一些颇有价值的功能。

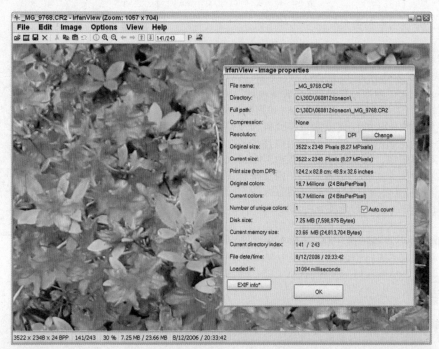

图5-10　IrfanView是可以读取很多RAW文件格式的免费程序。

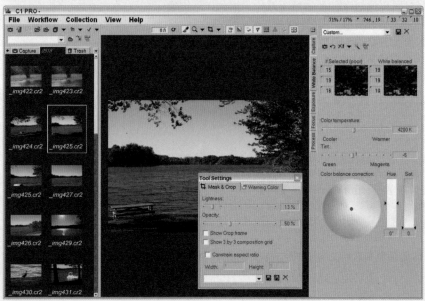

图5-11　Phase One公司的C1 Pro运行迅速、功能完善。

2 Phase One公司的Capture One Pro (C1 Pro)

如果说在尼康和佳能数码单反相机的RAW文件转换器中间存在卡迪拉克，那么它必定是C1 Pro。这套质优价高的程序能够恰当、迅速地完成每件事情。如果你不能确认该专业级软件的价格标签是否合理，该公司还为消费者、热衷摄影的业余爱好者和囊中羞涩的专业人员提供了名为Capture One dSLR和Capture One dSLR SE的"简化"版本。

C1 Pro（如图5-11所示）所针对的用户是有大量需要的摄影师（包括学校和人像摄影师以及繁忙的商业摄影师），该软件有Windows和Mac OS X两种版本可用，而且支持大量的尼康和佳能数码相机。Phase One公司是价值数百万美元的数码相机支持系统（供中等和大型相机使用）的领先供应商，因此他们真正理解摄影师的需要。

最新的功能包括各个图像单独拥有的噪点减少控件、自动色阶调整、允许迅速从 RAW 转换为 TIFF 或 JPEG 格式的"快速显影"选项、方便进行比较的双图像并列视图以及可以叠加到图像上面的有用的网格和参照线。关心版权保护问题的摄影师将感激对输出图像添加水印的功能（其他图像编辑器也有该功能）。

3 Bibble Pro

在第三方RAW转换器中间，我个人所钟爱的程序之一是Bibble Pro（如图5-12所示）；就在我编写本书期间，该软件的新版本刚刚面世不久。Bibble Pro所支持的RAW文件格式非常多，其中包括尼康相机的NEF文件、来自佳能公司的CRW和CR2文件、奥林巴斯相机生成的ORF文件、已成为历史的柯达数码单反相机所提供的DCR格式、富士公司的RAF格式以及宾得公司所使用的PEF格式。

该实用程序还支持大量不同的平台，可用于Windows、Mac OS X以及Linux（信不信由你）操作系统。

Bibble的运行速度很快，因为它可以在用户作出修改时提供即时的预览和实时的反馈。当你需要短时间内转换很多图像时，速度问题极为重要（拍摄商业活动的摄影师知道我说的是什么意思！）。Bibble的批处理功能还允许你使用指定的设置转换大量文件，在此期间无需用户进一步干预。

Bibble的可定制界面使你可以快速地组织和编辑图像，然后以包括16位TIFF和PNG在内的多种格式输出图像。你甚至可以用该软件创建Web照片画廊。我经常发现自己不喜欢相机给数字图像添加的普通文件名，因此非常喜欢Bibble使用用户指定的新名称成批地重命名文件的功能。

Bibble完全实现了颜色管理，这意味着它可以支持所有流行的颜色空间（比如Adobe RGB），可以使用第三方色彩管理软件生成的定制配置文件。Bibble有两个版本，一个是专业版，另一个是简化版。因为专业版价格合理

图5-12　Bibble Pro支持大量的RAW文件格式。

——只有129美元，所以我确实看不到有什么必要为了节省60美元而使用简化版。简化版缺少一些高级选项，比如不能限定范围进行调整，也不能在图像中嵌入兼容IPTC的标题。另外要说的是，该软件不能用作Photoshop插件（如果你更喜欢以非独立模式使用该程序，才会有所遗憾）。

4　BreezeBrowser

那些使用Windows系统、对佳能公司以前提供的File Viewer实用程序不满意的佳能数码单反相机拥有者，长久以来一直特别喜爱的RAW转换器是如图5-13所示的BreezeBrowser。这款软件的运行速度很快，而且有大量将RAW文件转换为其他格式的选项。你可以选择以闪烁区域来指出那些在最终照片中将无法呈现的高光（这样我们就更容易识别并校正这些区域），可以使用直方图来校正色调，可以添加颜色配置文件，可以自动旋转图像，还可以调整所有原始图像的参数——比如白平衡、颜色空间、饱和度、对比度、锐化、色调、曝光值补偿及其他设置。

你还可以控制噪点减少功能（可选择"低"、"普通"和"高"共3种减少噪点的选项），可以在实时预览图中评估作出的修改，然后把文件保存为压缩的JPEG文件或者是8位或16位的TIFF文件。BreezeBrowser还可以直接利用你选定的文件创建出HTML格式的Web照片画廊。

图5-13 BreezeBrowser使佳能RAW文件的转换轻而易举。

5.5.3 Adobe Camera Raw

　　Adobe公司将其Camera Raw实用程序（经常被简称为ACR）与包括Photoshop CS3和Photoshop Elements 5.0在内的若干应用程序捆绑在一起（但在低级版本中不是所有功能都可用）。要在Photoshop CS3中使用Adobe Camera Raw打开某个RAW图像，你只需遵循下面这些步骤即可：

　　1、将RAW图像从相机传输到计算机硬盘上。

　　2、在Photoshop或Bridge中，从"文件"菜单上选择"打开"。

　　3、选择某个RAW图像文件。Adobe Camera Raw插件将弹出到屏幕上，然后显示该图像的预览图，就像图5-14中那样。如果打开的是多幅图像，则其他照片将出现在屏幕左侧的"胶片"上。你可以依次单击胶片上的各个缩览图，并对它们分别应用不同的设置。

　　4、如果愿意，你可以使用该对话框顶部左侧的工具栏所提供的某个工具。它们可以旋转、裁剪或拉直图像，还可以修复或仿制特定区域、设置白平衡或消除红眼。

　　5、如果你希望ACR自动进行调整，则可以单击"自动"链接（位于"曝光"滑块正上方）。

　　6、使用"基本"选项卡，你可以让ACR在预览图中以醒目的红色和蓝色为你指出被修剪掉的阴影区域（因太暗而无法显示细节）和无法呈现的高光区域（太亮）。单击直方图显示区域左上角（阴影修剪警告）和右上角（高光修剪警告）的三角形，可以交替开、关这两项指示功能。

7、还是在"基本"选项卡上，你可以从下拉菜单中选择预设的白平衡，也可以使用滑块自行设置色温以及绿色/洋红的颜色偏差（即色调）。

8、其他滑块可用来控制曝光、复原、附加光、黑色、亮度、对比度、振动和饱和度。你还可以选择将照片转换为灰度图像。

9、单击"打开图像"按钮，即可使用你指定的设置将照片导入 Photoshop 之中。

图5-14   当处理单幅图像时，基本的ACR对话框与本图相似。

5.5.4   其他选项

主对话框底部是列出当前色彩空间、色彩深度和分辨率的链接。你可以单击该链接，使带有 4 个下拉列表的"工作流程选项"对话框出现，这 4 个列表是"色彩空间"、"色彩深度"（8 位或 16 位）、"图像大小"和"打印分辨率"。

在主对话框右侧，你将发现8个带有附加选项的选项卡。这些选项卡如下所述：

■ "**基本**"选项卡。包括设置白平衡、曝光（总体亮度和暗度）、复原（恢复被修剪掉的彩色通道信息）、黑色（增加图像中黑色/阴影区域的数量）、亮度、振动（防止过饱和）和饱和度的控件。

- **"色调曲线"选项卡**。允许在Adobe Camera Raw内直接使用曲线。该选项卡还有两个子选项卡，第一个是"参数"（传统的曲线调整方法），第二个是"点"（你可以拖动若干预定义的点）。你应当在"基本"选项卡中完成初步调整之后，再使用这两个色调控件来进行微调。

- **"细节"选项卡**。其中的"数量"滑块使用了一种综合考虑所用相机、所用ISO等级以及其他因素的复杂算法，对图像应用某种USM锐化。该选项卡还包括"亮度"和"彩色"这两个用于减少噪点的滑块（噪点通常因为使用较高ISO设置或较长曝光时间而产生）。它们所处理的噪点类型不同。亮度噪点是由亮度差异造成的，而彩色噪点是由色度变化导致的。因为Photoshop CS3也有强大的"减少噪点"滤镜，所以你可能更喜欢使用Photoshop中的更多可用控件，而不愿意使用Adobe Camera Raw所提供的减少噪点功能。

- **"HSL/灰度"选项卡**。该选项卡包括调整图像中8种不同色相的控件。两个子选项卡允许你分别修改这8种色相的饱和度（即颜色的强度）和亮度。如果勾选"转换为灰度"复选框，还可以指定每种色相对图像的黑白版本有多大贡献。

- **"分开调色"选项卡**。该选项卡包括为灰度图像着色的控件。可以使用某种色调来生成晒蓝图（蓝色调）或棕褐色图像（棕色调）；还可以将色调分开，从而对高光区域应用某种颜色，对阴影区域应用第二种颜色，但在最暗和最亮的区域仍然分别保留原先的黑色和白色。

- **"镜头校正"选项卡**。该选项卡包括调整色差和晕影的控件。

- **"相机校准"选项卡**。该选项卡允许你通过调整色相、饱和度或阴影色调，对相机进行校准。如果你发现所拍摄的图像总是需要进行一定的色调调整，不是太红、太蓝或太绿，就是阴影中出现了某种颜色，那么可以在这里作出调整，并将你的设置保存为预设项。

- **"预设"选项卡**。该选项卡可用来选择先前存储的ACR预设项。使用标题栏右端的飞出菜单，可以载入或保存设置，可以将设置导出为"挎斗式".xmp文件，或者切换为默认设置。

5.6　下一章简介

在下一章，我们将开始学习镜头。我们将分析与数码单反相机有关的一些光学错觉和幻觉，并了解应用于摄影的镜头概念是多么千变万化。你还将学习几种更聪明的、规避"小传感器捕获广角场景"这种两难困境的方法。

6

使用镜头

　　信不信由你，有大量偶尔拍些照片的人在买来带有多用途光学系统套件的数码单反相机之后，从未买过第二个镜头。我不想说什么关于这些快照拍摄者的坏话，他们显然对自己购买的相机感到极度满意。但本书的大多数读者都患有一种怪病，那就是"镜头渴望症"。该病症的定义为：强烈渴望向全套装备中再添加一个可互换镜头，以便可以拍摄更宽、更长、更近或更锐利的照片，或者可以在照明更微弱的条件下拍照。

　　这个术语并不是我虚构出来的。互联网上到处都有关于镜头渴望症的参考资料，用户团体内收集这些资料的人通常包括两类或更多摄影师。镜头渴望症不是什么新现象，也不仅仅限于数码单反相机；任何带有可拆卸镜头的相机的拥有者——包括那些胶片单反相机和测距仪类相机的拥有者，都可能患上此病。

　　作者本人也已经成为它的牺牲品。我曾经有两年时间做过相机商店的经理，期间大部分收入除了购买我特别喜爱的经销商个人采购程序，还用来收购拿到店里折价的完好无缺的二手设备。最终我拥有了16个各不相同的镜头，其中包括两个鱼眼镜头、一个透视控制镜头以及其他专用镜头。当然，除一个变焦镜头以外，其他镜头全都是定焦镜头，表明我的病情已经进一步恶化。

　　如果你熟悉这些症状，则应该阅读本章。本章所包括的镜头知识将超出你的需要，但你读过之后就可能无论如何也要获得超出需要的更多镜头。本章略微详细地讨论了镜头的工作原理（有助于你选择下一个镜头），并就如何选择适合任务的镜头给出了一些建议。

　　我不能保证镜头渴望症能够治愈，但可以保证不在本书中将镜头称作"玻璃"，不会说"我的尼康玻璃实在太多"或"我发现适马玻璃要优于腾龙玻璃"。以玻璃作为镜头的通用替代称呼，有可能造成混淆，而且可能不准确。镜头元件无论如何不一定都是玻璃制成的，因为可以由包括石英和塑料（制造商有可能称之为"光学树脂"而非塑料）在内的其他材料制成非常好的镜头，而且至少有一家厂商已经推出带有透明陶瓷镜头的即指即拍型相机。如果我碰巧提及了"玻璃"，那么我说的肯定是无定形氧化硅而非镜头。如果我需要使用一个同义词来避免镜头这个词在一句话里出现3次，那么将会使用"光学系统"。

6.1　镜头与数码单反相机

　　仅仅数年以前，同时销售胶片和数码单反相机的厂商还普遍生产能够安装在两类相机上的镜头。这种情况在今天已经比较罕见，唯一原因是仍然在售的胶片单反相机数量不太多，且在售的机型也非常少。目前佳能公司仍然提供5款胶片单反相机（在售的数码单反相机有7款），而尼康公司在其网站上仅为两款胶片单反相机做着广告，它们是供专业人员使用的F6和供业余爱好者使用的FM10。宾得公司仍然有3款胶片单反相机在销售，美能达公司已经放弃胶片和数码单反相机业务。奥林巴斯公司提供有两款胶片单反相机，但它们不能与同门类的数码单反相机共用镜头。

　　随着数字时代的发展，从胶片单反相机向数码单反相机迁移，并试图把镜头也一并带过来的摄影师可能会越来越少。虽然你可以在数码单反相机上使用为胶片单反相机设计的镜头，但有充分理由表明不应当这么做。大多数新推出的镜头都是专门为数码相机设计的，这意味着能在两类相机上使用的镜头都是以前设计的，可能要重于和大于那些专为数码相机（其传感器小于全幅规格）设计的镜头。

　　举例来说，佳能公司既提供可以在任何佳能单反相机（无论是胶片还是数字）上使用的EF系列镜头，也提供只能在非专业数码单反相机（正如第1章所提及的那样，它们的传感器全部小于24×36mm的全幅规格）上使用的EF-S镜头（后面还有更多关于该主题的讨论）。尼康公司仅供数码相机使用的镜头带有DX标记，目前其产品系列中的其他镜头可以在相似的胶片或数码相机上使用，但其中带有G标记的较新镜头没有光圈环，因此只能供胶片相机以及能以电子方式设置光圈大小的数码相机（即最近25年里生产的所有机型）使用。前述两种仅供数码相机使用的镜头实物如图6-1所示。不远的将来，你可以期望这两家领先的厂商推出以某种方式专为数字摄影优化过的镜头。

图6-1 佳能公司的EF-S系列镜头和尼康公司的DX镜头只能在各自的传感器小于24×36mm的数码单反相机上使用。

6.1.1 数字差异

究竟如何优化才算是专供数码相机使用的镜头？该问题的答案极其有趣。虽然为胶片和数字用途设计的镜头都以相同的基本原理工作，但传感器却以不同于胶片的方式对穿过镜头的光作出反应。数字镜头的设计需要考虑这些差异。下面是一些主要的数字镜头的差异。

1 有些传感器小于胶片画幅

通过第一章的简要讨论，你应当记住这条差别。我曾经提到，因为很多传感器都小于标准的胶片画幅24mm×36mm，所以特定焦距的镜头所生成的实际上只是同一幅图像的裁剪版本。没有任何程度的"放大"发生，你仅仅使用了镜头所捕获光学信息的一部分。

最明显的结果就是声名狼藉的镜头放大系数。幸运的是，这个不正确的术语正在逐渐消失，另一个更准确、更具描述性的术语——裁剪系数渐渐取而代之。之所以会出现"放大系数"的概念，是因为如果要计算特定镜头相对于全幅相机上相同镜头被裁剪掉多大区域，那么最容易的方法是令该镜头的焦距乘以这个系数。因此，在裁剪系数为1.5X的相机上安装的100mm镜头，从视场方面来看将变成150mm的镜头。因为传感器仅捕获部分图像，所以裁剪的版本似乎变成原始大小的1.3、1.5、1.6乃至2.0倍那么大。（尼康公司的D2x机型具有高速的突发模式，可以进一步裁剪已经裁剪过的图像，从而得到2X的镜头裁剪系数；而奥林巴斯相机使用的4/3系统、松下及莱卡相机也都能提供2X的裁剪系数。）虽然该系数表面上对那些需要更长镜头的人来说可能是某种恩赐，但却是广角领域的障碍。相当宽的28mm全幅镜头如果安装在放大系数为1.6的相机上，则仅仅相当于45mm的标准镜头。与第1章的插图类似的图6-2，以图形方式说明了裁剪系数对图像的影响。

图6-2 传感器小于24mm×36mm的相机将产生裁剪过的图像。

　　还有其他后果。因为镜头覆盖区域中被用到的部分越小，实际露出的图像边角区域就越少，而那些区域传统上是色差及其他缺陷的藏身之所。如果你在配备了较小传感器的数码单反相机上使用全幅镜头，则可能在使用镜头的最佳部分。这不是什么新鲜事物；专业胶片相机用户所熟悉的覆盖圈知识要比它多得多。比如说，他们知道供2.25×2.25单反相机（比如Hasselblad）使用的200mm远摄镜头所实际覆盖的正方形可能不会大于3×3in^2，而供观察照相机使用的200mm镜头所覆盖的图像圈可能有11～20in的直径。

如果知道为35mm胶片相机开发的廉价200mm镜头在24mm×36mm的区域内，所获得的图像比4×5观察照相机上极其昂贵的200mm"标准"镜头还要锐利得多，你可能更会感到惊讶。因为4×5胶片很少被放大到35mm胶片图像或数码相机图像那么大，为该格式生产的镜头总体上不需要多么锐利，而需要覆盖更大的区域。

相反，当生产仅需覆盖较小传感器的镜头时，厂商必须使镜头更为锐利，以使其分辨率集中在被覆盖的区域上。奥林巴斯格式宣称，其4/3镜头的分辨率是为35mm相机制造的类似镜头的两倍。

当然，如果使覆盖区域变得更小，则可能重新在覆盖圈周边区域引入扭曲问题。超广角镜头（包括我特别喜爱的12−24mm变焦镜头）特别容易出现这种现象，因为它们无论如何很难以短焦距来制造。

图6−3～图6−5更直观地说明了覆盖圈和裁剪的概念。设想有3个不同的50mm镜头，它们各自是为不同种类的单反相机设计的。图中左边模糊的圆圈表示这3个50mm镜头各自的覆盖圈，而绿色的嵌入框表示相应镜头的设计所针对的那种相机的画面区域。你可能注意到，各个镜头的放大倍率（图中左边）是相同的，但不同情况下的覆盖区域不同。

图6−3　6cm×6cm胶片单反相机上的50mm镜头从其大方的覆盖圈上获得了广角视图。

图6-4 同样的50mm焦距却在全幅单反相机上产生了"标准"的视点，因此只需要覆盖圈上更小的区域。

图6-5 为配备更小传感器的数码单反相机设计的镜头可以更小、更紧凑，比如图中这个50mm镜头就相当于短远摄镜头。

例如，图6-3表示的是在6cm×6cm单反相机上用作广角镜头的50mm镜头。其覆盖区域仅比覆盖全幅画面所必需的区域略大。如果覆盖区域更小一些，你就可能看到边角处将会出现晕影。插图右侧是相机从镜头的覆盖区域中裁剪出来、略显广角的图像。

图6-4可能是一款全幅单反相机，其略微小些的覆盖范围可产生"标准的"50mm镜头视图。图6-5应当对应于为更小的传感器设计的50mm镜头，其覆盖范围同样更小。与图6-4中的全幅图像相比，1.5X的裁剪系数导致了某种短的远摄效果，大致就像在全幅相机上使用75mm镜头一样。

虽然为全幅相机设计的镜头如果安装在配备了较小传感器的数码相机上，将受益于只有一小部分覆盖范围被使用的事实，但专门为小规格传感器设计的镜头将故意利用这样的结果。焦距为12mm、仅供数码相机使用的广角镜头本来应该大到能够覆盖35mm全幅区域的程度，但如果只需要为较小的传感器提供图像，则实际上可以小得多。图6-6所示是典型的叠加在全幅传感器上的1.5X裁剪成像器（我们称之为APS-C规格传感器），其中明亮区域表示是专门设计的、仅供数码相机使用的镜头所对应的图像区域。

你可以看出，图中的图像圈并未覆盖住全幅区域，而且其边角处还出现了严重的晕影。事实上，该镜头甚至使 APS-C 传感器的四角位置也出现了极其轻微的晕影（该现象有时发生在广角镜头上)，但基本上充分覆盖了较小的画面。

变焦镜头使情况变得略嫌复杂，因为它们的覆盖区域将跟随所用焦距变化。

图6-6 为较小传感器设计的镜头，可能不会充满全幅相机（配备24mm×36mm传感器）的整幅画面。

这就是某些专供数码相机使用的镜头在安装到全幅相机上之后会在广角位置出现晕影（或者像前面提到的那样，即使安装在传感器规格符合设计初衷的相机上也可能出现轻微的晕影）的原因。但当你使用这种镜头放大图像时，覆盖圈可能扩大到勉强覆盖住 24mm×36mm 全幅区域的程度。因此，有些专供数码相机使用的镜头在全幅相机上也能很好地工作，但只是在长焦距位置才是这样。

如果你认为自己将来可能购买配备全幅传感器的相机，则应当确保现在购买的镜头与其兼容。

2　极限角度

数码相机与胶片相机在使用镜头的方式上也存在差异，其根源在于胶片与硅捕获光子的方式不同。胶片"传感器"由微小的光敏颗粒构成，它们嵌入在若干不同的涂层上。无论光是从正面还是以轻微或极端的角度将其击中，这些颗粒都会以大致相同的方式响应。角度会造成轻微差异，但还不足以使图像质量降低。

正如你从第2章了解到的那样，传感器是由位于同一层的微型像素捕捉井构成的。以过分的角度抵达捕捉井的光子可能击中井壁，从而错过光敏区域，也可能飘荡到临近的像点上。这可能不是什么好事情，有可能使入射角度最为陡峭的图像区域变暗，在使用广角镜头的情况下还可能形成莫尔图。

幸运的是，相机厂商已经采取了一些试图将这些问题减至最低限度的行动。该现象在那些背面与传感器之间的距离更短的镜头中（比如广角镜头）更为严重。因为镜头的背面元件离传感器非常近，所以光线必须以更陡峭的角度会聚。使后焦距延长的镜头设计（后面有更多关于该话题的讨论）可以减轻该问题的严重性。使用后焦距更远的标准和远摄镜头，该问题将进一步减轻。

另一个解决方案是在每个像点上添加微型镜头以拉直光程，从而减小这些陡峭的角度。图 6-7（该图原先出现在第 2 章，我不想让你现在再往前翻）说明了这种微型镜头的工作原理。新型相机都使用了这样的可以相当令人满意地完成任务的系统，因此无论是为胶片相机还是为数码相机设计的镜头，你都可以放心使用。

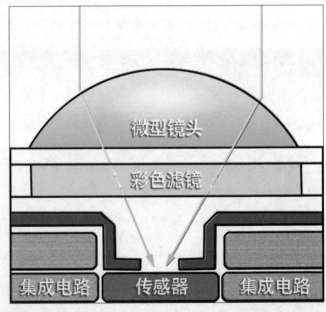

图6-7　在每个像点上添加微型镜头的方法，可以校正进入相机内的光子的路径。

奥林巴斯公司那巧妙的4/3设计可能是最佳方法。虽然总体概念是连同富士和柯达公司一起提出的，但奥林巴斯是第一家在数码单反相机上使用4/3方法的厂商。为了使用对角线为22.5mm的数字传感器，该公司从零开始全新设计了旗下的数码单反相机及其镜头。因此，最终设计出来的相机具有较长的后焦距，以便与后焦距同样较长的镜头紧密配合。甚至连该公司设计的广角镜头，也能以更适合数字传感器需要的角度使光线会聚。

3 反射

如果你曾经观察过胶片，则可能注意到感光乳剂侧（即曝光侧）具有相对不光滑的表面，这是由抗磨损顶层及染色底层的本质造成的。看一看你的传感器，所看到的将是更为光滑的表面。光线完全有可能从传感器反射回去，击中镜头背面，最后再次反射到传感器上，从而产生幻像、眩光或其他失真现象。虽然镜头涂层可以在一定程度上控制这种反射，但数码相机镜头要比胶片相机上使用的镜头更易于造成上述效果。

6.1.2 镜头的设计

如果你对镜头的制造过程略知一二，就能够理解为数码单反相机设计镜头变得极其复杂的原因。虽然典型的可互换镜头包含很多分成几组的元件，但我打算使用最少数量的几片透镜，来解释一些基本的原理。

图 6-8 所示是只有一个凸透镜的简单镜头。这种镜头系统被称作对称镜头设计，因为它的两部分都是镜像。该镜头的光学中心位于凸透镜的中心，从光学中心到焦面（本示例中是传感器）的距离与镜头的焦距相同。假设它是 75mm 的镜头，则后焦距将是 75mm 或 3 英寸。为使用这样的配置，所设计的镜头必

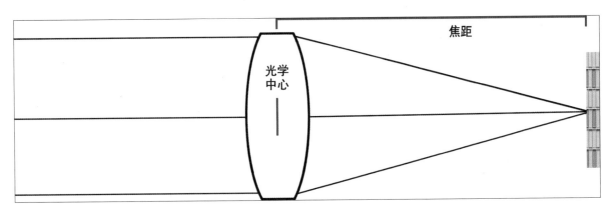

图6-8 在简单的镜头中，光学中心位于透镜或透镜组的中心。

须把唯一的凸透镜放在距传感器 75mm 的位置，才能使镜头达到锐聚焦状态。

当你开始设计更长的镜头时，事情将变得更加复杂。如果要设计500mm的镜头，那么其光学中心与传感器的距离必须达到20英寸。这将是一个非常长的镜头！实际存在的是使用一系列反射面将这么长的光程折叠起来的反光板镜头，这使得镜头可以比焦距短得多。

但另一种方法是使用不对称的镜头设计。正如你在图6-9中可以看出的那样，如果在凸透镜后面放一片凹透镜，使入射光再次散开，那么将使光子会聚在离光学中心更远的位置。凹透镜的作用是延长镜头的有效焦距，并将光学中心移到前面的透镜之前。结果就是"较短的"远摄镜头。

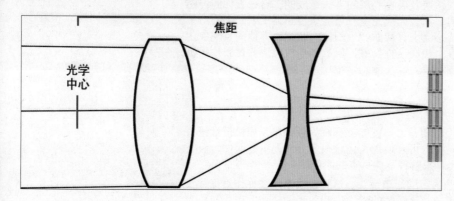

图6-9 远摄镜头使用凹透镜将光学中心移到镜头前面。

如果要设计广角镜头，我们会遇到相反的问题。因为光子将会聚在离镜头背面太近的位置，所以将导致后焦距太短，以致没有容纳反光板的空间。如果不用为反光板操心，那么广角镜头的某些元件伸入机体深处非常接近焦面的位置也没什么关系。在包括数字测距仪相机莱卡M8在内的某些测距仪相机（没有反光板）以及某些使用古老镜头（比如我的7.5mm鱼眼镜头）的相机中，实际上就是这么安排的。仅当将反光板锁到不碍事的位置时，那些镜头才能被安装到单反相机当中。

这里的解决方案是制造反向的远摄镜头——通常称之为焦点后移镜头，即在凸透镜前面插入凹透镜使光束散开，这样当凸透镜再次将光束会聚到传感器时，焦点将比没有凹透镜的情况向后移动很大一段距离。从图6-10中可以看出，光学中心也被移到了凸透镜中心后面。

我们可以看出，数码相机镜头的设计人员借助反向远摄镜头设计方案可以设计出物理上长于其焦距的广角镜头，正如传统的远摄镜头设计方案可以制造出物理上短于其焦距的镜头一样。遗憾的是，这些更复杂的镜头设计在远摄和广角镜头中都导致了不希望出现的结果。主要症状是色差，也就是镜头不能把所有颜色的光都聚焦在同一个点上，因此产生某种彩色条纹效应。导致这种效果的原因在于：透镜与棱镜非常相似，也有以不同方式折射不同颜色光束的倾向。色差实际上有两种类型：轴向色差（颜色不能聚焦在同一个焦面上）和横向色差（颜色偏向一侧）。部分有效的解决方法是使用将这种效果减至最低限度的低衍射率透镜（尼康公司以代码ED标记这样的镜头，佳能公司相应的代码是UD）。

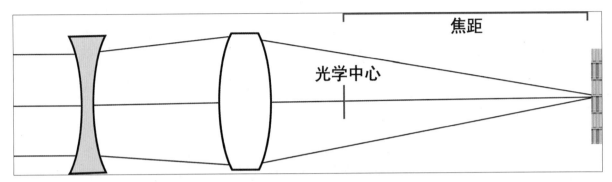

图6-10 焦点后移设计通过把光学中心移到镜头后面，增加镜头与焦面之间的距离，从而解决了后焦距较短的问题。

其他小毛病包括桶形失真（即直线向外弯曲的倾向）和各种球面像差。镜头设计人员于是借助非球面透镜来实施治疗。你可能已经猜到，非球面镜头的表面不是球体的横截面。这些镜头被精确地打磨或塑造成所需的形状，因此可以出色地校正特定种类的失真。

注意，前面提及的镜头设计方案都不是为数码单反相机所独有的。这样的镜头可以为任何种类的相机所使用，但有些特征在数码单反相机领域可能特别有用。

6.1.3 焦外成像不应使人分神

镜头渴望症不是新的数码单反相机拥有者可能遭受的唯一疾病。另一种疾病是追求完美的焦外成像（Bokeh）。该术语几乎已经成为专门用语，仅用来描述图像散焦部分的美学质量，因为有些镜头可产生"良好的"焦外成像，而其他镜头却只能提供"不良的"焦外成像。Boke是一个日语单词，它的意思是"模糊"，而添加字母h是为了使讲英语的人能够将这个单词的发音同"broke"区别开来。

你或许已经注意到，散焦的光点会变成圆盘形状——人们称之为弥散圆。这些模糊的圆圈是由于光点位于图像景深范围之外造成的。弥散圆多见于近距图像——特别是那些背景明亮的图像（如图6-11所示）当中。弥散圆的大小不固定，也不一定总是完整的圆。观察距离和图像的放大程度，决定着我们在图

图6-11　散焦圆盘周围有明亮的边缘属于最糟糕的焦外成像种类。

像上看到的某个点究竟是点还是圆盘。而镜头光阑的形状决定着弥散圆到底是圆形、九边形还是其他形状。

　　良好与不良的焦外成像源于有些弥散圆更使人分神这样的事实。有些镜头产生的是亮度一致的圆盘。而其他镜头——特别是反射式或反射兼折射式镜头，所产生的圆盘具有明亮的边缘和黑暗的中心，从而形成一种所谓的"油炸圈饼"效果——从焦外成像的观点来看这是最为糟糕的。如果所生成的弥散圆

图6-12　这幅照片中的焦外成像更好，其中的散焦圆盘几乎不可察觉。

中心明亮、边缘黑暗，其亮度从中心到边缘逐渐减弱，则相应的镜头肯定讨人喜欢，因为这样的焦外成像特征使弥散圆可以更平滑地与周围环境相混合。

　　亮度均匀的圆盘，或者最糟糕的是那些边缘更亮的圆盘（比如那些由反射式镜头造成的弥散圆），也是不受欢迎的。当你使用选择聚焦（比如要拍摄人像）来降低背景重要性时，或者因使用微距镜头、长远摄镜头或完全张开的光圈而必然造成景深变浅时，镜头的焦外成像特征将极为重要。图6-12展现了"良好的"焦外成像所应有的特征：那些散焦的圆盘混合在一起，形成了不引人注目的背景。在图6-13中，我已经单独分离出3个典型的弥散圆，以说明良好、一般和不良的圆盘应该是什么样子。

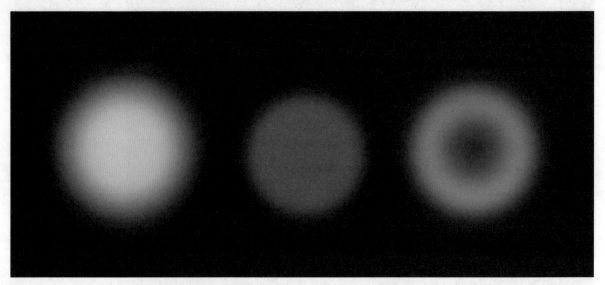

图6-13 分别产生良好（左边）、一般（中间）和不良（右边）焦外成像的弥散圆。

6.2 理解镜头需求

　　现在你已经有了一些关于镜头的背景知识，可以进一步学习在为数码单反相机选购镜头时究竟应当关心哪些因素。毕竟，你拥有的镜头将影响到图像的质量以及可以拍摄的照片种类。在选择镜头时，最重要的因素是镜头质量、所生成图像的分辨率、可以传送的光量（即镜头的最大开孔）、聚焦范围（即你同主题的距离可以有多近）以及所提供的放大倍率（或变焦镜头所提供的变焦倍数）。下面是你应该考虑的几件事情。

6.2.1 图像质量

如果你是从即指即拍型数码相机上毕业的，那么首先会注意到的一件事情是你的同事非常关心镜头锐度。大多数用即指即拍型相机拍照的人都不会过多为此担心，因为无论如何他们在这方面几乎没什么事情可做——除非再购买一款相机。非单反相机上的镜头是不可更换的；它可能锐利，也可能不太锐利，但你只能接受现实。这种情况类似于经济型轿车中的马力问题。你既然购买了经济的车型，那么看重的自然不是它的马力。而如果你有一部赛车，可以借助从配件市场购置的零件来加大其马力，则应该对引擎功率更感兴趣。

镜头是数码单反相机的主要配件。如果你经常访问关于数码单反相机的新闻组和论坛，则可能已经注意到人们所关注的大都是某种镜头多么锐利之类的话题。访问无论哪个此类站点，你都会发现很多咨询某种镜头的分辨率及其焦外成像特征的帖子。我可以告诉你一条有效的经验法则，那就是大多数通用镜头在普通摄影过程中都能产生足够好的图像质量。当你开始使用一些专门的镜头（比如超宽镜头、超长远摄镜头以及带有大光圈的超快镜头）时，为生产这些昂贵的玩具所必需的折衷有时难免会波及到图像质量。如果你正打算买一个这样的镜头，则浏览一些包含标准测试文章的杂志和网站，并咨询一些朋友、同事以及其他能够给你提供技巧和建议的人，肯定能带来好处。

拍摄砖墙或布告栏报纸的传统手法有可能无法可靠工作。即使你使用三脚架来稳定相机，实践中仍然还有太多变量。例如，你可能把相机摆放得不正确，导致传感器平面与目标平面不平行。在若干以不同光圈大小拍摄的照片中间，你不可能分辨出锐度方面的差异。你能重复聚焦在同一个点上吗？你知道所看到的照片是锐利的吗？如果知道，那你说哪些区域是锐利的？是中心、边缘还是四角？你能区分开包括好几种色差在内的不同类型的镜头缺陷吗？直接信赖某种镜头在用户的评论和意见基础上确立的声誉几乎总是更好，不要尝试亲自去测试图像质量。

6.2.2 镜头的光圈

如果你是经验丰富的单反相机用户，则肯定知道关于镜头光圈的一切。如果不是，那么你需要知道：镜头光圈是相对于镜头放大倍率或焦距而言，允许光线抵达传感器的开孔的大小。较大的光圈可以放进更多的光，因此使你在较为昏暗的光照下也可以拍照。较小的光圈将限制抵达传感器的光量，这在非常明亮的照明条件下将发挥作用。设计优良的镜头具有足够大的开孔变化范围（称作光圈大小），可适应许多不同的光照环境。

当在自动模式中拍照时，你通常不需要为光圈大小而烦恼；但我们在本书中将不时地对光圈加以讨论。目前需要记住的第一件事情是，最大光圈为f/2～f/2.8的镜头在数字摄影中属于"高速"镜头，而最大光圈为f/6.3的镜头属于"低速"镜头。如果你要在昏暗照明条件下拍摄很多照片，则需要使用一款配备了高速镜头的相机。

变焦镜头往往慢于定焦镜头。最常用的数字镜头几乎总是变焦镜头，而在给定焦距条件下变焦镜头的最大光圈往往小于定焦镜头。举例来说，28mm非变焦镜头的最大光圈可能是f/2或f/1.4。而当设置成类似的广角视场时，数码相机的变焦镜头可能只允许最大为f/2.8~f/3.5或更小的光圈。

如果要在具有镜头裁剪系数的相机上使用，那么由于数码相机镜头的实际焦距较短将导致制造商难以生产出比较大的最大光圈。例如，如果裁剪系数为1.6X的相机上所配备的镜头相当于全幅相机上的28mm镜头，那么其实际焦距只有18mm。这里面起作用的是双重魔咒。虽然提供的视场与28mm广角镜头相同，但18mm镜头的景深与任何18mm的镜头都一样（比28mm镜头所获得的景深要大得多）。更糟糕的是，制造这种镜头的机械致使生产出相对较宽的最大光圈这件事变得复杂化。因此，虽然胶片相机上最大光圈为f/2的28mm镜头在张开到最大程度之后才能获得差不多（或仍然比较浅）的景深，但如果你的相当于28mm的数码相机镜头能有宽达f/4的光圈，那么你应当感到幸运。这样的光学器件将增加你的景深，同时你的广角镜头（记住，它实际上是18mm的镜头）的实际焦距将具有更大的自由度。

那么最小光圈有什么意义呢？最小光圈决定着你可以阻挡多少想要抵达传感器的光；当你在非常明亮的照明条件下（比如在海滩或雪地里）拍摄时，或者当你希望使用很慢的快门速度来获得某种创造性模糊效果时，最小光圈将发挥作用。

在最小光圈方面，数码相机不像胶片相机那样有较大的灵活性；造成这种结果的部分原因是出于镜头设计方面的考虑，部分原因是大部分传感器的ISO 100感光速度已经足够慢，以至于很少需要小于f/22或f/32的光圈。数码相机的快门通常可以充分减少曝光量。因此，你的镜头可能没有提供小光圈，因为反正你也没有多少使用它们的机会。如果你确实需要减少进入镜头的光量，那么总还可以使用中性密度滤光片。

当然，正如我将在第7章指出的那样，虽然较小的光圈可以增加景深，但也有一些局限性。实际上，名为衍射的现象将降低小光圈镜头的有效锐度。如果某个镜头的光圈被设置为f/22，那么虽然其锐度将散布到更大的区域上，但与被设置成f/5.6的光圈相比可能显著降低图像的总体分辨率。

6.2.3 变焦镜头

变焦镜头的方便之处在于，你无需走近或远离主题就可以放大或缩小图像。在拍摄体育运动或舞台表演时，或者在其他行动受限的场合，你就会发现它是特别有用的工具。只有最廉价的非单反数码相机才缺少变焦镜头。有些相机仅提供很小的放大比率——比如3:1或4:1，即最大图像是最小图像的3倍或4倍大。

更为昂贵的相机有更大的变焦范围，通常从 6:1 ～ 12:1 都有，有的甚至更大。

当然，你的数码单反相机上可以安装任何与其兼容的变焦镜头，你将发现大量这样的镜头，它们具有各种各样的聚焦范围和变焦比。有些是广角及广角到短远摄变焦镜头，其覆盖范围从大约18mm～70mm（这是换算到35mm全幅相机上的等效焦距）；还有从大约70mm～200mm（也是等效值）的短远摄变焦镜头、范围在80～400mm的高功率变焦镜头以及放大倍率属于长远摄范围（大约为200～600mm或更长）的变焦镜头。

正如我在本章前面所提到的那样，镜头的有效光圈（甚至焦点）可能随着变焦设置或放大倍率的改变而变化，因为镜头元件是以奇怪而神秘的方式移动的。最大光圈为f/2.8的镜头在广角位置所提供的光量，可能仅相当于最大光圈为f/4.5的镜头在远摄位置所提供的光量。焦点也可能改变，因此假如你在广角位置聚焦，然后放大成远摄视图，则原先的主题在技术上不可能仍然处于最锐利的聚焦状态（虽然数码相机镜头在小光圈位置所提供的深远景深可能使这种差异更难以察觉）。但仅当在手动曝光或手动聚焦模式中使用相机时，你才有可能注意到这种差异。无论变焦镜头的放大倍率如何，被设置成自动聚焦和自动曝光的相机都会努力提供最优设置。

6.2.4　聚焦距离和速度

对很多数码相机拥有者来说，近距离聚焦的能力是一项重要特征。基本的摄影规则之一是尽可能接近主题，以免无关内容进入画面。这一条对于数码相机来说特别重要，因为当你开始裁剪和放大图像时，任何多余的主题区域都会转化成少量可用的像素。因此，如果你喜欢拍摄花朵和昆虫的照片，或者打算拍摄桌面上收藏的Lladro瓷器，或者只想为你的模型飞机或集邮册拍几张很酷的照片，则当然希望能够在近距离的私人空间内调焦。

多近才算是近距离可能因机型而异；从12英寸到1英寸以内都可能被认为是"近距离"，这件事由厂商决定。幸运的是，存在于数码相机中的那些短焦距镜头再次扮演了救星的角色。近距离聚焦是通过使镜头远离传感器（或胶片）实现的，而18mm的广角镜头不必移动太远的距离就可以使微小物体的图像充满取景器。你将在下一章发现关于微距摄影的更多内容。

自动聚焦速度是另一个重要因素。有些镜头的聚焦速度显著快于其他镜头；当跟踪运动会上快速移动的主题或者为儿童拍照时，聚焦速度可能变得极为重要。大多数差异都可以归因于镜头所使用的聚焦机构。

例如，尼康公司提供的镜头带有内部电机（以名称AF-S作为标记），而AF镜头则要借助相机内置的电机（尼康D40/D40x相机缺少这种电机，因此不能使用非AF-S的镜头——包括早先的尼康镜头以及第三方提供的大多数镜头）推动镜头支架上的插针来使镜头的聚焦机构移动；因此，前者显然能够更迅速地使镜头聚焦。

自从开发出当前流行的EF和EF-S镜头支架以来（EF是Electronic Focus的首字母缩写，意思是电子聚焦），所有在售的佳能镜头便全部包括内置的电机。但这些镜头所包括的是若干不同类型的电机，从相对便宜和低速的AFD（Arc-form Drive，弧形驱动器）和MM（Micro Motor，微电机）类型，到更先进的使用高速振动环来调整焦点的USM驱动器。

因为不是所有自动聚焦系统都是以同等方式生产的，所以在购买镜头之前你可能需要做些准备工作，以确保其聚焦速度能够满足你的需求。

6.2.5　外接式附件

摄影师通过在镜头前悬挂物品来创造特效已有100多年历史了。这些物品包括校正颜色或提供古怪外观的滤镜、把图像分成碎片的衍射光栅或棱镜、抹上凡士林以提供柔聚焦效果的玻璃片以及数十种其他设备。这些设备包罗万象，从近距离特写镜头到显微镜附件，再到允许你超出可见光谱拍摄照片的红外线滤镜。你还可以使用外接式广角和远摄附件以及幻灯片复制附件及其他好东西。如果你是严肃看待摄影这件事情的，则应当探索这些选项。

遗憾的是，随同数码单反相机提供的镜头带有各种不同规格的滤镜螺纹。尼康相机在以前的主要卖点之一，就是几乎所有通用镜头都提供52mm滤镜所使用的螺纹，因此你投资数百美元买来的滤镜及其附件在这些镜头上都可以使用。当然，如果现在设计的数码单反相机提供52mm附件的螺纹，则几乎没有什么实用价值。你的大部分镜头可能更需要62mm的附件，还可能会需要67mm的附件；而如果速度更快的镜头、更长的变焦镜头以及最宽的镜头需要72mm或77mm的滤镜，那么你也不需要感到惊讶。有些厂商已经尽可能做到了标准化，我自己的镜头属于两类，最便宜的消费级镜头使用62mm或67mm的滤镜，而"专业级"镜头全部需要使用77mm的滤镜。

当然，你不应当基于滤镜螺纹来选择镜头，但在购买滤镜之前考虑一下你打算如何使用镜头是一个好主意。如果你只有一个镜头需要使用72mm的滤镜，但经常使用的其他镜头大都使用62mm和67mm的滤镜，那么你或许应当标准化那些67mm的滤镜，即使用缩小连接环（图6-14所示就是一组连接环）把它们安装

图6-14　放大和缩小连接环允许你在若干具有不同螺纹规格的镜头上使用同一个滤镜。

在接受62mm附件的镜头上。只购买那些你实际需要的72mm滤镜。你可能不怎么需要的大尺寸滤镜在价格上要贵得多，这促使你必须仔细制定计划。

6.2.6　构造／制造质量

当选择镜头时，最后的考虑事项是构造质量——亦称作制造质量。看看主要的镜头组件是由金属制成的，还是由塑料制成的。信不信由你，越来越多的低成本镜头所使用的支架是由非金属零件制成的。这些支架不够结实，而且在频繁地与相机又连接又分离的情况下更易于磨损。但在普通非专业摄影者适度使用的条件下，它们均可非常令人满意地工作。

还要检查聚焦和变焦机构的工作情况。我们不希望看到任何意味着制造拙劣的松动、粘连、杂音或其他质量问题。你在镜头上的投资几个月后就可能超出数码相机机体的成本，因此肯定希望自己的镜头在正常使用和错误使用等情况下都不至于损坏。

记住，你在每次镜头渴望症发作之后购买的镜头，都极有可能在你下次购置的数码单反相机上像在目前的机型上一样非常出色地工作，因此你可以把它们视为长期投资。我在职业生涯初期购买的一些镜头，在后来上市的十几种相机机体上仍然能用。因此，就算在那种构造精良、功能完备的镜头上多花了些钱，你也不用担心什么。我有好几个镜头最初比我的数码单反相机机体还贵，但我认为这样的支出不算浪费。

6.3　典型的升级路径

很多售出的数码单反相机都附带镜头，这不是因为购买者还没有合适的镜头，就是因为某款机型仅以包括基本变焦镜头在内的套件形式提供。因此，粗陋的套件镜头可能是伟大的镜头收藏集的开始。但是，请大声朗读经过改写的《罗密欧与朱丽叶》剧中玛丽亚的信件："有些藏品天生与伟大结缘，有些经过努力实现了伟大，还有些只是将伟大强加在自己身上。"

然而，即使你的收藏集中那个初级的镜头是强加给你的，你也可以在强制性套件镜头中有所选择。今天，几乎所有在售的非专业数码单反相机都可能附带一个基本的18～55mm、光圈为f/3.5～f/5.6的变焦镜头；该镜头在广角端足够宽（相当于全幅35mm胶片相机上的27mm镜头），在远摄端足够长（在考虑1.5X的裁剪系数之后相当于82.5mm），既可用于拍摄近处的建筑物（宽），又能用来拍摄野外运动（长）。当然，你也可以购买其他套件中的其他镜头。

例如，佳能公司的消费级数码单反相机经常与改进版的17～85mm镜头（光圈为f/4～f/5.6）或28～135mm镜头（光圈为f/3.5～f/5.6）捆绑销售，这两种镜头都带有内置的图像稳定（即防抖）技术（后面有关于防抖技术的更多内容）。以套件形式出售的尼康数码单反相机包括18–70mm、18–135mm或18–200mm的镜头。各厂商销售的专业级相机通常只包括机体，不包括镜头，这么做的依据是购买者已经拥有合适的镜头，或者将随同相机一起另购选中的某款镜头。

选购带有基本套件镜头的相机往往是明智的买卖，除非你有明确的不需要它的理由。18–55mm的镜头（如果有的话）通常使相机机体的价格仅仅提高不到100美元；即便你不打算经常使用该镜头，这样的价格也是非常划算的。我最近在选购供家庭使用的超小型入门级数码单反相机时，虽然自己的收藏集中已经有更好的18～70mm镜头，但还是毫不犹豫地购买了18–55mm的套件镜头。成套售价仅仅比单独购买机体多花70美元，而且还配有防护性滤光镜（我通常不用这东西）。你可以将其托付给手下最年轻的处于学习阶段的摄影人员使用。

这些基本的镜头相对其价格来说还可能非常锐利，因为厂家一次就会制造几十万个，所以能够以不太高的价格为你提供质量非常高的镜头。如果后退到胶片时代，则相机上配备的50mm镜头可谓是一分价钱一分货，它有可能是机主所拥有的成像最锐利、用途最广、价格也最贵的镜头。大多数套件镜头同样如此。它们均有实用的变焦范围（至少在刚开始学习摄影的人看来如此），光圈的调整范围也足够大（在广角端是f/3.5，在远摄端是可以接受的f/5.6），而且设计紧凑，自动聚焦的速度也很快。

升级路径上的下一步将取决于你希望从事的摄影种类。对体育运动摄影感兴趣的人可能认为，他们需要55–200mm的变焦镜头来拉近远处的动作。而那些渴望拍摄风景或建筑物的人，则可能对12–24mm或10–20mm的广角镜头感兴趣。昆虫或野花摄影师可能需要微距镜头来放大微型的物体。你所需要的可能只是再买一个或两个镜头。也就是说，就算你的镜头渴望症发展到狂热程度，你将会发现自己纵使再买一个镜头，也不会使你成为更好的摄影师；镜头和配件不会提高你的技能和创造性。

但是，额外的镜头能让你拍出用现有镜头实在拍不出来的特殊照片。例如，图6-15中的音乐会照片是我使用85mm的镜头拍摄的，当时使用的设置为f/1.4的光圈、1/160秒的快门速度和ISO 800的感光度，拍摄时使用了独脚架来稳定相机。这样的照片与具体设置为焦距85mm、光圈f/4.5、快门速度1/30秒的55–200mm变焦镜头所拍出来的照片（即使使用了独脚架）完全不可能相同：表演者移动得太快，而在感光度为ISO 3200的条件下更快的快门速度将把这幅清新的图像溶解成颗粒状的噪点。

你应当使用我在本章前面给出的技巧，仔细计划自己的升级和添置行为，因为你最终可能像我这样升级两次。我的第一次升级是从最初的定焦镜头升级到方便又买得起的变焦镜头作为有益的补充。我最初的收藏包括随相机提供的18–70mm的套件镜头、12–24mm的广角变焦镜头、28–200mm的变焦镜头以及105mm的微距镜头。我还添置了170–500mm的变焦镜头来拉近远处的主题。

但所有这些都是低速镜头，而且在张开至最宽程度时不是特别锐利，这使得它们那种本来就很有限的最大光圈变得更加使人痛苦：为获得真实锐度而必须在 f/8 或 f/11 位置使用的 f/4.5 或 f/5.6 镜头的确太慢了。因此，我开始系统地考虑以不情愿的更高代价再次升级到更大、更重、更锐利而且更昂贵的镜头。最终我又购买了最大光圈均为 f/2.8 的 17–35mm、28–70mm 以及 70–200mm 共 3 个变焦镜头（其中最长的镜头具有内置的图像稳定／减振功能）。在我的工作中，使用这些镜头的次数要占到 90％。当我希望轻装旅行时，或者当我需要更宽些（12–24mm 的镜头）或更长些（170–500mm 的镜头）的镜头时，将主要使用我那些旧镜头。然而你的升级路径可能与此不同；如果你足够谨慎，则可以充分限制镜头渴望症的病情发作，从而只购买那些确实需要（或者你认为如此）的镜头。

6.4　下一章简介

后面3章将针对特定类型的摄影提供一些技巧。你将学习动作、建筑物、人像以及风景摄影。但你首先可以转到下一章来学习如何在近距离的专用空间内拍摄。

图6–15　升级为带有更大光圈的镜头，可以让你拍摄一些用较慢的镜头完全不可能拍出的照片。

7

近距摄影

遗憾的是，很多最令人愉快的数字摄影类型都是季节性的。如果你喜欢拍摄篮球或橄榄球比赛中的动作，则必须等待篮球或橄榄球赛季开始。而如果你热衷于当树叶在夏季结束后开始发生变化时拍摄秋天的颜色，那么不得不等到每年的9月份和10月份。野生动植物和自然界摄影在冬季并非不可能，但放在春天进行通常更令人兴奋。当周围的树上挂满树叶时，建筑物的照片往往显得最佳。而婚礼似乎总是在6月份激增。当你刚刚真正涉及特定类型的摄影时，适合它的季节却结束了。

但近距摄影是你全年都可以享受的摄影工作。每年的4月份，我都会外出寻找盛开的花朵和有趣的昆虫，并将其捕捉到数字胶片上。在7月，我会到海滩上拍摄贝壳和海洋生物。当9月到来之后，我会近距离拍摄树叶。而在漫长的冬季，我会把我那用于微距摄影的桌面整理好，以便可以为任何激起我兴趣的东西拍照。事实上，我在寒冷的季节里拍得最多的就是近距照片和人像。

我希望本章能鼓励你亲自尝试微距摄影，因为数码单反相机是完成此类拍照任务的理想工具。你将发现水滴中的全新世界、灌木丛或树下的大量生命以及普通家庭用品中的迷人图案。

7.1 数码单反相机更适合近距摄影的原因

数码单反相机内置的很多功能使它们非常适合于近距离拍摄照片。如果你已经使用胶片相机或即指即拍型数码相机从事过微距摄影，那么用数码单反相机拍摄几次微距照片之后将使你确信，数字技术正是你一直期待的东西。数码单反相机能够使你在巨大、明亮的取景器屏幕上观察到要拍摄的主题，你还可以按下景深预览按钮（很多相机上都有）来精确测定锐度。它们的变焦镜头即使在远摄位置也能近距离聚焦，而很多面向快照拍摄者的数码相机只有在广角位置才能在微距模式中工作。数码单反相机的自动聚焦速度更快，而没有快门滞后问题，这意味着你在蜻蜓刚刚悬浮在视场中的那一瞬间就可以拍摄照片，而不必再等到一两秒钟以后。数码单反相机比非单反相机更容易连接外部闪光灯，因此你的近距离照明装置可以更复杂。数码单反相机可以使用特殊的微距镜头以及其他近距离摄影附件——比如环形照明灯，而使用固定镜头的相机就不太容易实现这一点。

无论从哪方面来看，数码单反相机都要比其他类型的相机更适合近距摄影。当我需要一张数码单反相机的照片用作某本图书的封面时，该怎么做呢？我会拿出自己的一款相机，把它放在平滑的背景上，然后用另一款数码单反相机将其拍下来，从而得到如图7-1所示的照片。

图7-1　用数码单反相机拍摄的数码单反相机照片。

7.2　微距摄影的术语

应用于微距摄影的某些术语易于造成混淆。即使该名称本身有时也会被人误解。微距摄影不是涉及缩微胶卷及其他缩微图像的缩微摄影，也不是通过显微镜拍照的显微摄影。微距摄影也不一定是近距摄影，后者严格来讲仅应用于电影拍摄中的近距离镜头。微距摄影通常指的是从1英尺或更短距离内拍摄照片。因为微距摄影和近距摄影这两个术语目前仍然被互换使用，所以我在本书中也是这么做的。

还有若干其他术语可能造成混淆：

- **放大倍率**。在微距摄影中，放大倍率通常比你与主题的距离可以有多近更重要。举例来说，如果你要拍摄一枚硬币，并且希望它充满画面，那么使用50mm镜头在4英寸远的位置拍摄与使用100mm镜头在8英寸远的位置拍摄几乎没有区别，两种方法都将产生相同的放大倍率。因此，近距图像以及相机和镜头的微距摄影能力通常是使用放大倍率来描述的，而不是使用相机与拍摄主题之间的距离。适度的近距照片可能需要1:4或1:3的放大倍

率。而大于实物的图像可能需要2:1或4:1（即2X或4X）的放大倍率。图
7-2中的小石雕是以大致1:4的比率拍摄的。

图7-2　近距离拍摄较大主
题（比如这尊两英寸宽的石
雕）的细节，有时可获得有
趣的透视效果。

■**透视**。然而，相机与主题的距离在透视方面确实会造成差异。虽然我们从
远处和近处都可以拍出放大倍率相同的图像，但图像的外观透视效果将会
改变。从图7-3中可以看出，场景中离镜头显著更近的物体要比其他物体

显得更大而且不成比例。我们将在后面更详细地讨论这个问题。

■ **后方聚焦**。有些自动聚焦系统倾向于在目标主题后面聚焦，而非恰好聚焦于主题之上（前方聚焦错误同样存在，但不怎么常见）。这种现象不仅仅限于微距摄影，但通常在近距照片中确实更明显。你可以对这个问题进行诊断，具体方法是铺开你的卷尺，将焦点设置在某个中点上，倾斜着为它拍一张照片，然后看看焦点是否位于预期的位置。相机厂商通常可以修复后方聚焦问题（注意，这里的后方聚焦问题与我在第6章中讨论的后焦距不是一回事）。

图7-3　广角镜头可为近距照片提供有趣的透视。

■**景深／焦深**。景深指的是在光圈大小固定的情况下，主题能够在多大的范围内呈现出可以接受的锐度。改为较小的光圈可增加景深，而张大光圈将缩短景深。在放大倍率相同的前提下，广角镜头的景深要大于远摄镜头。焦深指的是在仍然保持锐度的情况下，你可以在多大程度上增加成像传感器或胶片同主题之间的距离。该术语虽然经常与景深混淆，但主要应用于传感器／胶片或平面主题可以移动的"固定"设备上，比如复印机或扫描仪。

7.3　开始实践

当然，微距摄影不光是术语和定义。你需要理解如何将这些概念应用于自己的拍照过程。本节将讨论与拍摄近距照片有关的几个实践问题。

7.3.1　镜头的选择

为微距摄影选择镜头可能极为重要，因为不是所有镜头都能令人满意地完成拍摄近距照片的任务。有些镜头——特别是大范围的变焦镜头，可能无法在足以获得实用微距作品的近距离内聚焦。其他镜头可能不够锐利，也可能产生扭曲、色差或者其他在临界的近距环境中极易变得明显的图像问题。你还可能发现有的镜头或焦距不适合拍摄近距照片，因为如果要想获得所需的放大倍率，那么镜头本身必须离主题非常近，以至于使主题不能获得适当的照明。下面是几件需要考虑的事情：

1　选用微距镜头还是通用镜头

很多通用镜头都可以暂时用作微距镜头；而如果它们在你的具体应用中有足够的锐度，而且失真程度相对来说也不高，则表明它们干得还不错。如果你经常访问摄影论坛，那么可以看到很多对这种或那种镜头的微距摄影能力的赞歌。你完全有可能使用现有镜头获得满意的结果。

当我在某个广场周围的绿化区中遇到这朵花时，正在用17－35mm的变焦镜头拍摄建筑物。该镜头在35mm的变焦位置能够使1英尺远的物体聚焦，因此使我能够拍出如图7-4所示的照片。我本来愿意走得更近些，但实际上不需要那么近。从图7-5中可以看出，只需将画面的中心部分放大，即可获得真正的微距图像。

当然，如果你要大量拍摄近距照片，则使用专门为此用途设计的镜头肯定更合适。这样的镜头将非常锐利，而且不用任何外接式附件就能在足以获得1:1或1:2放大倍率的近距离内聚焦。

图7-4　能够使相距1英尺远的物体聚焦的广角镜头，可用作这幅照片的微距镜头。

图7-5　放大画面的中心部分，即可获得给人深刻印象的近距照片。

2 焦距

在给定放大倍率条件下，焦距决定着相机/镜头与主题之间的工作距离。如同现实中大多数决策一样，焦距的选择必然也是一个折衷的过程。

为了在更近的距离内聚焦，我们必须移动通用或微距镜头的元件使之远离传感器，两者之间的距离与放大倍率成正比（为使问题简化，后面将假设我们使用的是定焦而非变焦镜头）。因此，60mm镜头的光学中心必须移至离传感器60mm远的位置（大约为2.4英寸），才能获得1:1的放大倍率。对于60mm的镜头来说，这是相对容易的任务。而在使用120mm镜头时要获得相同的放大倍率，你就必须把光学中心移到离传感器120mm远的位置（几乎有5英寸）。（正如我在第6章提到的那样，光学中心不一定是镜头的物理中心；如果镜头较长，则光学中心可能接近于前面的镜头元件）。

因此，大多数所谓的"微距"变焦镜头实际上只能产生1:4或1:5的放大倍率。市场上有专供数码相机使用的60mm、80mm、105mm和200mm的定焦微距镜头，不过它们都是专用镜头，价格往往比较昂贵。但如果你要大量拍摄微距照片的话，则这些镜头可能仍然是较好的选择。

这是因为更长的镜头可以提供更长的工作距离。如果需要极端的放大倍率，则短镜头的前透镜与主题的距离可能就会小于1英寸。这种情形将引入透视问题，并造成光线难以照亮主题的后果。忘掉你的内置闪光灯：它瞄准的区域可能位于主题上方，因此可能完全无法照亮主题，或者只能部分照亮主题；甚至闪光灯的亮度可能过于强烈。你的镜头还可能在主题上投下阴影。

因此，你的焦距选择可能取决于所需的工作距离以及所考虑的焦距能否产生合乎需要的透视。

3 景深

三维主题的锐聚焦深度可能是微距摄影中的关键要素。当近距离聚焦时，你会发现景深将显著缩短。虽然在给定放大倍率前提下，数码相机上焦距相对较短的镜头可以提供额外的景深，但这可能仍然不够用。你必须学习使用更小的光圈及其他技术来增加锐利主题的数值。光圈调整范围比较宽的镜头（最小光圈可达f/32或更小），可能有助于增加景深。当然你必须知道，任何通过缩小光圈增加的景深都可能被名为衍射的现象所吞噬；当你缩小光圈时，衍射现象就会露出它那丑陋的脑袋（当你将光圈从最宽位置缩小1档或2档时，大多数镜头将产生最佳结果；而当你继续缩小光圈时，虽然景深有所增加，但实际上多数镜头将丧失少量锐度。为什么会这样？根源在于衍射）。

图7-6显示了用60mm微距镜头拍摄的一张彩色粉笔照片的3个不同版本。在这3幅图像中，焦点都在画面上半部分中间的黄绿色粉笔上。左边的图像是以f/4的光圈拍摄的，中间版本使用的光圈为f/11，而右边的照片所对应的光圈大小为f/22。你很容易看出景深是如何随着镜头光圈缩小而增加的。

图7-6　随着光圈从f/4（左边）缩小为f/11（中间）和f/22（右边），景深也逐渐增加。

　　你还需要学习如何利用现有的景深。通常，可用景深（你刚才也看到了，景深将跟随光圈变化）在最锐利的焦点前面有2/3，而在其后面有1/3。图7-7所示是以略微不同的方式拍摄的彩色粉笔，所用光圈均为f/4。在左边的版本中，我聚焦在前排某根粉笔上。而在中间以相同光圈拍摄的照片中，焦点在中间的粉笔上。右边的版本聚焦在最后一排。在镜头几乎完全张开的情况下，景深是如此之浅，以至于只有焦点位置的粉笔显得锐利。我可以创造性地利用这一点来实现选择聚焦；也可以进一步缩小光圈，并聚焦在位于中心的粉笔上，这样就有可能使所有粉笔都显得清晰。

　　另一种增加景深的方法是改变视角，从而使更多粉笔同镜头的距离大致相同。在图7-8中，我旋转曲柄使三脚架略微升高，然后从不同的角度向下拍摄。光圈仍然是f/4，但更多粉笔显得清晰锐利。

图7-7　当镜头聚焦在前排、中间或后排的粉笔上时,看看景深是如何变化的。

图7-8　与正面拍摄相比,提高视角可使景深遍布在更宽的区域内。

7.3.2 透视

正如你刚刚知道的那样，我们可以使用远摄镜头或位于远摄位置的变焦镜头，从相对较远的距离（即使该距离只有几英尺远）拍摄近距照片。如果使用更短的镜头，那么我们通过移近同主题的距离也可以获得相同的放大倍率。在靠近主题的距离内使用广角镜头所导致的明显透视扭曲以及远摄镜头造成的距离压缩效果，在微距摄影中同样会出现。

因此，如果你要为微距摄影选择远摄或广角模式，则应当仔细选择你的方法。使用远摄／微距设置，你可以成功拍摄那些相对模糊、没有多少深度的主题以及那些不能近距离接近的主题。而那些深度适中的主题可以使用广角模式来拍摄。如果你发现广角设置有引入扭曲的倾向，则采用广角和远摄之间的某个焦距。图7-9中的图像是我在无事可做的某一天拍摄的。当时我决定运用微

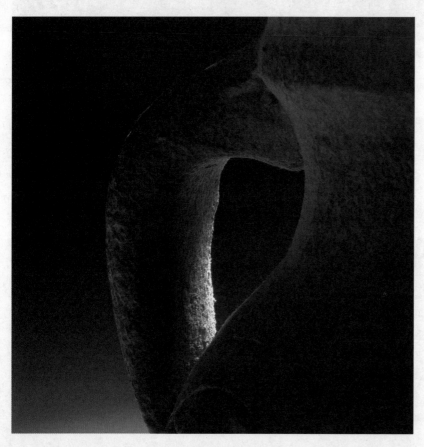

图7-9 远摄镜头的透视效果再加上对照明灯的创造性运用，使这张部分水壶的照片颇为有趣。

距摄影技术，对一个形状美观的微型水壶做一些"外形研究"。我使用照明灯和设置为微距模式的远摄变焦镜头，为这个水壶的若干组成部分拍摄了照片。

透视问题所影响的最重要的主题类型是诸如建筑物及铁路模型这样的桌面物品。使用正确的透视，你的模型可能就像实物主题一样。而使用错误的透视，则这些模型看起来还是模型。

通过比较图7-10中上面和下面的图像，你就可以看出透视所造成的差别。上面的照片是使用较长的变焦设置拍摄的，下面的照片是使用广角设置拍摄的。两相比较，离相机更近的物体在广角照片中显得更大，更符合比例。如果

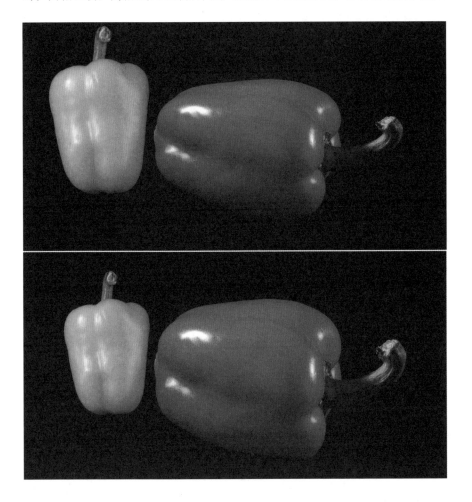

图7-10　顶部远摄照片的透视特征不同于底部的广角照片。

你比较两幅照片中前面的青椒与后面的青椒，则这一点最为明显。在下面的照片中，后面的青椒显得较小，因为由于广角镜头的透视特征表示出该青椒应当离镜头更远。而在上面的图片中，两个青椒被更近地压缩到一起，因此大小也相似。在给定放大倍率的情况下，你需要仔细选择镜头的焦距，以获得自己所寻求的那种透视类型。

7.3.3　近距摄影装备

除了近距镜头以外，还有其他几种能够给微距摄影带来方便的装备，比如安装在镜头前面的特殊微距附件、使镜头光学中心远离传感器的镜头"延长器"以及使你更容易照亮主题的环形照明灯等附件。

1　近距镜头

近距镜头不同于微距镜头，尽管两者有易丁混淆的相似名称。前面讨论的微距镜头，都是为了在超过标准镜头的更近距离内聚焦而设计的定焦镜头或微距变焦镜头。而传统上被称作近距镜头的外接式附件，是用螺丝连接到相机定焦或变焦镜头前面、与滤镜类似的东西。

当你需要突破相机的设计限制，在更近的距离内拍摄照片时，这些附件就会发挥作用。它们可以像放大镜一样提供附加的放大倍率，允许你移至离主题更近的距离内。如图7-11所示的近距镜头，通常都使用名为"屈光度"的光学强度单位来标出其相对"强度"或放大倍率。标记为"No. 1"的镜头属于相对温和的近距附件；而标记为"No. 2"或"No. 3"的那些镜头，其屈光度相对更加强烈。在市面上可买到的近距镜头中间，其放大倍率通常从+0屈光度到+10屈光度都有。

实际计算近距照片放大倍率的方法，对于憎恨数学的普通摄影者来说实在过于复杂，因为现实生活中几乎不需要应用"无穷远处的放大倍率 = 相机焦距／（1000／屈光度）"这种令人望而生畏的东西。这是因为近聚焦距离将会随着镜头的焦距及其没有增强的近聚焦能力的变化而变化。

但作为经验法则，假如你的远摄镜头通常聚焦在1m远的位置（39.37英寸；比3英尺长一些），则+1屈光度允许你聚焦在0.5m远的位置（大约20英寸），而+2屈光度使你可以在1/3m（大约13英寸）的位置聚焦，+3屈光度的聚焦位置为1/4m（大约9.8英寸），依此类推。而+10屈光度将使相

图7-11　近距镜头附件可以使你进入相机所允许的最小聚焦距离之内。

机聚焦在2英寸远的位置，而此时镜头的焦点还在无穷远处。如果你的数码相机的镜头通常聚焦在不到1m的位置，那么你将能够使自己与主题之间的间隙变得更窄。

在现实世界中，实用的解决方案是购买若干近距镜头（它们每个大概价值20美元，通常可以成套购买），以使自己拥有适合任何特定摄影任务的正确镜头。你可以组合若干近距镜头以实现更近的拍摄距离（比如使用屈光度为+2和+3的镜头获得+5的屈光度），但应避免同时使用两个以上的近距镜头。如果光线经过的透镜层数过多，那么在图像锐度方面付出的代价将过于巨大。另外，3层透镜的厚度有可能足以使图像边角产生晕影。

外接式近距镜头的主要优势之一在于，它们不会以任何方式干扰数码单反相机的自动聚焦或自动曝光机构。在连接近距镜头的情况下，你的所有其他镜头都将继续以完全与原先相同的方式工作。但近距镜头也有一些缺点。如同任何滤镜的情况一样，你购买的近距镜头在规格上必须适合镜头的前滤镜螺纹。因此，你必须要么购买能够安装到目标镜头上的近距镜头，要么使用放大或缩小连接环使两者相互匹配。

最后，近距镜头必然伴有锐度损失，特别是当你开始把它们堆叠在一起以获得更高放大倍率的时候。附带近距镜头拍摄的照片略微不如其他照片那么锐利。

2 延长管和皮腔

如果你不能把镜头移到离传感器足够远的位置以获得所需放大倍率，则可以卸下镜头，然后插入某种配件来提供所需的延长距离；这是数码单反相机几项最酷的本领之一。图7-12所示是最简单的品种，名为延长管。

它们只不过是空心的管子而已，特别之处是其背面与镜头背面类似，也带有能够连接到相机镜头支架上的配件。延长管的前面带有自己的镜头支架，你的镜头应连接到这个支架上。延长管看起来像是增距镜（使镜头焦距增加），只是其内部没有任何光学器件。它们只做一件事，那就是已经用名称表达出来的"延长"。市面上有多种规格的延长管，它们通常成套出售；例如，你可以单独或组合使用8mm、12.5mm和27.5mm的延长管，以获得所需的延长量。

图7-12 延长管可以把任何镜头转换为近距离聚焦的微距镜头。

几种古怪的组合

　　我发现，微距摄影的蓄意和深思熟虑本质上有一个有趣的优势。一旦你不再为微距摄影设备缺少自动聚焦或自动曝光功能而烦恼，就会发现可以与相机连接的镜头比原先想象的要多。例如：

- **佳能数码单反相机上安装尼康镜头。** 如图7-13所示的连接器使我们可以把尼康镜头安装到佳能数码单反相机上，然后在手动模式中使用。如果你无论如何在拍摄微距照片时都要以手动方式工作，则这样的连接器相当实用。

- **对老设备的兼容性。** 接受旧镜头的宾得数码单反相机也能够在手动模式中使用原先的延长管和镜头。那些为尼康和其他品牌的相机生产的镜头和附件同样如此。虽然旧的尼康镜头通常必须经过转换才能在现代的尼康数码单反相机上使用，但如果你发现某个非自动延长管可以安全地安装到你的尼康相机上，那么就可以将几乎任何旧的镜头连接到该延长管上，而不用担心损坏相机机体。

- **镜头翻转。** 如图7-14所示的转向环，允许你以反向方式将镜头与相机相连，使镜头支架的保护面远离相机。这样的结构可以让你在更近的距离内聚焦，而且可能产生更锐利的结果。如果你使用手动聚焦模式，那么这种结构并不会比普通的聚焦模式更加不方便。

图7-13　如果你拥有或能够借到尼康微距镜头，则可以使用连接器将其连接到佳能数码单反相机上。

图7-14　转向环允许你反向安装镜头，这种结构使你可以在更近的距离内聚焦，而且还可能提高图像的质量。

有些延长管可能无法与相机和镜头的自动聚焦和自动曝光机构相耦合。这种情况并不会妨碍它们的使用价值，因为你在微距摄影模式中无论如何都要手动聚焦，而且手动设置光圈和快门速度也不是多么不方便。新型延长管可以兼容镜头的全部功能——图像稳定功能或许除外，因此在使用方面更加方便。

皮腔是类似手风琴的附件，可以沿着滑轨移动，从而在特定范围内连续改变镜头与相机之间的距离。虽然延长管可提供数量固定的放大倍率，但皮腔却允许你获得不同的放大倍率，最高可达20:1或更高。我喜欢一种古老的皮腔附件，它是供一款同样古老的微距镜头使用的。该皮腔在前柱上有一个倾斜和平移机构，使你可以改变镜头与相机背面（传感器所在的位置）之间的角度。这种移位的方法通过使锐度平面的倾斜方向与主题相对于相机的倾斜方向保持一致，可以帮助你再挤出少量的景深。

如图7-15所示的皮腔附件通常带有旋转机构，以允许我们把相机从水平取向旋转成垂直取向。有些皮腔有两个滑轨：一个用于调整镜头同相机之间的距离，另一个用于把全部家当（皮腔、相机及其他）移至离主题更近或更远的位置，因此可以起到"调焦滑轨"的作用。一旦将镜头向外移至足以获得所需放大倍率的位置，你就可以锁定相机同皮腔之间的距离，然后前后滑动整套设备以实现最锐利的聚焦。

在把皮腔或延长管连接到相机的时候，应小心避免损坏镜头支架或相机机体。即使某种皮腔在名义上与你的相机兼容，你也可能必须首先在相机机体上连接一个延长管，然后将皮腔固定在延长管上，以使皮腔机构接触不到相机的突出部件。

当然，皮腔、延长管及类似附件都可能比较昂贵，因此你或许不愿意在这上面投资——除非你要大量拍摄微距照片。这些附件的另一个缺点是：镜头离传感器越远，需要的曝光量就越大。当你开始添加附件时，很可能需要将光圈扩大2档或3档（甚至更多）。

3 其他装备

在微距摄影期间，你可能需要使用三脚架来支撑相机。三脚架可以在你或许需要的较长曝光时间内稳定相机，同时使一致的及可重复的定位成为可能。如果你要一次一个地为你收

图7-15 具备滑动和倾斜功能的皮腔使你可以为极端近距离的照片挤出少量额外的景深。

藏的玩具士兵拍摄照片，则很有必要保持一致的定位。应当购买坚固耐用的三脚架，其支杆应易于调整，其底座应能够稳稳抓牢地面，其中心支柱应允许你在不必重新调整支杆的情况下适度改变高度。如图7-16所示的可逆中心支柱颇受人们欢迎；有了它，你就可以使相机直接朝下指向花朵，或者从低于三脚架最低高度的角度拍摄。允许你把相机旋转到任意方向的球形云台，要比插图中所显示的倾斜摇摆类型的云台更易用、更通用。

图7-16　带可逆中心支柱的三脚架允许你从更低的角度拍摄。

　　如果你要拍摄平坦的小物体（比如邮票、硬币、相片或刺绣）的照片，则或许应当考虑名为翻拍架的一种特殊相机支架。它们是一种简单的支架，带有平坦的原稿架以及用来固定相机的垂直（或倾斜）立柱。相机可以沿着立柱上下滑动，从而调整相机与主题之间的距离。倾斜的立柱最为合适，因为可以确保相机在向上移动时仍然位于较大主题区域的正上方。翻拍架可以为此类摄影提供更为方便的工作角度，特别是在结合直角取景器附件使用的情况下。

虽然你可以使用现有照明，但在使用外部光源的情况下你将发现自己具有更大的创造自由度。非生物的微距主题通常在曝光期间可以长时间静止不动，因此白炽灯照明就可能足够——可能像两个鹅颈管台灯这么简单的东西就行。

你也可以使用电子闪光灯来定格动作。正如我前面提到的那样，数码单反相机内置的电子闪光灯不是特别适合微距摄影，因此你应该尝试使用相机外部的闪光灯。相机的内部电路经常可以通过无线电控制触发同一家厂商的外部闪光灯附件。你还可以把内部闪光灯设置成最低功率，然后通过名为从属设备的触发装置来触发外部闪光灯。在这种情况下，内部闪光灯可能只提供少量的附加照明，而大部分照明都来自外部闪光灯。

还有一种设备名为环形照明灯，它是形如环状荧光灯管（事实上可能是白炽灯）的圆形灯。环形照明灯通过在相机与主题之间的短距离内提供均衡而没有阴影的光源，可以解决你的近距离照明问题。

考虑使用反光板、雨伞及其他调光装置来优化照明效果。一片简单的白色纸板就可能满足需要，而且还能用作背景。铝箔或聚酯胶片可以提供明亮的高对比度反射源。我还会将价值仅仅5美元、但打开之后有36英寸或更宽的纯白色小型雨伞，用作大面积的柔光反射板。如果你在拍摄类似珠宝的物品时需要漫射、无定向的照明，则没有什么东西比活动暗室更好。活动暗室是由半透明材料制成的包围结构，你可以用它将主题罩住，然后将镜头从开孔处伸进去。一切就绪之后，你只需使光线照到活动暗室的外面，即可照亮你的主题。你可以使用像塑料奶瓶这样简单的东西自制"活动暗室"。

7.4 若干拍摄技巧

你就要开始拍摄近距照片了，我也为你准备好了若干有用的技巧。当你第一次拍摄微距照片时，试一试这些技巧是否合适。

- ■ **仔细调焦**。有些相机允许你将自动聚焦切换为面向中心的模式或点模式，还允许你选择使用哪个调焦传感器；这些第 4 章的知识你应当还没有忘记。如果你的主题确实在画面的中间位置或者位于某个调焦区域内部，则可以使用这些功能。如果相机允许，你也可以切换为手动聚焦。你或许应当使用光圈优先模式，然后选择可用的最小光圈以扩大景深。务必记住前面讲到的景深分配方式：2/3 位于最锐利的焦面之前，只有 1/3 位于其后面。

- ■ **观察对准情况**。如果你要正面拍摄主题，应确保相机的背面（传感器所处的位置）平行于主要主题所处的平面。你应当在该平面上聚焦，而且应当显得锐利的细节也大都处于这个平面上。如果相机相对于主要主题所在的平面是倾斜的，则只有部分主题会呈现为锐利聚焦状态。在图7-17中，主题（嵌入岩石当中的微小海螺壳）所处的平面略微倾斜，因此有部分海螺壳（特别是左下角那些）没有呈现出锐利聚焦状态。在图7-18中，传感器平面完全平行于风化旧木板的平面，因此整幅画面都处于锐利聚焦当中。

图7-17 如果传感器相对于主题平面是倾斜的，则主题不会全部呈现为锐利聚焦状态。

■ **杜绝抖动**！如果你的主题是非生物，而你又使用着三脚架，则可以考虑使用数码相机的自拍器或遥控器，在延迟数秒钟之后来触发快门。即使你非常小心地按下快门释放按钮，也可能使相机轻微抖动。在使用小光圈及白炽光照明的条件下，你的相机可能会使用很低的快门速度，因此即便是轻微的抖动也可能造成图像模糊。使用自拍器或遥控器将使相机和三脚架保持静止。（我在第4章曾经指出，你可能还应当锁住反光板。）

■ **一停二看三听**！在听到相机快门的咔嗒声之后，应等待数秒钟再做想做的无论什么事情。你可能已经忘记自己在拍摄需要曝光数秒或更长时间的照片！你听到的可能只是快门打开的声音，而此后相机可能仍然在捕捉图像。如果你开启了图片预览功能，应等到照片显示在液晶显示屏上之后再接触相机。

7.5 下一章简介

　　下一章将讨论动作摄影。动作摄影不一定就是体育运动摄影。动作无处不在，它并不需要伴随有组织的比赛。即使你从未去过篮球或橄榄球比赛场地，没有看过小孩玩英式足球，也不是赛车爱好者，也仍然可以用你的数码单反相机拍出极好的数字动作照片。我将为你展示如何在需要时定格动作，以及如何获得良好的模糊照片。

图7-18　当传感器和主题的平面平行时，主题的绝大部分将处于锐聚焦状态。

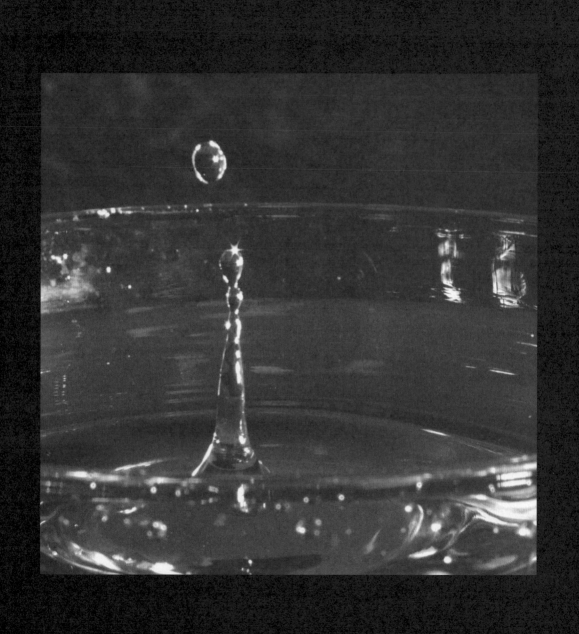

8

捕捉动作

　　所有静态摄影的本质都是捕捉某个时刻，但没有什么能比动作的拍摄让你更强烈地意识到这一点。在看着孩子们玩足球时，在公司组织的野餐活动中参加排球比赛时，在观看保龄球比赛时，或者在游乐园突然看到一匹奔马时，你都可能希望拍摄动作。无论得到的结果是清晰还是模糊（可能是故意为之），你的照片显然已经将一小片动作切割了下来。

　　其他类型的摄影也会隔离某个时刻，但乍看之下似乎并非如此。建筑物照片肯定会冻结某个时刻，但建筑物可能会不动声色地一直呆在那里，在长达几十年乃至几百年的时间里都几乎没有任何变化。从西班牙托莱多市外面山顶某个位置拍摄的照片，看起来与El Greco在16世纪创作的名著《遥望托莱多》所表现出来的景色非常类似。

　　静物照片和人像同样会捕捉某个时刻。你拍摄的一碗水果可能在1小时以后成为快餐，而如果保留一周则可能因熟透而腐烂。当你的孩子多年以后长大成人时，你将怀念在他们的照片中表现出来的那个特殊时刻。虽然如此，但动作摄影仍然有其特殊之处。我想原因在于，优秀的动作照片能够使我们看到在日常生活中看不到的时刻。定格在空中的蜂鸟照片，使我们能够以实质上不可能的方式研究快速移动的生物。在球棒击球瞬间拍摄的本垒打照片，可以让我们仔细观察连裁判也从来不能看清楚的本垒打。

　　本章将集中在使用数码单反相机捕捉动作的技术方面。我在本章将着重从数码单反相机的特殊摄影能力入手，来解释一些主要的职业技巧。在寻找动作拍摄机会的时候，我们的目光应远远超出体育运动这么狭小的范畴。

8.1 小范围的体育运动

在更详细地讨论具体的动作拍摄技术之前，我们不妨先讨论一下体育摄影的某些特殊方面。因为获得令人满意的运动照片的若干要点与摄影本身无关。从某种意义上来说，知道在体育比赛期间应当站在什么位置要比细致入微地了解相机使用的方方面面更为重要。事实上就成功的摄影而论，知道如何站位、使相机指向何方以及何时按下快门，可能与理解正确的曝光和构图方法同样重要；你对这一点可能不会感到惊讶。

如果你停下来思考这件事，将发现体育动作是一系列连续的时刻，它们各自略微不同于上一个时刻，并共同导致最后的决定性时刻：球棒击中棒球，在跃起的顶点奋力向前投出篮球，或者冰球滑过守门员入网。决定性时刻也可能跟随着巅峰动作，比如当棒球投手在丢掉可轻易赢得的本垒打之后陷入极度懊丧的时候。最佳的体育摄影应当在正确的环境下捕获正确的时刻和正确的主题。如果你在一场57:0的实力悬殊的比赛中，拍到了一名三线的直接球接手在最后时刻抓住橄榄球的照片，则肯定不希望这张照片上存在技术缺陷。你希望捕捉到在比赛的转折点出现的英雄。

如果想了解我们的距离有多远，你可以仔细看看图8-1中我作为专业摄影师第一次出版的照片。这是典型的那种"球取代头"照片，是我在数字摄影之前的黑暗时代借助闪光灯拍摄的，当时背景漆黑的动作照片是可以接受的。这张照片之所以能够出版，部分原因是篮球与人头重叠在一起，还有部分原因是抓到的画面表现了本地学院一名成功防守住一次投篮（或者说犯规一次，这取决于你的倾向）的篮球英雄。缺少这两个元素之一，该照片都不可能出版，因为它既没有抓住比赛中真正的决定性时刻，也存在不止一处技术问题。

生硬的闪光灯照片现在让人无法接

图8-1　独特的视角和明星的能力使这张本来很普通的照片得以出版。

受,你也看不到有多少黑白的动作照片。今天,我们更可能看到的是如图8-2所示的照片。数码相机带有足够快的传感器,完全能够以全色拍摄室内或室外的动作,也可以通过连续拍摄来记录比赛的演变进程或某个人的场上表现。

8.1.1 位置的重要性

在体育比赛进行期间站在什么位置,可能直接影响到你的拍照机会。如果你在看台的上面,则观看比赛的视野可能是有限的和固定的。如果你能够向下移到离动作更近的位置,甚至可以来回移动着拍摄各种各样的照片,那么将拥有更好的运气。

在拍过几张运动照片之后,你就会发现从拍摄机会和多样化两方面考虑有些位置要比其他位置更好。在赛车过程中,位于修车区内部或附近可使你强烈感受到赛车飞驰的轨迹以及工人维修车辆时要承受的惊人压力。在橄榄球比赛中,你在边线和球门区拍到的照片当然不同。足球比赛似乎总是围绕着球门处的动作进行。而高尔夫运动最令人兴奋之处是那些绿地。每项运动都有独特的"热点"。

在专业或一流大学级别的比赛中,你可能无权进入这些位置。但除非你是专业的体育摄影师,否则有可能发现拍摄低级别的赛事同样令人兴奋和有所回报。如果你希望在高中或大学比赛中占据有利位置,则可以从一些不太主流或比较冷门的项目开始。与第1区A级橄榄球比赛相比,你在第1区A级长曲棍球比赛中更有可能获准进入场地。但在第2区和第3区级别的比赛中,如果你提前与体育情报主管联系并交谈,则或许仍能获得所需要的机会。离我家不远的一所属于第3区的学校,在过去15年里已经9次夺得橄榄球比赛的NCAA冠军,在我写下这句话的时刻正在为赢得第102场常规赛季的比赛而努力。但这群精力充沛的人可能非常乐于面对摄影师。只要提出要求,你就能拍摄直接球接手的照片!

图8-2 今天,在室内不用闪光灯拍摄动作照片是件很容易的事。

8.1.2 逐项介绍主要体育运动

具体说来，每项运动都略有不同。在诸如橄榄球这样的项目中，动作都是间歇发生的，会不时地因挤作一团及暂停而中断，但在途中却快若闪电。而像足球这样的项目，比赛可能始终都在进行。而高尔夫球有时似乎主要是由步行构成的，只是偶尔会被少量紧张的时刻打断。你只有充分理解某项体育运动，才能拍摄出最好的动作照片；因此应花些时间来了解这些项目。仅仅知道某支橄榄球队是否在比赛最后6分钟还落后14分，而且在向前推进了20码的过程中遇到了第3次阻挡，就可能成为你的优势；你大概不是想观看赛跑吧！

为方便你拍摄若干最流行的体育运动，下面给出一些简要的指导原则。

- **橄榄球**。到边线上距离并列争球线10～20码远的位置拍摄照片。究竟是在并列争球线前面还是后面完全无所谓。如图8-3所示，当四分卫后撤传球、用手推开对手或者被成功擒抱之后摔倒在草皮上时，你都可以拍到非常好的照片。而在前场，你可以拍到一些指尖接球或者球脱手后返身长途回撤的照片。如果在球门区一侧或者某个比较高的有利位置，则可以拍到四分卫悄悄越过1码线的镜头或者罚球队员在对方排起阻挡三分球的人墙时脸上那紧张的表情。

- **足球**。你可以沿着边线来回追踪动作，也可以到球后面集中表现防守方的后卫和守门员以及进攻方的边锋和前锋。我不建议你在场地中来回跑动以捕捉动作。足球比赛通常持续很长的时间，因此你可以在上半场呆在场地某半边拍摄，在下半场两队交换场地之后仍然呆在原位以集中表现另一支队伍。

- **棒球**。每个人都希望能坐到本垒板后面，但那里不是合适的拍照位置。虽然投手脸部的痛苦表情很有意思，但挡网往往在某种程度上使照片略嫌模糊。我拍过大量专业的棒球和垒球比赛的照片；在没有新闻记者特权的情况下，我会尽力购买贵宾席或主队休息处旁边的前排座位。这些有利位置使你可以拍到正在击球的击球手，获得投手的良好照片，并捕捉到几个垒位置的动作。在第一个垒所在的那一侧往往有更多动作发生，因此如果你希望拍到投出棒球之后的右手投手，则那里是个好位置（在挥臂期间你将看到该投手的背部）。而与之相对的一侧则适合拍摄左手投手。

- **篮球**。篮球运动的优点之一是更为紧凑。大多数动作都发生在篮板周围。高角度（从看台上面）通常不是太好，而低角度（或许在前排座位中）也不怎么讨那些非常高大的队员喜欢。但从几乎位于篮筐正下方或正上方的位置拍摄的照片，可能是这些规则的例外。如果你能在篮球附近以水平角度拍摄，那么将获得最佳的照片。

- **高尔夫球**。高尔夫球恐怕是最不正式的运动之一，因为当那些世界著名的选手在拥挤的观众席中工作时，你完全有可能来到离他们只有数英尺远的

图8-3　橄榄球、足球及其他场地运动均适于从边线拍摄。

地方。在比赛之前分散高尔夫球选手的注意力，将使你很快被人从现场轰走；而数码单反相机不同于那些即指即拍型弟兄，它们没有那种可被关掉的虚假的快门咔嗒声。当反光板向上翻转以及快门移动时你听到的那种沉闷的金属声，都是真实的声音！你或许应当向后移动，使用某款远摄镜头，像老鼠一样保持安静，并记得采用定时拍摄方式，以使对别人的打扰降至最低限度。

■ **冰球**。如果你站在比较高的有利位置，则这种形式的冲突兼运动比赛可能会显得极为好看，因为这样的视点使得越过玻璃拍摄更容易，而且动作与冰面也能够形成适当的对比。但如果你可以坐在前排，那么将发现有大量动作就发生在离你的座位仅数英尺远的地方。如果你的数码单反相机的自动聚焦机构倾向于聚焦在防护性玻璃而非选手身上，你或许应当手动调焦。

■ **滑冰**。滑冰比赛同样在冰上举行，但与眼光水平或低角度的近距照片看起来最好。拍摄正在引人注目地跳跃或刚刚落地的滑冰选手。

■ **摔跤**。除非你有最前排的座位而且对于如何躲避飞来的椅子有所准备，否则最好还是像拍摄冰球比赛那样从比较高的位置来拍摄摔跤。

■ **体操**。捕捉那些即将跳跃或难度特别大的动作，或者拍摄那些在双杠或吊环上尝试完成挑战性动作的选手。

■ **游泳**。你可以在游泳比赛中拍出一些非常好的照片，尤其在你能够以足够快的快门速度来定格那些游泳选手在水中搅起的水花的情况下。如果你能够进入非常低、几乎接近水面的位置，则可以从一侧拍到不错的图像。在水池末端，选手的翻转相当令人厌烦，但你可以在终点获得一些令人兴奋的正面照片。

■ **田径**。田径包括太多的比赛项目，以至我们难以将其全部归为一类。如果你在撑杆跳比赛中可以在横杆下面拍照，或者可以在沙坑后面足够远、不会使选手分神的位置来拍摄跳远运动员，则可以得到一些惊人的照片。你还可以到短跑或接力赛的起跑器旁边来捕捉一些机会。

■ **赛车**。赛车动作将挑战你定格动作的能力。如果你在这些比赛中要拍摄沿着直道朝你冲来的汽车或摩托车，则比较慢的快门速度也能完成任务。另一方面，这样的动作可能有点儿重复。但这一点或许算是优点，因为你可以一圈又一圈地练习并微调自己的技术，以获得完全使自己满意的照片。

■ **赛马**。体育动作及优雅的动物都包括在这一项运动当中！还有什么可以更好？如同赛车运动的情况一样，你可以在正面拍摄或骏马转弯时获得最佳的照片。终点线照片可能与那些自动的用于即时重放的终点线照片相似，但如果你有机会的话，可以尝试从较低的角度获得有趣的视点。

■ **滑雪**。你不可能在滑雪比赛期间到那些斜坡的各个位置去拍照，但如果你能够发现有趣的转弯或者能够在终点线找到良好的角度，则应当大胆尝试。

8.2 处理快门滞后问题

不存在快门滞后问题，是数码单反相机最受欢迎的功能之一。那些在使用即指即拍型相机过程中遭受挫折的人，向我问得最多的一个问题是："当相机在快门释放按钮被按下之后要暂停1秒钟（或更长时间）才会实际拍摄照片时，如何才能使运动或动作照片的拍摄更加切实可行？"幸运的是，大多数数码单反相机或多或少都解决了这个问题。在很多拍摄场合中——尤其在自动聚焦功能发挥作用的情况下，数码单反相机都能即时拍摄，其滞后时间几乎不可察觉。

我测试过的数码单反相机通常在按下快门释放按钮之后0.1～0.2秒钟之内就能拍出一张照片。相反，在我测试过的数十款即指即拍型数码相机中间，虽然快门速度有所提高，但所产生的快门滞后时间能够小于0.5秒钟的机型几乎没有。在反差强烈、不会挑战自动聚焦机构能力的照明条件下，普通相机的快门滞后时间大约为0.8秒钟；而在低对比度的照明条件下，即使使用了聚焦辅助灯，快门滞后时间通常也至少有1.1～1.3秒钟。而那些表现最差的相机，即使在最好的照明条件下其快门滞后时间也可能超过1秒钟，而在不利的照明条件下其滞后时间可能长达2秒钟或更长。这样的延迟是无法忍受的。

如果你几乎只使用数码单反相机拍摄，则可以忘掉那种价值不大的东西。大多数数码单反相机瞬间就能完成加电过程。因为数码单反相机的液晶显示屏不是用于预览照片，而且自动聚焦和测光系统通常在用户不使用相机数秒钟之后就会关闭（当你轻敲快门释放按钮时会即刻恢复），所以数码单反相机在加电之后可轻易持续数小时或数天时间而不会耗光电池能量。这种相机始终随时可供使用。而快门滞后时间虽然存在，但可能短暂到难以察觉的程度。在响应迅速的情况下，你可以近乎完美地选择拍摄时机，最终获得如图8-5所示的版本，而非显示在图8-4中的照片。

图8-4 快门滞后时间较长或手指动作较慢，将获得像本图这样错过得分动作的照片。

图8-5 在连续拍摄模式的少量帮助下，响应迅速的数码单反相机可以让你捕捉到巅峰时刻。

你可以通过拍摄带秒针的钟面，或者拍摄秒表的照片，或者使用某种能够在计算机屏幕上产生秒表图像的软件（这种软件很多；如果你要认真测量快门滞后时间，则可以使用Google搜索引擎来搜一下），来测试你的相机的快门滞后时间。Windows用户可以在www.xnotestopwatch.com网站上找到一个免费的定时器实用程序。

如果你能够感受到令人不快的快门滞后，则应当试着预期决定性时刻。在动作达到巅峰之前的极短时间内按下快门释放按钮。部分按下该按钮，可以在主题还没有进入画面的时候就锁定焦点和曝光设置。把相机设置为手动曝光和手动聚焦模式。使用相机的突发模式来抓拍连续的照片，借此提高捕获关键时刻的机会。

8.3 连续拍摄基础

在我作为一名体育摄影记者工作期间，在买过高速长远摄镜头之后第一次购买的设备是一个电动机驱动器；该设备使我能够以每秒3帧的速度，在大约

12秒钟之内拍摄可曝光36次的整卷胶片。尽管如此消耗胶片的能力非常可怕，但我在胶片使用方面还是相当节俭的。不过，该驱动器为我提供了一种拍摄令人兴奋的运动序列、并不时从连续动作中正好抓拍到恰当照片的方法。

今天，相当于电动机驱动器的数字装置被称作连续拍摄或突发模式，而数码单反相机技术又使这种技术装置更加实用。与受限于36张照片（如果你使用带有庞大的33英尺胶卷暗盒的特殊电动机驱动器，则这个数目应当是250）不同，你可以在不用"重装胶卷"的情况下拍摄很多照片；如果使用的是1GB存储卡，则通常可拍摄300张或更多照片，具体数量取决于压缩率、文件大小和图像格式。最好的消息是，数字突发模式不会浪费胶卷。如果最后发现连续拍摄的照片没有价值，你可以将其删除，然后使用相同的介质来拍摄其他照片。你的数字"电动机驱动器"也不需要使用特殊附件。所有数码单反相机和大多数即指即拍型数码相机都内置了这项功能。

要记住的一件重要事情是，连续拍摄不是校正不良时机选择的灵丹妙药。典型的数码单反相机能够以每秒3到10帧的速度拍摄，直到相机的缓冲区充满为止。少数相机（比如索尼Alpha系列）能够以非常快的速度将图像写入存储卡，以至在某些模式中其缓冲区从未真正充满过，因此你可以一直连续拍摄到存储卡充满为止。即便如此，你仍然有可能没有在照片序列内捕捉到决定性时刻。动作巅峰可能还是发生在两幅画面之间；而如果你的数码单反相机只能在数秒的时间内使用突发模式，则相机在缓冲区充满之后将停止拍摄连续的照片。无论多么健壮的突发模式，也不能代替恰当的时机选择和少量的运气。在恰好合适的时刻拍照，几乎总能比随机拍摄一系列画面获得更好的结果。将相机的连续模式作为自己惯用技术的补充，来抓拍少量用别的方式可能拍不到的照片，或者获得如图8-6所示的这种本身就比较有趣的动作序列。

图8-6　连续拍摄模式使你可以在1秒内拍到一系列照片。

8.3.1 选择拍摄模式

你的数码单反相机可能只有一种连续拍摄模式，因此你除了可以选择将其打开和关闭之外，再没有别的选项。而其他数码相机——特别是使用电子取景器的单反相机，可能有若干帧速可供选择。它们通常聚集在"驱动模式"类别下面，以纪念最初存在于胶片相机中的电动机驱动器。下面列出数码单反相机最常见的几种连续拍摄模式：

- **单帧前进**。这是相机的默认模式，即每按一次快门释放按钮拍一张照片。因为数码单反相机拥有容量既大速度又快的缓冲区，所以你按动该按钮的速度有多快，拍摄单帧照片的速度就可以有多快。只有最敏捷的手指遇上带有小容量缓冲区的低端相机，才有可能在单帧前进模式中超出相机的记录能力极限。通过观察取景器中的某种指示器，你可以知道何时缓冲区即将充满。有些相机带有在你必须等待时会闪烁的发光二极管，其他相机提供能够伸长或收缩的条形指示器。我更喜欢那些通过数值指示器不断更新缓冲区中剩余可用空间的系统。这些系统在可用空间减少时会递减计数——比如从4到3、2、1，直到缓冲区充满为止，而当可用于存储照片的空间增加时又会再次递增计数。

- **连续前进**。这是默认的突发模式，而且可能是数码单反相机所具有的唯一突发模式。相机在你按下快门释放按钮期间将一张接一张地连续拍照，直到你释放该按钮或缓冲区充满为止。大多数数码单反相机都可以提供每秒2~3帧或4帧以上的帧速；而在以拍摄连续照片为生的体育摄影记者所偏爱的专业级相机中，所提供的帧速可高达每秒8~10帧。每秒钟能拍多少张照片通常受限于相机缓冲区的容量及图像文件的大小。也就是说，与拍摄RAW照片或RAW+JPEG照片相比，你通常能够一次拍摄更多JPEG照片。但有些数码单反相机的速度非常之快，导致不同文件格式拍摄几乎不会造成什么差异。如果你运气好，则可以在一次突发模式中拍摄10~40张或更多照片。而如果你的运气没有这么好，那么你的相机或许在曝光6~9次之后就会窒息。

- **高速连续前进**。有些相机提供低速及高速共两种连续前进模式。这种情况下，虽然高速模式可竭尽全力提供高达每秒8~10帧的帧速，但你可以单独设定低速模式的帧速（你的选择通常是每秒1~5帧）。而尼康D2Xs相机却采用了一条不同寻常的中间道路，其低速模式每秒能以1240万像素的分辨率拍摄1~5帧照片，但高速模式所提供的8fps帧速却更能给人留下深刻印象，因为其分辨率是经过裁剪的680万像素。这种"高速裁剪"模式将把镜头的裁剪系数从1.5X增加到2.0X。

- **延时/间隔**。虽然这是一种连续模式，但其工作周期要延续很长时间。该模式最适合用来为那些缓慢变化的事件拍照，比如拍摄开花过程。有些相机具有内置的延时/间隔模式。其他相机需要使用连接到计算机的USB电缆,以便让软件来触发相机的每一次曝光。

■ **包围**。包围是一种"驱动器"模式,即让相机使用不同的设置连续拍摄多张照片,从而增加某张照片具有更佳设置组合的机会。最常见的包围过程是以不同的曝光量拍摄多张照片,使有的照片曝光不足,有的照片曝光过度(基于测光表读数)。很多数码相机都可以包围其他特征,比如颜色校正、颜色饱和度、对比度、白平衡或特殊滤镜。包围模式能以半自动和全自动两种方式工作,就像使用来复枪那样。在相机被设置为单帧模式的情况下,半自动模式将使相机在你每次按下快门释放按钮时拍摄包围序列中的一张照片(直到达到你指定的照片数量为止)。而在全自动模式中(需要改为连续拍摄模式),相机将在快门释放按钮被按下期间拍摄一连串包围的照片(直到达到你为包围序列指定的数量为止)。

■ **连续拍摄属于能够因拥有更快存储卡而得到好处的一项应用**。相机将图像从缓冲区向存储卡卸载的速度越快,你在一次突发模式中可以拍摄的照片就越多。正如我在前面提到的那样,你选择的文件格式和压缩率可能影响某些(但不是全部)数码单反相机的突发模式长度。相机说明书中通常都会给出在特定的连续模式中预计可以拍摄多少张照片的图表,而相机在你拍摄期间通常也会显示缓冲区中现有的照片数量。

■ **另一件要记住的事情是,你在每秒拍摄不止一张照片时通常不能使用相机的电子闪光灯**,除非你碰巧拥有专为快速拍摄而设计的特殊闪光灯。即便如此,你也可能仅限于拍摄近距照片,因为快速循环的闪光灯只能为每张照片使用一小部分可用功率。在如此低功率的条件下,闪光灯能够以相当快的速度反复发光,但不能像全功率模式中的闪光灯那样提供足够强的照明、覆盖足够大的范围。频繁闪光还可能使闪光灯过热。如果你打算在拍摄连续照片时不使用闪光灯,则可能获得更好的结果。

■ **如果你对说明书所描述的相机连续拍摄能力的准确性表示怀疑**,则可以像前面测量快门滞后时间那样拍摄一个实际的秒表(或者是屏幕上的定时器实用程序)。通过比较在所得照片序列的第一张和最后一张上所显示的时间,你将能够计算出可以拍摄的照片数量以及每秒的帧速。你还可以用不同的相机设置进行试验,看看哪种设置能提供最佳的突发模式结果。

8.4 选择镜头

关于赚钱的话题,可能到处都在谈论本杰明;而在数码单反相机方面,人们谈论的话题似乎总是集中在镜头上。当然,可以选择使用什么镜头最初是数码单反相机不可否认的优点之一,这也是本书关于镜头的内容如此之多的原因。我们在第2章探索数码单反相机的内部工作原理时,就接触了少量的镜头知识。而第6章全部是关于镜头的话题;当我们到第10章讨论某些镜头中存在的图像稳定及减振这样的特殊功能时(但它们也可以直接内置在诸如索尼

Alpha的数码单反相机中），你还会发现少量关于镜头的其他知识。

我们现在打算更深入地讨论一下动作摄影，此刻也是再次谈论镜头的合适时机。实际上，镜头是动作摄影的关键方面之一。在拍摄人像的时候，你或许会使用（或者说希望你能够使用）某款据称其焦距最适于肖像摄影的定焦镜头，但随后也会满足于范围适当的变焦镜头。至于微距摄影，你应当使用某款特殊的微距镜头——如果买得起的话，或者利用现有设备将就一下。你的选项确实不多。只有少量镜头和焦距最适合人像、微距摄影和其他应用，但选择现有设备不会让你以数周的薪水为代价。

而动作摄影却是另一番情形。我经常访问的联机论坛充满了对最佳动作摄影镜头的永无止境的讨论，所依据的标准包括焦距、最大光圈、焦外成像特征以及在放大镜下面有无减振部件。本节将解释要考虑的一些因素。

8.4.1　变焦镜头与定焦镜头

如果你一直专心致志，则应当像多数读者那样还记得我是从胶片时代开始摄影的，而且在我最初购买的40来个镜头中只有一个是变焦镜头。该镜头只有从略微广角到略微远摄这么可怜的2:1变焦比，而且因产生的扭曲现象而著名。我购买这个镜头的原因并不是希望经常把焦距从43mm改为86mm（这样的变焦范围几乎不够做好任何事情），而是特意寻求传说中的"在曝光期间变焦"这样的特殊效果。一直到20世纪90年代，变焦镜头仍然不能为严肃摄影师的日常用途提供令人满意的质量。唯一例外是在运动摄影方面，因为变焦镜头可能是最高效的跟踪快速移动动作的方法。但与之相伴的是图像质量的降低，因此非变焦镜头仍然是人们的首选。

早期的变焦镜头在最大光圈条件下特别缓慢，经常不能在非常近的距离内聚焦，而且在你放大或缩小图像时常常同时改变焦点和光圈。

但现在情况已经发生变化！今天的变焦镜头可以提供极佳的质量。有些镜头非常锐利，而且能够在非常近的距离内聚焦，以至可以用于微距摄影。现代的自动聚焦和自动曝光系统使焦点和光圈能够在很大程度上互不相干地改变。但有一件事情尚未改变：普通人买得起的变焦镜头仍然较慢。买得起的变焦镜头通常在最宽广角位置的最大光圈为f/4.5，而在远摄位置的光圈为f/5.6或更差。如果要在夜间、室内或非常阴沉的天气里在室外利用可用光拍摄动作，那么低速可能是一个缺点。

如果你要在大部分时间阳光充足的天气里去室外拍摄，则变焦镜头可能是你的理想选择。在裁剪系数为1.5X的相机上，28-200mm的镜头相当于42-300mm的变焦镜头，在橄榄球比赛的边线位置可使你从场边的板凳一直观察到球场的另一侧。70-300mm的变焦镜头会牺牲少量的广角视野，但将获得相当长的远视观点。变焦镜头可能非常好。但遗憾的是，快速的变焦镜头可能相当昂贵。我比较喜欢的一款适于拍摄户外运动的70-200mm变焦镜头可提供

f/2.8的最大光圈，但售价为1600美元；而我用于拍摄室内运动、最大光圈为f/2.8的28-70mm变焦镜头，也仅仅便宜几百美元。要想买得起这样的镜头，你要么是既专业又富有的业余爱好者，有实力在业余爱好上面大笔花钱；要么像我这样有足够好的运气，能够以相当大的折扣在扣押财产拍卖会上买到完好无损的二手镜头。

如果你需要获得绝对锐利的图像，或者要在非常苛刻的照明条件下拍摄，则定焦镜头可能是略微便宜的选项。我有一个最大光圈为f/1.8的85mm镜头；借助数码相机的裁剪魔法，该镜头相当于非常适合在低光照条件下拍摄动作、光圈为f/1.8的128mm远摄镜头。我的光圈为f/2的105mm镜头可抵达的距离，仅仅比非常昂贵、光圈为f/2的180mm镜头略微短一些。由于该镜头的高速度，我才得以拍到如图8-7所示的照片；那是我从边线位置拍摄的，所用光圈为f/1.8，快门速度为1/250秒。

记住，高速远摄镜头允许你使用更高的快门速度来定格动作或减弱相机抖动效果，而不需要借助于可能增加图像中噪点数量的更高ISO等级。还要记住，真正高速的远摄镜头要价极其高昂。有一家厂商提供的光圈为f/2.8的300mm定焦镜头，要价为4500美元；光圈为f/4的500mm或600mm镜头，要价可高达7000美元；同一家制造商生产的光圈为f/2.8的400mm镜头，可能要求你掏出接近8000美元的钞票。因此，你对高速、超长远摄镜头的追求，可能很快被那些难以置信的价格标签吓跑。

定焦镜头可以提供更好的质量和更快的最大光圈，但售价可能非常高昂——除非你选择手动聚焦的型号。70-300mm范围内的变焦镜头虽然有点儿慢，但价格通常不太贵。（但也有非常好的、起码要价6000美元的200-400mm变焦镜头，其最大光圈为f/4。）

图8-7 高速定焦镜头允许你近距离拍摄并使用更高的快门速度，因此可获得如本图所示的图像。

多大的光圈最好?

为获得最锐利的图像，你几乎总是应当从镜头所提供的最大可用光圈缩小1档或2档。也就是说，最大光圈为f/2.8的镜头通常要在f/5.6的位置才能产生最佳结果。遗憾的是，较高的快门速度在动作摄影中通常更可取，因此你可能发现自己经常不情愿地使光圈张大至最宽位置拍摄。

这种情况下，镜头的最大光圈在低光照条件下拍摄动作时可能显得极其重要。"低速"镜头可能限制可用的最高快门速度，从而影响你定格动作的能力。举例来说，如果你的镜头张开的宽度不会超过f/8（这是较长镜头和变焦设置中较为常见的限制），那么在日光充足并且相机感光度被设置为ISO 100的条件下，你在光圈位于f/8时可以使用的最高快门速度为1/500秒。你的相机或许支持1/1000秒或更短的设置，但在没有把ISO设置提高到200或更高时你并不能使用那些更高的速度，而提高感光度又会使照片中有更多机会出现有损细节的噪点。如果日光减弱或者你要在室内拍摄，则f/8的镜头可能将快门速度限制为缓慢的1/250或1/125秒。

因此，假设镜头在光圈充分张开之后也能良好工作，则最大光圈越大越好；在最大光圈位置仅略显模糊的镜头可不是便宜货。记住，有些变焦镜头的最大光圈可能会随焦距变化。也就是说，如果某个镜头的光圈在焦距为28mm时被评定为f/4.5，那么当持续变焦至远摄位置时或许只能提供相当于f/6.3或更小的光圈。

8.4.2 所需焦距

对于大多数动作照片而言，最长焦距要比最短焦距更重要。如果除去在基线附近拍摄篮球比赛的情形，那么真正需要广角镜头的体育运动几乎没有。你在多数时间内都不能随心所欲地接近动作。拥有相当于135mm到150mm远摄光学系统的变焦镜头可使你获益颇多，特别是在你不能接近边线、必须从看台拍摄的情况下。而像篮球和排球这样的体育运动确实需要更短的焦距和更宽的角度，因为你可能就在动作的顶部。

至于室内体育运动，你的最佳焦距可能在35mm到105mm的范围内。而对室外运动来说，你可能需要70mm到200或300mm的焦距，除非你被迫从看台上较高的位置拍摄。非体育的动作摄影也会限制你的拍摄位置，你可以从图8-8和图8-9中看出这一点。不要忘记，你在镜头变得更长时需要使用更高的快门速度或三脚架，来减轻或消除因相机/镜头抖动造成的模糊（或者使用减振镜头进行补偿；第10章有关于减振及镜头抖动的更多内容）。

图8-8 在短远摄位置，你的变焦镜头可以捕捉到宏大的场景。

图8-9 变焦放大之后，你似乎就处在动作中间。

那些传感器规格小于24mm×36mm胶片幅的数码单反相机的拥有者，可以因使用为35mm相机设计的镜头而获益。正如你已经知道的那样，如果安装在非全幅数码单反相机上，则镜头的焦距要乘以一个系数，因此200mm的远摄镜头当用在某款裁剪系数为1.6的数码相机上时，实际上可产生与320mm的长焦镜头相同的视场。

很多数码单反相机都可以安装名为增距镜的可提供附加放大倍率的附件。获得的额外焦距是有代价的：外接式镜头将缩小有效光圈，可掠夺掉1档光圈的光量或更多。举例来说，一种流行的1.4X增距镜将吃掉1档光圈所提供的曝光量；同一家厂商的1.7X增距镜则额外需要1.5档光圈所提供的曝光量，而2.0X的版本将额外需要2档光圈。当然也有好消息：如果你愿意将就着使用放大倍率较低的版本，则1.4X的增距镜不会非常严重地降低最终图像的分辨率。在使用尼康相机的摄影师中间，流行的组合是最大光圈为f/2.8的尼康70–200mm减振镜头加上1.4X的增距镜，这将变成有效光圈为f/4的98–280mm变焦镜头，可抵达的距离也略有增加。

8.5　动作摄影的曝光问题

第3章包括更完整的对曝光模式和功能的讨论。但就动作摄影而言，你需要为手头的任务选择正确的曝光模式。下面简要概述一下各种可用选项以及它们同动作摄影的关系。

- **全自动曝光模式**。严肃的摄影师不会过多使用全自动曝光模式，尤其是在拍摄动作的时候。让相机的逻辑电路使用内置的规则来选择快门速度和光圈通常是不明智的，因为相机实在无法知道自己所指向的是什么。例如，相机可能会选择f/8光圈与任意快门速度的组合来提供正确的曝光量，直到曝光时间长到在手持相机拍摄方式下足以造成图像模糊（比如1/30秒）为止。然后，相机将根据需要切换到更宽的光圈。对动作摄影来说，这不是最佳的模式。

- **程序自动曝光模式**。数码单反相机具有更为完善的程序设计，可以在决定曝光设置时顾及到拍摄环境。举例来说，如果你要在昏暗的照明条件下拍摄照片，则相机就会假设你处于室内；而如果光照明亮，它将假设你在室外。然后，相机将基于这些环境中典型的拍摄情形来选择镜头光圈和快门速度。程序模式与全自动模式不同，你能够以建议的设置为基础上下调整快门速度，而相机也会相应改变光圈进行补偿。这有点儿像即将讨论的快门优先模式的非智能版本。

- **程序场景模式**。你的数码相机带有一些选择性程序，你可以在具体条件下选用适当的程序进行自动曝光。就动作摄影而言，你应当选择动作/运动设置。在正确选择了场景模式的情况下，相机将竭尽全力使用最短的快门速度，甚至还能自动提高ISO等级（假如你已经把ISO设置为"自动"的

话）或使用其他窍门来优化快速移动主题的曝光。如果你必须使用全自动
曝光模式，那么这可能是你的最佳选择。起码相机将因此知道自己要拍摄
动作照片，而你正期待着它略微对此进行补偿。

■ **光圈优先模式**。在名为A或Av的这种模式中，你要设定镜头的光圈，而相
机将自动选择合适的快门速度。如果你希望选择特定的光圈——比如为了
加大或缩短景深，则应当使用该模式。因为光圈优先使你几乎无法控制快
门速度，所以你可能不会经常使用该模式来拍摄运动照片。

■ **快门优先模式**。在名为S或Tv的这种模式中，你要选择所喜欢的快门速
度，而相机将自动选择镜头光圈的大小。该模式使你可以选择1/500秒、
1/1000秒或更短的时间来定格动作，但仍能保留自动曝光的优越性。如果
你要在快速变化的照明条件下拍照，则应当使用这种模式。我在少云的天
气里会使用该模式来拍摄室外运动，因为运动场可能在数分钟时间内交替
出现阳光明媚和乌云压顶两种状况，具体情形取决于云朵是如何移动的。
在太阳落山时拍照同样适合使用该模式，因为相机会自动补偿因太阳降至
地平线以下而递减的照明。

■ **手动曝光模式**。我的最后选择是为某些动作照片使用手动曝光模式。室内
的照明不会有较大变化。大多数运动场、体育馆及其他场所都有强烈的顶
光照明，使我们可以使用ISO 400或800的感光度设置，以f/2.8的光圈和
1/250秒的快门速度拍照。我在室内还可能会使用闪光灯。而在室外，我
会仔细观察照明并相应改变曝光设置。

8.6 获得焦点

在动作摄影中，自动聚焦机构的速度和准确度可能起决定性作用。当你试
图捕获向你冲来、离你远去或越过视场的主题时，手动聚焦往往不切实际。大
多数数码单反相机的自动聚焦机构都能以足够快的速度操作，就算在动作摄影
中也不会引入严重的快门滞后问题。

下面是一些你可以用来优化最终结果的技巧：

■ 仔细选择你的自动聚焦模式，以适应要拍摄的照片种类。你的数码单反相
机可能允许你在多点、单点或用户可选择聚焦之间作出选择。如果你的主
题通常位于画面中心，则单点聚焦可能是你的最佳选择。如果你的手指动
作很快，而你的脑子更快，而且希望训练自己在摄影时选择焦点的能力，
则往往可以像图8-10中那样在构图时选择要使用的自动聚焦区域。有些相
机可提供将距离相机最近的对象锁定的选项，这可能非常适合用来捕捉动
作（假设最近的主题正是你想拍摄的那名选手，而不是某个裁判员）。

■ 你的数码单反相机镜头可能有禁用微距焦距的锁定功能。该功能使镜头在
搜索焦点时不会从无穷远处一直搜索到几英寸远的位置。当你要拍摄动作

时，主题不可能在几英尺的距离以内，因此尽管锁住微距范围，以使自动
聚焦机构加速操作。

■ 有些镜头/相机具有自动聚焦/手动替换设置，即首先使用自动聚焦机
构，但在需要时允许你手动重新聚焦。如果你有时间或者思维敏捷，则可
以使用该功能来微调焦点。

图8—10 如果你的动作足
够快，则可以告诉相机的
自动聚焦系统要使用哪块
聚焦区域。

■ 如果你半按快门释放按钮，则可以预先在预计要出现动作的位置聚焦。有
些相机还有焦点锁/曝光锁按钮，可用来把某项或两项设置固定在快门释
放按钮被住时所选择的数值上。在焦点被锁定的情况下，你可以在主题
进入画面内你选定的位置时通过完全按下快门释放按钮快速拍照。

■ 当你预先知道动作将在哪里出现时（比如篮球比赛中的篮筐周围），手动
聚焦可能是合适的选项，与自动聚焦相比，手动聚焦模式还可以帮助相机
以更快的速度操作。手动聚焦特别适用于较短的镜头和较小的光圈，因为
此时的景深使得精确聚焦不再那么至关紧要。

■ 当你要全神贯注于特定区域或者希望精确控制景深时，同样应当使用手动
聚焦模式。比如在棒球比赛中，我可能决定拍摄一系列击球手、投手或一
垒手的照片。我可以预先在这些位置聚焦，然后即可不停地拍摄，而不用

担心自动聚焦系统会锁定进入视场的某个人。我的焦点是不会变化的。选择聚焦还可以将注意力集中在前景中的主题上。

陷阱聚焦

考虑过因自己的反应速度不够快而不能捕捉到关键性时刻的问题吗？使用只有部分相机能够提供的陷阱聚焦技术，你即可预先把焦点设置好，然后让相机在主题抵达焦点位置时自动拍照。不同类型的相机要使用不同的控件和选项，才能把陷阱聚焦功能设置好，因此我在这里不能准确告诉你如何将其激活，你需要检查相机的说明书。但该功能的工作过程通常如下所述：相机将被设置为单区域自动聚焦，以便仅仅使用一个可用的聚焦区域。你因此将可以指定画面的"活动"区域。然后，你需要利用相机提供的功能来解除快门释放按钮与自动聚焦机构激活之间的耦合关系，改为只有相机上的自动聚焦锁定按钮才能激活自动聚焦系统。该按钮可能被标记为AF–L或AE–L／AF–L。

在如上所述设置过相机之后，快门释放按钮就不再能够启动和锁定自动聚焦系统。通常，相机还会被设置为所谓的焦点优先模式；也就是说，快门释放按钮不会实际触发快门，除非主题位于焦点上（释放按钮优先不是我们想要的模式，该模式无论主题是否在焦点上，只要快门释放按钮被按下就会拍照）。

现在开始构图并设置焦点：将画面中心的焦点指示器对准正好位于目标位置（比如竞走比赛的终点线）的某个主题，然后按下快门释放按钮以激活自动聚焦系统。相机将聚焦在你选定的位置上。接下来按住快门按钮。一旦有东西进入焦点，相机快门就会打开。

8.7 选择ISO速度

你现在知道，数码相机上的ISO设置越低，获得的噪点就越少，图像质量通常就越高。但低ISO设置与动作摄影往往不能和谐相处。如果你试图使动作定格，则应当使用尽可能高的快门速度，而保留足够小的光圈，以确保一切应当清晰的主题都能位于焦点上。当可用光不是特别充足时，解决方案多半是提高数码单反相机的ISO设置，图8–11中那张在游乐园乘坐摩天轮的照片就是这么做的。

幸运的是，ISO速度是另一个经常让数码单反相机体现出优势的领域。由于拥有较大的传感器，数码单反相机通常在更高的ISO设置下也能令人满意地工作，并不会引入太多的噪点（参见第2章对这种关系的详细讨论）。很多数码单反相机在感光度为ISO 800的条件下都能产生良好的结果，而在ISO 1600

图8-11   你在太阳落山的时候
仍然能够拍摄动作，只需提高
ISO设置即可。

或更高的设置下仍能提供可以接受的图像。你获得的图像将优于使用ISO 400或ISO 800设置的即指即拍型相机，甚至可能优于使用ISO 800或更快感光乳剂的胶片相机。

数码相机可以自动为你设置合适的ISO，即便在拍摄期间也能上下进行调整，从而在灵敏度与图像质量之间提供最佳折衷。你也可以手动设置ISO。最简便的决定ISO等级的方法是测量（或估计）比赛地点的照度，然后计算若干典型设置的曝光量（虽然相机的自动曝光机构将在你拍摄时为你完成实际的计算工作）。

在室外，古老的"阳光充足与f/16"规则相当适用。在明亮的阳光下，ISO等级的倒数通常等于f/16光圈所要求的快门速度。为了使计算更加简单，这些数值要舍入到最接近的传统快门速度。因此当光圈在f/16位置时，你可以在ISO 100的感光度下使用1/100～1/125秒的快门速度，在ISO等级为200的情况下使用1/200～1/250秒的快门速度，在ISO为400时使用1/400～1/500秒的快门速度，在ISO等级为800时可能要使用高达1/1000秒的快门速度。应基于想要使用的快门速度来选择ISO设置。如果天气略微阴沉（或十分阴沉），则把曝光量估计为使用"阳光充足与f/16"规则所得曝光量的一半或四分之一。

室内环境更为昏暗，但大多数比赛场地都会被灯光照得足够明亮，使你可以在ISO等级为800的情况下以f/4和1/125秒的光圈和快门速度组合进行曝光。要使用更高的快门速度，你必须要么使用更高的ISO设置，要么在更明亮的比赛场地拍摄。在现代的设施中，你或许有更多光可用，但在事前估计过程中考虑最坏的情景总是较为安全。不要忘记为室内的拍摄位置正确设置白平衡。如果相机的手动选项之一不能产生最优结果，则考虑运行系统的自定义白平衡例程，以便为你的比赛场地创建特制的平衡。

8.8　是否使用电子闪光灯

胶片时代高速胶片以及数字时代更高ISO等级的主要好处之一，是能够在不使用辅助照明（比如电子闪光灯）的情况下使用足以使动作定格的更高快门速度。没有闪光灯的动作摄影能够在质量方面没有多大损失的情况下，导致更真实、更令人兴奋的图像。

但动作摄影的舞台上仍然有电子闪光灯的位置，而且有好几种方法可以避免使用闪光灯拍摄体育运动及其他快速移动主题所显露的若干缺点。在过去几年间，我注意到无线电控制的专业电子闪光灯已经深入到NCAA篮球比赛的每一个角落，其目的是在不显现出致命、直接的闪光灯外观前提下，为高速摄影提供充足的照明。今天，数码单反相机摄影师已经可以用相对适度的资金，买到带有经由镜头测光系统及多个闪光灯头、功能完善的闪光装置。那么你会不会考虑使用闪光灯呢？

　　电子闪光灯有一些显著的优势。从图8-12中可以看出，短暂的闪光持续时间可以比数码单反相机最快的快门速度更有效地定格快速动作。高功率的闪光灯可以照亮那些可用光过于昏暗、就算使用相机的最高ISO设置也无法成功摄影的动作现场。事实上在使用闪光灯的条件下，即使ISO 400和f/8的设置组合也能比不用闪光灯时ISO 3200和f/2.8的组合获得更好的结果。

图8-12　电子闪光灯可以定格最快的动作。

　　遗憾的是，使用闪光灯拍摄动作也有一些缺点。如果你的快门速度慢到足以产生两次曝光结果（使用电子闪光灯照明的锐利图像和使用环境光照明的模糊图像）的程度，那么你将获得重影效果。相反，如果你的快门速度高到足以完全消除环境光的程度，那么最终你将获得漆黑一团的背景。你还可能发现，使用相机的内置电子闪光灯将更快地耗尽相机电池的能量。如果这还不足以使你停手，那么有些比赛场地或许不允许使用电子闪光灯。

如果你希望试验使用闪光灯的动作摄影，则下面若干小节将告诉你需要知道的一切。

使水滴定格

捕捉空中的水滴比你想象的更容易。图8-12中的照片拍到的是从烤鸡肉用的涂油器挤到酒杯中的几滴水。我把一套外置电子闪光灯放在这张照片的右侧，然后在刚刚从涂油器中挤出水滴之后立即按下快门释放按钮。极端短暂的闪光持续时间定格了在空中跳跃的水滴，而且闪光灯头上面少量的彩色凝胶还给照片添加了一些颜色。我在此过程中并没有使用什么特殊的触发机构；由于数字摄影的经济性，我要做的只是拍摄一打左右的照片，直到碰巧遇到一张看起来有趣的照片为止。

8.8.1 使用哪种闪光灯？

在过去，大多数闪光灯都兼容大多数相机，这是因为闪光机构本身几乎没有什么要依赖相机的自动化功能。有些甚至是绝对手动的闪光灯：你必须使用名为闪光指数（Guide Number，简写GN）的数值来计算正确的光圈设置。如果你是个聪明人，就会使用闪光测光表。这种仪表大多要放到主题所在的位置，用来测量抵达该位置的实际照度。

后来出现的自动闪光灯能够测量从主题反射的光量。它们均包括名为晶闸管的电子元件；一旦达到合适的曝光量，该元件就会在保留在电容器中的额外闪光能量抵达闪光灯管之前把它们全部放空。这些系统工作得非常好，但不能测量落在胶片上的实际光量，因此它们往往不够准确。再后来的专用闪光灯就是为解决这个问题而开发出来的。这些设备与相机的电子装置紧密合作，以测量实际接收到的闪光曝光量，并相应作出调整。这些TTL闪光灯使用各种各样适用的机构（包括使用几乎不可见的预闪装置来测量曝光量）。要记住的重要事情是，如果你希望使用数码单反相机的闪光曝光功能，则必须使用专门为你的相机设计的闪光灯装置。这通常意味着只能使用同一家相机厂商出售的闪光灯，但某些较大的第三方制造商也能生产兼容的闪光灯。

这并不意味着你完全不能使用其他电子闪光灯，特别是在你愿意通过估计或使用闪光测光表来手动设置曝光参

图8-13　如果运气好的话，你的数码单反相机将带有如图所示的PC连接。如果没有，你也可以为自己的热靴购买一个连接器。

数的情况下。但在把闪光灯安装到相机上或将其与相机的闪光灯触发电路相连接的过程中，你可能会遇到一些问题。很多数码单反相机都没有如图8-13所示的PC连接，这要求你要么连接标准的非专用电子闪光灯，要么购买外接式附件来提供PC连接。（顺便说一下，这里的PC不是个人计算机的缩写，而是代表Prontor-Compur。这是一家早期的快门制造商，曾经开发出一种能够使他们的产品与早期的镁光灯及后来的电子闪光灯保持同步的连接器。）

不要烧毁你的相机！

电子闪光灯的触发电压将流过相机，通过关闭电路来激发闪光。如果你使用的闪光灯不是专门为你的相机设计的，则应该知道200～250V的触发电压可不是寻常之物，而有些闪光灯还可能具有高达600V或更高的电压。对于某些设计电压在10V范围内的相机来说，这可不是什么好消息。虽然有许多相机都可以使用更高的电压，但更多的相机却不能；而且我们有时候可能难以确定所拥有的数码单反相机的具体需求以及某款特殊闪光灯的输出电压。

我曾经希望把几个在工作室使用的闪光灯用在我的数码单反相机上，我还有一个古老的个头如同马铃薯搅碎机一般大的闪光灯，它在运动摄影中可以派得上用场。我不用麻烦地进行任何研究，而只需购买Wein Products Safe Sync 公司生产的某种电压调节设备，然后将其与闪光灯相连即可。不要试验！如果你不知道某种闪光灯是否能在你的相机上使用，则不要试图了解闪光灯电路是否能够充当良好的保险丝。购买一个如图 8-14 所示的设备即可确保安全。这种保护性设备可连接热靴闪光灯，也带有供外置闪光灯使用的 PC 连接器。

图8-14　电压隔离器可以将相机的闪光灯电路同超高的电压隔离开。

8.8.2　功率

通常，大多数数码单反相机内置的闪光灯都是那些即指即拍机型所包括的低质量闪光灯的升级版本。业余级相机所自带的闪光灯可以达到的距离不会超过10～15英尺，因为它们的闪光非常微弱。而优质数码单反相机的闪光灯具有更大的功率。在把ISO设置为200的情况下，数码单反相机典型的以米为单位的闪光指数是15（你应当令闪光指数除以以米表示的距离，以确定要在手动模式中使用的光圈大小）。在闪光指数为15的情况下，需要在6米远处（大约20英尺）使用f/2.8的光圈。你可能已经看出，即使这种增强的功率也几乎不能满足在适当的距离内拍摄动作的需要。

外接式外部闪光灯在ISO设置为200的情况下可以提供55或更高的闪光指数，这使你在6米远处可以使用f/9的光圈；或者将镜头张开至f/2.8位置，然后拍摄几乎20米远（大致60英尺）的物体。显然，如果要拍摄超过几步远的主题，则外部闪光灯是必需的。

倒数平方定律

当借助闪光灯拍摄动作时，务必记住倒数平方定律。距离加倍的主题从包括闪光灯在内的特定光源接收到的照度只有原先的1/4。因此，如果你要拍摄12英尺远的某个主题，则仅有6英尺远的任何东西都将获得4倍于该主题的光，从而严重地曝光过度。同样，距离24英尺远的物体将仅仅获得1/4的照度，因此将显著曝光不足。在运动摄影中，你的"闪光深度"可能与景深同等重要。

你可以在需要较弱照明的时候调整功率水平，但直接依赖闪光灯的TTL测光系统来提供合适的曝光量可能更合适。

8.8.3　多个闪光灯

你可以增大闪光灯的作用范围，或者将光圈额外缩小1档或2档，还可以通过使用多个闪光灯来解决烦人的闪光深度问题。如果你能够安全可靠地安装额外的闪光灯，则使用附加闪光灯照明可能造成重大区别。当然，多个闪光灯必须由某种从属系统——通常是无线电控制的机构进行触发。如果现场还有其他摄影师在拍照，则务必把自己的频率调整好！

8.8.4　理解闪光灯同步

你可能还没怎么动过数码单反相机的闪光灯同步设置，因为默认设置可能对大部分照片都适用。但它对动作摄影不一定合适，尤其是在你希望减弱或增强因有意或无意的双重曝光（来自闪光和环境光）而造成的重影效果的时候。现在是了解闪光灯同步设置对你有什么影响的合适时机。

你在第2章了解到，数码单反相机通常有两种快门，一种是与胶片相机上的焦面快门非常相似、以物理形式开闭的机械快门，另一种是通过限制传感器捕捉像素的时间来控制曝光持续时间的电子快门。最高效的方法通常是使用机械快门来提供"较慢"的快门速度（从30秒到大约1/250～1/500秒），而需要使用相当快的速度时（有些机型上可达1/16 000秒）则切换到电子快门。

电子闪光灯的持续时间通常比最快的快门速度还要短暂得多，有些机型在特定功率下可能只有1/50 000秒。因此在使用电子闪光灯的条件下，只要快门在闪光持续期间完全打开，相机的快门速度就与最终结果毫不相干。如果你曾经在快门速度被设置得非常高的情况下使用过胶片相机上的闪光灯，则可能注意到曝光的图像只有全帧的1/4、1/8或其他分数。这是因为焦面快门（直接在焦面上方移动）在移过焦面时仅仅打开一部分，因此只有部分胶片受到闪光灯的照射。

数码相机都有一个最大闪光灯同步速度，它可能慢到1/125秒，也可能高达1/500秒（或更快）；因为这个时间间隔是使传感器充分暴露、为捕捉短暂闪光做好准备的快门速度。奇怪的是，该最高速度在有些相机上仅适用于经由镜头自动曝光系统的时候。在手动模式中，或者当使用外部闪光灯、因此不能利用数码单反相机自动闪光功能的时候，你往往可以以更高的速度同步。

另外，有些相机与外部闪光灯的组合带有所谓的FP（表示"闪光脉冲"或"焦面"）同步系统。在FP模式中，外部电子闪光灯连续发出一系列低功率的脉冲，从而让人误以为在整个曝光期间提供照明的闪光所持续的时间较长。据说通过短接热靴上的某些触点，就能激活这种长时间发射脉冲的功能。至于你自己的相机，或许通过快速的Google搜索可以找到一些技巧。

下一个美中不足之处是重像。如果快门打开的时间超过单独记录闪光所需的时间，那么最终将因为环境光的第二次曝光而造成重像。如果主题正在移动，则重像将位于闪光灯图像之后或之前（我不久就会告诉你原因）。如果没有稳定地手持相机，则重像甚至可能由于相机移动而乱成一团。

如果你不需要重像，则应当使用切实可行的最高快门速度，既要减轻环境光的影响，又不能产生漆黑一片的背景。你需要通过试验找到既能消除重像、又能略微照亮背景的快门速度。

下面是数码相机中存在的若干最常见的同步选项：

■**前同步**。在该模式中（亦称作前帘同步），闪光灯在曝光开始时发出闪光。如果曝光时间足够长，允许闪光和现有光两次记录图像，如果你的主题还在移动，那么你最终将获得主题前面带有条纹的图像，就好像主题前面有个幽灵一样。这通常不是合乎需要的效果。遗憾的是，前帘同步一般都是大多数数码单反相机的默认模式。你可能在不知道原因的情况下就傻乎乎地拍出了令人迷惑不解的带重影的图像。图8-15中的示例就是使用前帘同步闪光灯拍摄的照片。

■ **后同步**。在该模式中（亦称作后帘同步），闪光灯直到曝光要结束时才发出闪光，因此首先记录的是重像，最后记录的是在主题最终位置的锐利图像，后面拖着众所周知的条纹（就像哪里的闪电都会有的那种拖尾一样）。这究竟是坏事情还是好事情，取决于你是否想把这种重像用作特效。当使用的快门速度较慢时，图8-16显示出在切换为后帘同步模式时可获得更好的结果。

■ **低速同步**。该模式自动把相机设置为使用较慢的快门速度，以记录闪光灯（其用途是照射离相机较近的主题）不能照亮的背景细节。如果你能够稳定地手持相机，而且主题又没有移动，则该模式可以改善闪光灯图像。因此，低速同步最适合拍摄那些非运动图像或主题正在接近相机的照片。否则，获得重影图像几乎是一件可以肯定的事情。

图8-15　在前帘同步模式中，模糊图像位于锐利的闪光灯图像之前。

图8-16 在后帘同步模式中，模糊图像位于锐利的闪光灯图像之后，因此显得更自然。

8.8.5　选择闪光灯曝光模式

数码单反相机厂商会给自己的专用闪光灯起一些奇特的名字——比如TTL、i-TTL或"创新性照明系统"，以使你知道自己的相机包含大量的技术革新。但这种命名法可能令人混淆。你应当了解自己的闪光灯最常用的曝光模式能够做什么，它们能够以怎样的方式帮助你。下面是一些典型的选项：

■ **TTL（Through the lens，经由镜头）测光**。在该曝光模式中，相机测量抵达传感器的闪光灯照明（通常通过把部分光转移到别处），然后相应地调整曝光设置。如果你要拍摄能够反射或吸收大量光的主题，则相机确定的曝光设置可能不准确。

■ **预闪测光**。相机预先发出闪光，然后仅使用该信息来计算曝光设置。当你的曝光情形在某些方面不标准时（比如闪光灯上覆盖有漫射屏、镜头上有暗化滤镜或者在使用外部闪光灯），这是应使用的最佳模式。

■ **综合测光**。相机在曝光之前触发预闪光，测量反射回来的光，然后综合考虑所得信息与聚焦机构提供的距离数据。相机大致知道主题有多远以及主题反射了多少光,因此可以计算出更准确的曝光设置。

■ **手动控制**。在该模式中,闪光灯以你指定的功率(全功率、半功率等)发射闪光,然后你亲自使用闪光测光表及各种要用到闪光指数的公式来计算曝光设置(令闪光指数除以主题到相机的距离即可计算曝光设置)。

除了曝光模式以外,电子闪光灯还可能有发射模式。你会遇到的最常用模式如下所述(并非每一款数码单反相机都提供所有这些模式,而有的机型还可能有其他模式):

■ **总是闪光**。只要你启用相机上的电子闪光灯或者连接外部闪光灯,闪光灯就会在曝光期间发出闪光。

■ **自动闪光**。仅当可用光不足以实现正确曝光时,闪光灯才发出闪光。

■ **附加闪光**。在低光照条件下,闪光灯发出闪光的用途是提供主要照明光源;而在诸如阳光充足或背光照明这样更明亮的条件下,闪光灯的作用是填充阴暗的阴影。

■ **红眼闪光**。在主闪光之前发出预闪光,以使人类或动物主题的瞳孔缩小,以减少出现红眼效果的机会。

■ **后帘同步/前帘同步**。如前所述,这两个选项控制着闪光灯是在曝光开始时还是在结束时发射。

■ **无线/远程同步**。在该模式中,相机使用某种无线同步设备来触发外部闪光灯。如同所有此类遥控器的情况一样,可选频道可能有4个或更多,因此如果附近碰巧还有一位摄影师在使用无线控制,那么你可以从中选择一个未被使用的频道。除非你要拍摄重大赛事,否则在使用无线控制时可能不会经历很多冲突。有些遥控/从属闪光灯装置是通过光学手段触发的,即远程闪光灯在检测到相机发出闪光之后就会被触发。你可以把相机内置闪光灯设置成低功率,以使主要照明来自远程闪光灯。

8.9 使用三脚架或独脚架

大多数又大又长的镜头都带有三脚架插座,甚至连那些内置了图像稳定功能的镜头也不例外。有了这个插座,我们就可以将相机安装在某种支架上。如果有的镜头没有,将来也应改进。三脚架或只有一条腿的独脚架,可以在曝光期间保持相机的稳定,从而起到使振动衰减的作用。当使用长镜头或低速快门拍摄时,其效果最为明显。通过稳定相机,三脚架/独脚架将减轻可能造成照片模糊的相机抖动。虽然当今使用三脚架的人不太多,但它们可能仍然是重要的附件。

在经常需要四处走动的赛事上,你或许不应该使用三脚架,因为它们要占用一定的空间,而且由于比较笨重而不适合经常改变位置。三脚架最适合在拍摄棒球这样的体育运动时使用，因为动作通常发生在某些可预知的位置，因此你不必为追踪动作而四处跑动。独脚架比三脚架更便于携带，但不能提供同样稳固的支撑。有些动作摄影师依赖将相机支撑在躯干上部的胸托架，但今天的趋势是借助能够适应和校正轻微相机移动的图像稳定镜头和相机（将在第10章讨论）。

你认为多大程度的相机抖动可以接受？这里有一条经验法则：如果你没有使用防抖设备，则快门速度至少应该大致是镜头焦距的倒数。也就是说，如果你使用的是200mm的镜头，那么在不使用三脚架的情况下应该以1/200秒作为可用的最慢快门速度。如果镜头焦距增加到500mm，则需要使用最慢为1/500的快门速度，依此类推。你自己的数值可能不同，因为特定焦距的某些镜头可能更长，因此更易于出现摇摆现象，而且有些摄影师可能比其他人颤抖得更厉害。为确保安全，我倾向于在使用短镜头时以使焦距加倍的形式应用这条经验法则，而在使用更长的镜头时则使之增加到4倍。举例来说，如果在不使用独脚架的情况下，我在使用500mm镜头拍摄时所使用的快门速度不会慢于1/2,000秒。

8.10　定格动作基础

是否要定格动作？这是一个问题吗？实际上，对很多类型的动作照片来说，完全使主题定格可能导致静态、无趣的图像。完全使动作停止还可能产生不合需要的效果，你可以从图8-17中看出这一点。有选择性的轻微动感模糊可以增加运动的感觉。例如，拍摄摩托车比赛的摄影师总是会选用慢到足以使车轮模糊的快门速度，否则赛车将显得好像停在那里一样。但与直接使主题停在其运动轨迹上相比较，在照片中包括少量但不能过多的模糊可能更困难、更具挑战性。有些最佳的动作照片使模糊与锐利相结合，从而创建出具有强大冲击力的效果。本节将讨论如何使动作主题定格或部分定格。

8.10.1　运动与方向

在数码单反相机看来，运动由于速度、方向以及同相机的距离不同而显得不同。如果相机保持固定，那么在给定快门速度条件下移动更快的对象将产生更多模糊。与朝着相机冲来的主题相比，那些越过视场的主题似乎移动得更快。与就在不远处的物体相比，那些距离更远的物体似乎移动得更慢。你可以使用这些信息来帮助自己在图像中获得所需的定格程度。

图8-17 不，这架直升机的螺旋桨没有停止，因此不会马上发生坠毁事故。旋转中的桨叶由于极其短暂的快门速度而被定格。

- **平行运动**。如果某个主题平行于相机背面移动——无论是以水平、垂直还是对角线方向，那么将显得好像在以最快速度移动，并造成最大程度的模糊。落到内场的高飞球似乎总是比本垒打中飞出棒球场（远离相机）的高飞球移动得更快，可实际上Barry Bonds击打棒球的推力要比万有引力定律作用于下落物体的引力强得多。即使你使用很高的快门速度，越过画面的赛车也可能显得模糊。

- **迎面运动**。朝着相机冲来的运动——比如图8-18所表现的跨栏选手，看起来似乎移动得比较慢，因此将导致更少的模糊。我们可以成功地用持续时间更长的快门速度，拍到直接朝相机冲来的赛车。

- **斜向运动。**斜对着相机移动的物体看起来似乎在以介于平行和迎面运动之间的速度移动，因此你的快门速度也需要介于两种极端情况之间。斜对着相机的运动（比如某个赛跑运动员从画面背景的左上角冲向前景的右下角）所造成的模糊同样在两种极端情况之间。

- **远离/接近运动。**离相机越来越近、在画面中越来越大的主题要比离相机越来越远、在画面中越来越小的主题更容易造成模糊；即使两者在以相同的速度移动，结果依然如此。这是因为逐渐接近相机、在取景器中显得越来越大的主题能够更迅速地越过相机画面。

- **相机运动。**模糊与相机的运动有关。因此，如果你像图8-19中那样摇动相机来跟踪快速移动的对象，则所跟踪对象的模糊程度将小于相机保持不动、对象飞速越过画面的情况。从另一方面来讲，如果相机的运动不是平稳流畅而是不停抖动，不能良好地与主题的移动相互配合，则可能降低图像的锐度。

图8-18　朝着相机冲来的运动将产生非常少的模糊，我们使用较慢的快门速度即可使其定格。

8.10.2 若干有趣的异常情况

当试图使动作停止时，有少量异常情况或许是你应当考虑的。其中有些可能对照片没有大的影响，但了解一下仍然是件有趣的事情。

- 移动的主题不是任何部分都在以相同的速度移动，因此在你获得的图像中锐利与模糊可能并存于相同主题身上。例如，你或许能够在某位赛跑选手从镜头前面通过时使其躯干定格（见下一节的图8-19），但却发现她那飞快摆动的双手和双脚仍然模糊。

- 有时候你会注意到，越过相机画面的主题似乎变得细长。如果某个物体移动的速度足够快，而且移动方向与相机焦面快门的移动方向一致，那就有可能获得这种拉伸效果。但更快的完全电子化的快门速度可使这种现象不易出现。

- 根据观察，有些相机在快门速度非常高的情况下（通常是1/8000秒或更快）将产生块状的伪像。其原因据说是某种电子恶作剧，现在除了使用较慢的快门速度（至少我们大多数人都要这么做）以外还没有任何其他已知的对策。

8.11 动作停止技术

本节将总结最常见拍摄情形下若干基本的动作停止技术。你的独特拍摄机会可能会包含多个场景中的元素，但你可以根据需要自由地组合不同的技术，以获得最佳结果。

8.11.1 利用摇摄使动作停止

术语摇摄起源于电影行业，指的是摄像机通过旋转运动来跟踪从画面一侧前进到另一侧的动作。源自术语全景画的摇摄，只能在水平方向上进行。垂直方向的旋转被称作倾斜，因此三脚架上的相机支架可能被称为摇摄和倾斜云台。你很少需要垂直"摇摄"，除非要跟踪飞向太空的火箭。

假设一名马拉松长跑选手正跑过你的视场。如果她离相机非常近，而且跑得非常快，那么就算使用最高的快门速度也可能不能使动作停止。因此，你应改为在选手前进的方向上移动相机。这样，表面上她相对于相机的速度将减慢很多，因此特定的快门速度将能够更容易地使动作定格——你从图8-19中可以看出这一点。因主题运动造成的模糊得以减少，但背景由于相机的移动而显得更加模糊。

使用手持的相机（双脚应牢牢钉在地上，然后以腰部为轴转动）或者安装在带有旋转摇摄云台的三脚架上的相机，都可以进行摇摄。通过反复练习摇摄操作，你跟踪拍摄的动作照片将越来越好。你可能会发现，如果你的摇摄速度几乎与主题的实际速度匹配，则慢到1/60～1/125秒的快门速度也能产生惊人锐利的图像。但更低的快门速度也会使背景显得更加模糊。

图8-19　摇动相机跟踪这名长跑选手，能够以1/125秒这么低的快门速度使动作停止。

　　为了有效地完成摇摄，你应该尽量平稳地在主题移动方向上移动。如果你的移动不够平稳，或者不能在平行于主题的运动中进行摇摄，则最终照片的模糊程度将超出你的预期或需要。如果可以的话，向后退一步。主题离相机越远，你在摇摄过程中可以移动的距离就越长，从而改善尚有潜力可挖的锐度。

　　由于可得到锐利的主题和模糊的背景，而且可能导致其他一些有趣的副作用，摇摄被认为是一种非常酷的效果。例如，不是在摇摄方向上移动的主题部分将变得模糊，因此长跑选手的躯干可能锐利，但快速摆动的手臂和双腿将以有趣的方式模糊。

8.11.2　使迎面而来的动作定格

　　使动作停止的另一种方法是拍摄朝你冲来或离你远去的主题。朝着相机冲来的长跑选手可以有效地被1/250或1/125秒的快门速度定格，但在越过画面时（在你没有摇摄的情况下）将呈现出令人绝望的模糊状态。迎面拍摄的照片还可能非常有趣，因此即使你不需要提高有效快门速度，可能也希望使用一下这样的角度。图8-20中的滑水者和汽艇在以相当快的速度移动，但因为它们正远离相机而去（虽然方向略有偏斜），所以1/125秒的快门速度也可以使动作定格。水花略微模糊的事实可能会给图像增色，而不会降低图像的质量。

图8-20 较慢的快门速度可以捕获朝着或离开相机的运动。

8.11.3 使用快门定格动作

第三种使运动停止的方法是使用快门能够掐断的极短时间片。无论运动的方向如何，极快的快门速度都可以有效定格动作。此处的诀窍是选择你确实需要的快门速度。过高的速度可能会剥夺少量的锐度，因为你不得不把镜头光圈张得更大一些进行补偿，或者使用能够引入噪点的更高ISO等级。在选择"最低限度"的最快快门速度方面，没有什么真正有效的经验法则。我们已经知道，动作的定格取决于主题的移动速度、距离、方向以及你是否在进行摇摄。

很多相机都包括几种你在实践中完全不可能用到的快门速度。实用的最高速度以1/2000秒左右为顶点。在照明明亮并且使用高速镜头及较高ISO等级的情况下，你可以使用1/4000秒的快门速度。但有些相机居然提供了短暂到1/16 000秒的快门速度。单独使用快门速度来定格动作的底线通常是1/500秒到1/2000秒，具体怎样还要取决于照明情况以及相机都提供了哪些速度。

8.11.4　使用电子闪光灯定格动作

最初被称作"频闪灯"或"闪光管"的电子闪光灯，可不仅仅是一种提供人工照明的重要附件。电子闪光灯的持续时间极其短暂，因此如果使用闪光灯为照片提供主要照明，那么将导致某种非常好的动作定格效果。麻省理工学院的Harold Edgerton博士是最早应用电子闪光灯的人之一，他完善了在超高速运动和静止画面（止动）摄影中对频闪灯的应用，使照片能够显现飞行中的子弹、震碎的灯泡以及其他现象。

有些闪光灯具有1/50 000秒或更短的持续时间，这确实是非常短暂的瞬间。通过仅使用电容器中累积的部分储存能量来改变闪光持续时间，是控制自动闪光灯的方法之一。

如果主题相对较远，则全部电荷都要输送给闪光灯管，以产生时间最长、强度最高的照明。如果主题相对较近，那么拍这张照片只需要部分储存的电荷即可，因此输送给闪光灯管的电荷也只有那么多，从而产生持续时间更短的闪光。但是，就算是时间最长的闪光也可能快过相机的快门速度，因此电子闪光灯是定格动作的极佳工具。

电子闪光灯的主要问题在于，它像所有照明一样也服从那讨厌的倒数平方定律。特定位置所接受的光量与距离平方的倒数相关。因此，如果你要拍摄12英尺远的某个移动主题，那么当该主题到达24英尺远的位置时你的闪光强度需要提高到原先的4倍而不是两倍。更糟糕的是，如果照片中的某位选手在你拍照时距离相机12英尺，那么位于24英尺远的背景当中的任何东西所接收的光只是该选手的1/4，因此将呈现出一个黑暗的背景。

这通常意味着数码相机内置电子闪光灯的功率不够强大，不足以照亮离相机24英尺远的物体。你或许能够在拍摄篮球比赛时使用相机的闪光灯，但在场地更长的橄榄球比赛中却不能。这种情况可能需要本章前面讨论的那种功率更强大的外置闪光灯。

但如图8-21所示，闪光灯特别擅长定格近距离的动作。

8.11.5　定格处于巅峰时刻的动作

定格快速运动的最终方法比较简单：等待运动停止。有些种类的动作包括所谓的巅峰时刻，即动作届时将暂停片刻再重新开始。这是让你拍照的信号。即使相对慢的快门速度，在这些巅峰时刻或暂停期间也可以使动作定格。图8-22中这张蹦床上体操运动员的照片，就捕捉到了后空翻过程中向上运动的最高点。

击球手挥臂击球的终点，四分卫举起胳臂传球，网球运动员在大力扣杀过程中向下挥拍之前的暂停。这些都是你可以轻易定格的巅峰时刻。其他巅峰时刻的捕捉较为棘手，比如篮球运动员在跳投出手之前抵达跳跃顶点的时刻。如

果你恰好在投球运动员开始下落的瞬间拍照，则可以容易地使动作定格。如果
你仔细研究主题的运动，则经常可以预测到何时会出现这些巅峰时刻。

图8-21　电子闪光灯可以定格近距离的动作。

图8-22　如果要拍摄处于巅峰时刻的动作，则
可以使用较慢的快门速度。

8.11.6 当模糊更好时

有些种类的动作完全不应该被定格，比如我们在本章前面那张照片中看到的那架直升机。更好的做法可能是使用模糊作为创造性效果，来表现而非定格动作。图8-23显示的是曝光4秒钟的摩天轮照片，当时由于要测试我那款数码单反相机的噪点减少功能而将感光度设置成了ISO 1600。模糊效果将移动的亮光变成了有趣的图案，致使获得的图像要比静态的乘坐者照片好看得多。

图8-24中的游乐场照片也是我在上述测试期间拍摄的，当时使用了放在三脚架上的相机，曝光时间达到了8秒钟。注意，固定的物体被渲染得相当好，但图中那个人以及其他移动的目标却被渲染得像幽灵一样，他们因为在曝光期间不时暂停1秒钟左右而多次出现在画面中。那些在我拍这张照片期间始终都在移动的人们，则完全没有出现！

图8-23 有些主题在长时间曝光的图像中更有趣。

图8-24　非常长的曝光时间可以把移动的人们渲染成模糊的幽灵。

8.12　一些终极技巧

　　我知道，本章将激励你去拍摄一些伟大的动作照片，但在开始拍摄之前还有几点需要考虑。如同任何其他种类的拍摄一样，做好充分准备总是最好。有些东西从来不应该遗忘在家里，我说的可不全是存储卡。像下面这样为自己列一份检查清单：

　　■**带足备件**。作为专业的摄影师，我最初认识到的几件事情之一是诸如"我的存储卡坏了"这样的借口不能得到谅解。我习惯于每样东西至少携带3件，其中包括相机机体和主要附件。只有那些最必需的镜头我才会携带两个，但总是会携带一个在紧急关头能够满足需要的备件，比如最大光圈为f/1.4的标准镜头和最大光圈为f/1.4的35mm广角镜头。你不是必须成为专业人员才可以在摄影装备上大量投资。不要让你的度假或某些一生中只有一次的时刻留下遗憾。携带额外的电池、额外的存储卡，还可能应当携带备用的闪光灯。你或许买不起备用的数码单反相机机体，但总是可以把一款即指即拍型数码相机塞进配件包里，以便在单反相机出现故障时使用。

■ **给电池充电。** 有些数码单反相机可以在充电一次的情况下拍摄1000到2000张照片，但仅当刚开始使用的是完全充满的电池时才能达到这么大的数量。新式的电池在任何时间都可以重新充电，不会导致任何有害的副作用，因此你应当在开始任何重要的拍摄旅程之前给所有电池都充满电。如果你觉得即将拍摄的照片很多，剩余电量不足以支持这次拍摄，则应当换一块备用电池。另外请记住，如果你想大量使用闪光灯，则电池寿命将显著缩短。

■ **卸载照片，重新格式化存储卡。** 你不希望在换上新存储卡准备拍摄极为重要的照片时，却发现里面还有尚未传送到计算机当中的照片吧？究竟是保留存储卡上现有的一些虽然质量不高但比较有趣的照片，还是为了给新照片腾出空间而把它们删除？没有什么比必须做出这样的决定更令人痛苦了。把旧照片传送到其他存储介质上，然后重新格式化存储卡，使其干干净净地为存储新照片做好准备。

■ **检查你的控件。** 你或许想使用后帘同步模式拍摄几张照片。你知道如何激活该模式吗？你能迅速切换到突发模式吗？特别是在照明条件不太好的情况下？你知道如何使用快门优先模式或选择较快的快门速度吗？现在就勤加练习，因为努力捕捉高速动作的压力可能造成混乱。

■ **在离家之前把相机设置好。** 如果你打算使用特殊的ISO等级，希望改变相机的默认聚焦模式，或者有意使用某种曝光模式，则现在就在平静的环境中修改这些设置。在拍摄的兴奋状态中，你可能忘记调整某项重要的设置。我就曾经在日光充足的天气里拍了一大批动作照片，但却把前一天晚上为在桌面上拍一些近距照片而已经把白平衡手动设置为钨灯这件事给忘掉了。如果你在以RAW格式拍摄，那么还可以改正这样的错误；但如果不是这样，你就无法进行完美的校正，即使有Photoshop这样高级的图像编辑器也是枉然。

■ **清洁和保护你的设备。** 除非你要寻求软焦点的外观，否则应当确保镜头和传感器清洁。如果你认为会出现雨雪天气，则可以使用天空光滤镜。如果有必要，那么可以用重新密封过的夹层包为相机制作一件"雨衣"，在包上剪个洞让镜头伸出来。

8.13　下一章简介

　　数码单反相机可以最大限度地控制构图，因为它们所显示的正是要记录到数字文件中的图像。果真如此吗？在下一章，我将解释为什么你的所见可能不是你的所得，还将就人像、广告、建筑及风景的构图给出一些技巧。

9
数码单反相机与构图

在拍摄照片与创作照片之间存在重大区别。

即使使用的是数码单反相机，你也经常会抓拍照片。所谓抓拍就是迅速把相机举到眼前，以捕捉那飞逝的时刻，并主要依靠直觉在按下快门释放按钮之前的短暂瞬间构图。如果相机的自动聚焦和自动曝光机构能够有效发挥作用，则最终的照片可能还相当不错，只是这样的拍摄技术与本能地举起来就拍相差不多。但有好多伟大的照片——包括为数不少的获得普利策奖金的作品，确实是在没有详细计划的情况下即兴拍摄的。

例如，你肯定看过一位女士 1946 年从着火的亚特兰大旅馆 11 层跳下这张使人心碎的照片。该照片的拍摄者是乔治亚州技术学院一名 26 岁的学生，也是一位业余摄影爱好者。他使用了非常时髦的闪光灯，当然是在主题飞行（姑且这么说吧）过程中拍摄的。他的努力赢得了 500 美元的普利策奖金。在拍摄这些难忘的照片时，摄影者可能无暇仔细注意技术和美学方面。

但如果你喜欢摄影，那么在构图与拍照方面花的时间应当同样多。Ansel Adams 花了几十年时间来等待完美的天气条件以及月亮、行星和恒星会合，以获得他那些传奇式的图像（然后又额外花费了很多时间在黑屋子里仔细制作结果）。你可能不需要如此深思熟虑，但如果在构图方面花费少量时间的话，通常将获得从技术和构图的观点来看都更好的结果。

数码单反相机能够最大限度地控制构图过程，因为它们所显示的正是要记录到数字文件中的图像。然而，你之所见有时候可能不是你之所得。本章将讨论这方面的问题，并提供一些关于构图的基本信息。然后，我们将把这些规则应用于若干最常见的拍照情形，比如人像、建筑物、风景以及其他几种摄影类型。

9.1 单反相机的视图

你在第2章和第4章学过单反相机取景器的工作原理，现在该看看如何把单反相机的视图应用于构图方面了。

你如今已经知道，数码单反相机在取景器中所显示的就是最终图像中的内容。正确吗？或者说它真能做到这一点吗？我在本章前面解释过数码单反相机取景器的一些异常现象，但还没有讨论将其应用于构图方面的任何情况。下面几节将提供要考虑的清单。

9.1.1 焦点

数码单反相机的取景器通常将为你显示处于最锐利聚焦状态的图像部分，以辅助手动聚焦或核实自动聚焦机构是否正确认出了主要主题同相机的距离。你可以利用该视图进行手动校正，或者改用不同的聚焦区域或聚焦方法（通常只需按一个按钮或按键）。

然而，除非你要以张开至最宽位置的最大光圈拍摄最终照片，否则最终图像中实际锐聚焦的区域可能与你在取景器中所看到的有显著差别。记住下面这些要点：

- 取景器中的视图是镜头光圈在最大位置的情况下得到的，而最大光圈将导致最浅的景深。因此，不在主焦面的图像区域极有可能在该视图中显得不够锐利和更加模糊。

- 实际照片可能是以能提供更大景深的较小光圈拍摄的，因此最终照片可能与你通过取景器看到的非常不同。图 9-1 和图 9-2 中两幅区别显著的图像是用同一个镜头拍摄的，一个使用的是最大光圈，另一个使用了缩小过的光圈。

- 在应用选择聚焦作为创新工具方面（使部分图像模糊以隔离图像中的主要主题），景深可能要扮演重要角色，因此在所见与所得之间的区别可能至关紧要。

- 如果你过去常常使用即指即拍型数码相机，则可能已经习惯于那些短焦距所提供的宽大景深，而意识不到数码单反相机或镜头系统所提供的这种较浅景深的缺点和优势。

- 使用的焦距或变焦设置越长，在最大光圈位置所获得的景深就越浅，从而使由于光圈缩小而增加的锐利区域对最终作品造成更大的影响。

我曾经提到，即指即拍型数码相机没有这个问题。从几英尺到无穷远之间的一切景物都或多或少处于焦点上，因此景深不是需要考虑的因素——除非你要拍摄近距照片。另外，即指即拍型相机的光学取景器根本显示不出来景深；虽然这种相机的数字式液晶显示屏可以大致指出图像哪些部分在焦点上，但通

图9-1 在光圈位于实际拍摄位置时，这只鹅妈妈后面的鸟类相对锐利而突出。

图9-2 但它们在取景器中则显得模糊而散焦。使用景深预览图应该能够使这种情况有所改善。

常因为太小而不能使人看清确切的焦面。

　　而数码单反相机连同更长的镜头，引入了上面描述的所有景深方面的考虑事项。我们如何确定那些应当清晰的区域是否在焦点上，而那些应当模糊的图像部分是否确实模糊？有经验的摄影师可以在某种程度上根据过去的拍摄结果获得正确判断。他们大致知道什么将变得锐利、什么将变得模糊。然而，有经验的摄影师还可能使用其数码单反相机上的景深预览按钮（可惜不是所有相机上都有）来预先了解景深将变成什么样子。他们也可能会迅速看一看很多旧镜头筒上以颜色编码的景深刻度。

什么？你从未用过那个按钮？如果你是数码单反相机摄影的新手，则可能必须查看说明书才能找到景深预览按钮。该控件通常位于镜头支架附近某个位置。当你按下该按钮之后，镜头将把光圈缩小到当前的拍摄光圈位置（已选定的在拍照时会使用的光圈大小），并向你提供或多或少比较准确的有效景深视图。相机所使用的调焦屏的类型、图像是否能够看清（当镜头光圈部分关闭时，图像将变得更暗，因此不太易于观看）以及你是否已经为获得锐利清晰的调焦屏视图而调整过目镜的屈光度，都可能影响到该视图的准确性。

我在第7章曾经提供过几个景深如何影响图像的示例。

裁剪系数与景深

相机使用的可能是小于全幅规格的传感器，因此你的50mm标准镜头要不可思议地乘以1.6X（或任何其他适用于你的相机的系数），从而变成80mm的短远摄镜头，对吗？这意味着50mm镜头那适度的景深现在相当于80mm "人像" 镜头那更浅的景深，不是吗？

你的答案可能是错误的。乘数1.6X（也可能是1.3或1.5，这取决于你的相机）是裁剪系数，而景深仅依赖镜头焦距、所用光圈以及主题同相机的距离。你使用了图像的多大区域不会使景深有任何不同。无论你要使用24×36mm的全幅画面，还是要把图像中心的62%裁剪成数码单反相机照片，或者是仅仅使用极少一部分图像以便在即指即拍型相机上模拟长远摄镜头，使用50mm镜头（或者位于50mm变焦位置的镜头）拍摄的图像都将具有完全相同的景深。单就此事而论，如果该50mm镜头作为极端广角镜头安装在6cm×7cm的胶片相机上（假设该镜头能够覆盖2.25英寸×2.75英寸的全幅画面），那么景深仍将相同。

9.1.2 覆盖范围和放大倍率

我在第4章描述过涉及覆盖范围和放大倍率的数码单反相机的若干异常情况，但本节要再次提及这些异常。你的取景器可能不会显示最终图像将包含的完整区域，但通常拍摄出来的图像区域将更大而非更小，因此这应该不是什么问题。如果你发现了有损于构图的无关区域，则总是可以将其剪掉。

如果取景器中放大倍率不足（通常低于大约75%就算不足），那么观察细节以及精确构图将更加困难。放大倍率对图像的影响程度仅止于此。

9.1.3 辅助布局功能

如图9-3所示，有些数码单反相机能提供可选的网格或其他布局辅助手段，以使在取景器中构图更加容易。胶片单反相机很早就有带网格、十字线、取景框及其他辅助手段的特殊调焦屏。你会发现，它们可以帮助你对齐风景照片中的地平线，在取景器中确定建筑物照片中房屋及其他建筑的位置，乃至在集体合影时对齐家庭成员。

图9-3 取景器网格使我们更容易借助清楚的水平或垂直线来对齐图像。

然而（你知道这里面有陷阱，不是吗？），有些数码单反相机的取景器可能并没有被精确校直。那些面向消费者的入门级数码单反相机可能尤其如此，因为它们的取景器精度不属于高优先级。无论你多么仔细地对齐场景中的地平线，最终照片中的地平线完全有可能仍然是斜的。你总是可以在图像编辑器中修复该问题，甚至可以创建一个图像编辑器宏命令（在Photoshop中名为"动作"），以所需的合适角度旋转照片（Photoshop CS3和Photoshop Elements均包括自动拉直照片的命令）。你还可以试着向一侧略微倾斜相机。

你也可以忽略该问题，因为对很多类型的照片来说这都不算什么大事情。

只不过你要知道这件事，并准备好与其共处或设法规避。我本人不大使用取景器网格，但是你在自己的工作中有可能发现它们是颇有价值的辅助手段。

9.1.4　纵横比

你最后需要考虑的事情是，取景器布局的纵横比例虽然与传感器的比例一致，但可能与你想要的最终输出不一致。举例来说，如果你要使用全幅数码单反相机拍照，则取景器和最终图像的纵横比都将与35mm胶片相机的36mm×24mm（或1.5:1）全幅画面成比例。而相机传感器所产生的图像可能有3872个像素宽、2592个像素高，其比例大致也是1.5:1（数码相机界更普遍的写法是3:2）。

这样的纵横比在传统上不能令人满意地适应大多数打印纸的规格——特别是4×5或8×10英寸的打印纸，甚至不能精确地适应某些中间尺寸——比如5×7或11×14英寸。当输出硬拷贝时，我们可能必须从一端或两端裁剪数码相机生成的照片，或者在打印纸顶部或底部留下比较宽的白色边界——这将造成纸张的浪费。当构图及打印时，你需要记住这种差异。

9.2　构图基础

除上面列举的因素以外，数码单反相机中的构图与其他类型摄影中的构图非常相似。在把相机举到眼前之前，你可以来回走动，可以改变角度，可以走近或远离主题（在实际限制范围之内），还可以充分更改透视以改变构图选项。你同样可以要求有生命的主题来回移动，可以在物理上重新布置可移动的物体——比如岩石、碎片、背景中不需要的汽车等。然后，你可以使用镜头来微调照片中包括的区域，可以通过改变焦距或者放大和缩小图像，使你的视场变窄或扩张。如果有什么区别的话，那就是数码单反相机的拥有者比其他数码相机的主人更幸运，因为单反机型可以使用的镜头更多，而大多数难用的即指即拍及电子取景器机型通常只有12X～18X的变焦镜头，其焦距范围从大约24mm到420mm（已换算为35mm全幅相机上的等效焦距）。

当然，你可能发现自己处于构图灵活性严重受限的情形当中。足球队不会停下来为你摆好姿势，甚至在令人愉快的构图过程中他们也不会听从你的建议。如果你碰巧遇到了正走出餐馆的Colin Farrell，那么他可能会也可能不会停下来摆一个快照姿势。你可能会渴望到更近的有利位置去拍摄远处那足以使人晕倒的火山喷发，但走近火山可能不太现实。你应该愿意拍摄某个15世纪大教堂的正面，但就算你使用最宽的广角镜头，可能也要后退到街道对面广场中21世纪的售菜亭那里才行。

但多数情况下，你都有足够的余地以你设想的方式来构图。那么为了有效地构图，你或许应当遵照我总结的9条简单规则。

- **理解自己的意图**。在拍照之前，你需要知道自己的意图是什么。你要讲述一个故事？想说一句话？企图表达幽默？捕捉温暖、感人的时刻？你要拍摄的照片种类将影响你的构图方式。例如，保留亲密的时刻要求非常紧凑的构图，不能有任何使人分神的元素。而目的在于显示优美风景的照片可能要求更宽阔、包括更多内容的构图。

- **简单**。能给人留下最深刻印象的构图，要求只包括那些为说明你的思想所必需的元素。通过避免无关的主题，你可以消除混淆并将观看者的注意力吸引到照片中最重要的部分。

- **选择中心**。照片应该总是只有一个捕获眼球的主要主题。图9-4和图9-5表明简单的放大就可以显著改善构图效果。

- **选择取向**。从图9-6中可以看出，有些图像在垂直取向中显得最佳。而其他图像以水平风景模式构图看起来最好。你需要决定使用哪种取向。通过将图9-6与主题相似、但画面被裁剪成矮胖正方形的图9-7进行比较，我们可以看出正方形构图往往显得静态而无趣。

- **三分之一规则**。使有趣的对象位于距离顶部、底部、左侧或右侧大约三分之一的位置，可使你的图像比那些兴趣中心位于死点的照片（大多数业余爱好者都是这么做的）显得更为有趣。

- **线条**。你可以把照片中的对象排成直线或曲线，它们往往能以诱人的方式将观看者的目光引领到兴趣中心。

- **平衡**。我们喜欢看那些两侧都有有趣的对象、画面显得均衡的照片，而不愿意看那些全部家当都摆放在同一侧、另一侧根本没有任何东西的照片。

- **框架**。这里所说的框架不是图像的边界，而是指照片中那些倾向于产生框架内的框架、可以突出显示兴趣中心的元素。图9-6所显示的照片就使用图像的组成部分创建了一系列框架，前面各个框架都是后面缩小的几何图案的边界。

- **融合/分离**。当创作照片时，确保两个无关主题不会以意外方式合并极为重要，比如从某人头顶长出一棵树就是个典型的反面示例。

图9-4 缺乏清晰的兴趣中心削弱了这张照片的表现力。

图9-5 拉近主题可使我们知道谁才是这张照片的主角。

图9-6 该照片显然属于垂直构图，而建筑物的结构框架又加强了它的效果。

图9-7 正方形构图中的同类主题显得较为静态和缺少趣味。

9.2.1　理解自己的意图

　　你要拍摄的是人像还是运动照片？或者企图捕捉天然杰作中那琥珀色的谷物波浪？你想要拍摄的照片种类将显著影响你的构图。为中学生拍照可能需要使用一些道具——从iPod播放器到三脚架，以指出青少年的生活方式或业余爱好。体育运动照片可能需要高角度或近距离的私人视点以表现动作。

　　像风景照片这么简单的东西也可能受到拍摄意图的影响。如果你要拍摄美国大峡谷，则可能应当使用广角镜头来强调峡谷的庄严。但如果你的意图是表现人类对这件永恒的自然杰作造成的环境影响，那么你的构图或许应当包括某些不小心的参观者所留下的垃圾。

　　如图9-8所示，你也许在寻找某种幽默。每张照片的拍摄动机都各不相同。在理解自己的拍摄意图之后，你才可以更好地理解自己的构图需要。

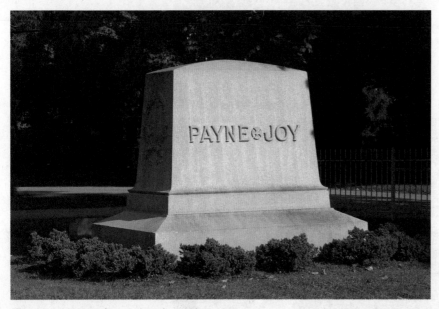

图9-8　可能你的意图是唤起某种幽默。

9.2.2　简单

　　那句古老的谚语说道：上等雕塑最初只是一块大理石，后来除去了一切看起来不像最终主题的东西。对照片来说同样如此。排除一切不属于你设想中的照片的东西，包括那些混乱的背景、额外的人物或无关的物体。你或许希望坚持使用某种朴素或中性的背景、或者有助于讲述图像所包含故事的背景。人像可能要依赖无缝的纸张背景或某种有纹理的背景，而政治家照片的背景可能应包括一排法律参考书或者一面国旗。从战场返回的战士应近距离拍摄，照片中应当只有少量背景或完全没有背景，或者用废墟和倒塌的建筑物将其包围。

在构图时时刻不忘简单这条原则，通过走近、后退或使用变焦镜头来排除那些不重要的物体。记住，广角镜头外观可强调前景，给室外照片中的天空区域增色，并增强深度和空间感。走近拍摄在强调主题纹理和细节的同时，还能添加亲密感。后退一步对风景照片而言可能是有益的举措，而前进一步可能使包括人类的照片显得更好。

即使你使用的是800万～1600万像素的相机，仍然应当仔细进行裁剪，这意味着你在图像处理器中将有更多像素可用。你在相机中裁剪掉的区域越多，最终图像的质量就越好。但不要极端地把人的脑袋都砍掉。记住，用数码相机拍照时仔细裁剪意味着无需在照片编辑器中过多修剪，因此不会因不必要的放大而丧失很多分辨率。最后，在消除主题那些"不重要的"的方面时，应确保自己的确不需要将裁剪掉的部分。举例来说，如果你想裁去大块岩石的一部分，那么应确保剩余部分能够被人认出来是什么东西，而不应只是需要观看者浪费时间努力识别的块状物体。另外，砍掉山头可能像人像中砍掉人头一样糟糕!

9.2.3　寻找你的中心

寻找唯一的兴趣中心。它未必是在照片的中心（绝大部分情况中都不应该在那里），而应当是照片中最重要的主题。观看者的眼睛不应该为了找到要看的东西而被迫在照片中游荡。兴趣中心应该是照片中最引人注目的东西，它可能是画面内最大、最亮或者最不同寻常的对象。

避免出现一个以上的主要关注中心。你可以拥有多个兴趣中心来添加丰度并鼓励观看者对图像进行探索，但能够立即吸引眼球的主要中心应该只有一个。照片中包括其他有趣的内容是合适的，但它们相对于主要主题应居于次要地位。

9.2.4　视觉取向

你在构成照片时可以使用纵向长的人像取向，也可以使用横向宽的风景取向。初学者犯的最大错误（抛开距离不够近不谈）是以水平方式拍摄一切。作为数码单反相机摄影师，你或许不会犯这样的错误，但可能仍然总想以风景模式拍摄更多超出需要的照片，特别是在相机没有舒适的垂直把手以及分离的快门释放按钮的情况下——它们可使人像取向自然而易用。你或许还应当打开数码单反相机的自动旋转功能，以使垂直照片在屏幕上自动显示为直立状态（但这样往往使图像变得更小、更难以评估）。

你不应该以风景取向拍摄高大建筑物或NBA运动员，也不应该以垂直取向拍摄连绵、宽阔的优美景色——除非你打算使用人类固有的观察偏差作为创造性元素。正方形构图往往是静态的，因此很少有人使用（这意味着你应该尝试一些正方形构图，以作为创造性的练习）。

9.2.5　三分之一规则

我编写的每一本关于摄影的书籍，都会提到将图像分成3等份的概念。这是一条有用的准则，但你也不应该害怕经常打破这条"规则"。如同传统智慧的很多规则一样，三分之一规则有时候比智慧更传统。

把主题放在偏离中心的位置通常是个好主意，这是三分之一规则的思想来源。画面中心的主题往往显得固定和静态，而位于某一侧的对象则暗示着运动，因为它们在画面中有好些地方可去。如果你遵循三分之一规则，则应当用想象中的两条水平线和两条垂直线将图片区域分成9个网格，它们离画面边界的距离大约应是纵向或横向全长的三分之一。你应当把兴趣中心放在这4条直线的某个交点上。如图9-9所示，你不必把主题精确放在某一个点上，而只需把它们当作参考点即可。照片中其他有趣的主题可被放在其余3个点上。

图9-9　不要成为三分之一规则的奴隶，但它确实是合适的放置主题的准则。

除了放置兴趣中心以外，你还可以多种方式使用这些网格线。举例来说，如果你想在风景照片中强调天空的话，则应当使地平线位于下面的网格线上；

而如果重要的构图组成部分在远处的前景中，则地平线应当在上面的网格线位置（地平线很少应该位于照片的正中间）。

9.2.6 线性思考

通过使用直线或曲线以及明确的几何形状，将观看者引领到你的兴趣中心。垂直线和水平线可迫使我们的注意力向上、向下或者从一侧移到另一侧，而对角线将把注意力从照片中底部一角引领到顶部的相对角（由于各种不同的原因，我们通常不会沿着对角线从顶部向底部看）。曲线是所有形状中最令人喜爱的（见图9-10）。你的线条可以由栅栏、道路、天际线或其他图像组成部分构成。寻找主题中的自然线条，将它们用于你的构图。

9.2.7 平衡

你的图像应当平衡地安排形状、颜色、亮度和暗度，以使照片不会显示出不对称的外观。当然，这么说并非意味着你的照片必须完美地对称。这一侧更大、更明亮或更鲜艳的主题与另一侧较小、不太明亮或不够鲜艳的主题照样可以保持平衡。

9.2.8 框架

框架技术就是使用前景中的物体来创建想象中的包围主题的相框。框架可使我们的注意力集中在它所包含的兴趣中心，同时还能增添一种三维的感觉。框架还可用来提供关于主题的附加信息——比如它的周围环境。

你需要利用自己的创造性来仔细检查所面对的场景，以找出可用来框住主题的区域。窗户、门口、树木、周围建筑物和拱形结构都是明显的框架。框架甚至不必是完美或完整的几何形状。你的框架通常应该在前景中，但略微巧妙地使用背景中的物体（比如桥梁）作为框架也能侥幸成功。本章前面的图9-6就显示出了框架技术的威力。

9.2.9 融合/分离

人类的视觉是三维的，但照片本质上是平坦的——就算我们竭尽全力赋予它们伪装的深度也不能改变这一点。因此，虽然在人眼看来那棵数似乎并不引人注目，但如果你不够仔细地构成这幅风景照片，那么它最终就好像是从谷仓屋顶长出来似的。你也可能切断了某个物体的上半部分，使之看起来仿佛是直接依附在照片顶部一样。

你总是需要通过取景器仔细地检查主题，以确保没有使两个不应该合并的物体融合，而且两者之间有充裕的间隙。当遇到这样的问题时，你应当通过改

图9-10 有力的直线或曲线可以引领观看者的眼光从照片上掠过。

变视点、移动主题或利用选择聚焦技术使令人不快的背景模糊来加以校正。

9.3 人像构图

如果仅因为被拍摄的每个人最后都会成为你的作品的评论家，构成包含人物的照片就已经算得上是一项特殊的挑战。然而，数码相机通常都是拍摄人物的理想工具，数码单反相机尤其如此。你可以立即检查照片，以确保没有哪个人的眼睛是闭着的，没有哪个人碰巧目光斜视到别处，也没有哪个人的衬衫口袋隐约露出一根零散的钢笔。当完成这些检查之后，你可以把照片向你的客户展示，或许这样才能让他们再摆出一些姿势来拍摄其他照片。

当拍摄正式、非正式人像或偷拍别人时，你应该尽可能使用分辨率最高的相机，以便在需要润饰图像或者扩大照片时能够有最大程度的灵活性。你还需要使用适度的、焦距在80~100mm范围内的变焦或定焦镜头为个人或人数不多的团体拍照，使用50mm或更宽的镜头为大型团体拍照。我谈到的这些都是绝对焦距，不是乘以倍增系数之后的等效焦距。记住，焦距倍增效果是裁剪系数造成的，它不是真实的焦距。因此，因为80~100mm的镜头可以为人像照片提供最迷人的透视，所以就算你的数码单反相机将在内部裁剪此类镜头的视图，它们也是你必须使用的器件。你或许不得不稍微退后或者使用更短一些的镜头（用70~80mm镜头代替100mm镜头）。

9.3.1 照明

你还应该考虑使用外部光源，无论是白炽灯还是更可取的电子闪光灯（因为闪光灯更适合拍摄人类这样的移动主题，而且与热光相比可使主题感觉更为舒适）。在室内布置一个朴素的背景，或者把整洁的室内或室外背景加入到构图当中。如果你要使用电子闪光灯，则可能不需要使用三脚架——除非你想使用相同的固定视点来拍摄一系列照片。如果你使用的是白炽灯，那么在时间较长的曝光中可能需要使用三脚架来稳定相机。在某些拍摄环境中，现有照明可能就已经非常合适，特别是在使用若干反光板来柔化黑暗阴影的情况下。从图9-11中可以看出（图中那柔和的室外光非常讨人喜欢），阴天也能提供漂亮的漫射照明。

所用光线的质量同样重要。在拍摄人像的时候，柔和、漂亮的照明要优于刺目的照明，因为它可以柔

图9-11 在户外，避免强烈的阳光有助于阴影中出现柔和的照明。

化皱纹和面部的缺陷，有利于获得更有吸引力的照片。如果照明更加柔和一些的话，那么即使是头发斑白的老前辈那引以为豪的脸部特征线也会显得更加好看。相反，即使是新生婴儿那丝绸一般柔软光滑的皮肤，在刺目的照明下也可能显得斑斑点点。如果你在使用电子闪光灯，那么把雨伞用作柔化照明的反射器是合适的选择。

使用好几个照明灯或光源，将使你可以借助光线给脸部和身材提供形状和形态。大多数摄影师都会使用主灯来照亮脸部，兼用辅灯来柔化阴影，还可能使用发灯为头发添加少量光彩，并使用背景灯将主题同背景分开。

多光源情况下有许多标准的照明布置方式，我在《掌握数字摄影技术，第2版》这本书中对所有方式均有详细描述，并且给出了完整的照明布置图。下面是简要的总结：

- **短照明。**这是四分之三照明的形式之一，也就是把头扭向一侧，以使脸部的四分之三朝向相机，另外四分之一朝向别处。主灯照亮扭向一侧的那四分之一脸部；因为其余四分之二处于某种程度的阴影当中，被照亮的只是一小部分，所以这种类型的照明往往强调了面部轮廓，使面部显得比实际情形要窄。你可以在图 9—12 中看到短照明以及与其相对的宽照明有什么效果。

图9—12　短照明（左边）将照亮远离相机的面部侧面，而宽照明（右边）照亮的是离相机最近的侧面。

■ **宽照明**。这是四分之三照明这枚硬币的背面，也就是主灯照亮朝着相机的脸部侧面。柔和的主灯可降低对面部纹理的强调，并使窄小或纤瘦的面部变宽。

■ **蝶形照明**。这种形式的照明可产生诱人的魅力，其中主灯直接放在脸前高于眼平面的位置，从而在鼻子下面投下阴影。这种照明技术用在女士身上非常合适，因为它着重强调的是眼睛和睫毛，同时还强调了脸颊中的任何酒窝，有时可使模特那本来很平常的颧骨显得极其迷人。蝶形照明可降低对眼周线条、前额皱纹以及那不敢恭维的唇部阴影的强调。因此，女士们显然喜爱这项技术。蝶形照明还倾向于强调耳朵，因此在那些喜欢将头发留到耳朵后面的男人和女人看来，这不是一项好的选择。你可以在图9-13的左边看到这种形式的照明。

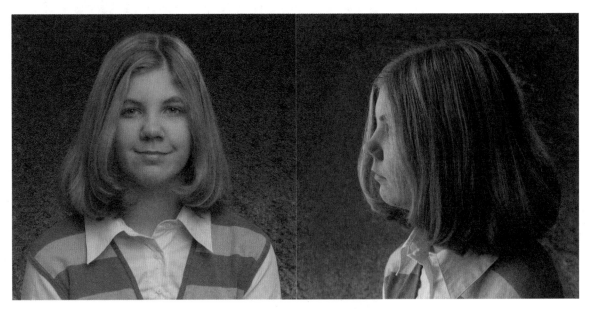

图9-13　蝶形照明（左边）和侧光照明均能产生迷人的效果。

■ **伦勃朗照明**。这是一种讨人喜欢的、更适合男士的照明技术，属于短照明与蝶形照明的组合。主灯被放在高处，以照亮扭向一旁的脸部侧面。局部处于阴影当中的侧面通常将在眼睛下面呈现出大致为三角形的高光区域。

■ **侧光照明**。如图9-13中右侧所示，这种照明形式中光照主要直接来自侧面。你可以把主灯略微朝着主题身后偏移少许，以使溢出到朝向相机一侧的亮光减至最低限度。

- **背光照明。** 在背光照亮的照片中，大部分光照都来自主题身后，因此可界定主题的边缘。使用额外的辅灯可提供主题正面的细节。

你在户外同样可以使用这些技术，但可能要使用可用光、反光板以及由相机内置闪光灯提供的辅助闪光。

9.3.2　姿势

如果你能使主题摆出舒适的姿势，使之不会感到僵硬或尴尬，则他们将显得更加自然。如果可以的话，可以让他们舒适地坐下来。凳子是合适的座位，因为它们没有那种强行进入照片的靠背，而且不会使人出现无精打采的状态。如果你要使集体拍照的许多人摆好姿势，则可能需要好几条大小不同的长凳，以便将主题排列成令人满意的构图。你也可以像图9-14中那样排列主题，使他们的头部处于照片中不同的水平高度上。在室外，你可以找到圆木、岩石、野餐桌及其他形式的舒适座位。

如果你要拍摄单独一个人，则可以在工作时尝试不同的姿势。而当为儿童拍照时，你可能必须把拍摄过程设计成游戏，才能使他们感觉自由自在，并且喜欢对着相机摆出各种姿势。在拍摄图9-15所示照片的过程中，我请求这位小女孩背对我坐在一条野餐长凳上，然后从肩膀上面朝着相机看过来。

至于团体照片，你或许应当尽

图9-14　在拍摄多人合影时，应当把主题的头部安排在不同的水平高度上。

图9-15　如果你能够赢得主题的合作，则可以尝试大量各不相同的姿势。

力以使人愉快的方式安排每个人，并为每次摆好的姿势拍摄好几张照片，然后再继续安排下面的姿势。

使用基本的构图规则来安排你的主题。略微改变相机的视点，从而以更加讨人喜欢的方式来表现你的主题。例如，如果你希望使鼻子变长或者使下颚变窄，希望使"虚弱的"前额变宽或者降低对突出下巴的强调，那么可以把相机升高到略微超过眼平面的位置。如果你的主题具有宽额头、长鼻子或"虚弱的"下颚，则可以略微降低相机的高度。然而，如果你遇到一个下颚强壮而鼻梁很长的人，那么将陷入很大的麻烦当中。

记住，手指要比手背或手心更有吸引力，而裸露的双脚——特别是底面，则完全不应该出现在照片当中。虽然秃头在如今几乎已经成为一种时髦，但你在略微降低相机高度的同时通过让主题提高自己的下颚，可以使脑袋上的闪光降至最低限度。如果面对的主题拥有巨大而又棱角分明的鼻梁，那么让他直接面朝相机，以避免拍到那座小碉堡的侧面照片。在侧面拍摄或者借助四分之三照明使较近的耳朵处于阴影当中，可以最大限度地使突出的耳朵变小。通过使用更加柔和的照明，可以隐藏皱纹或疤痕。只需让主题略微升高或降低他的下颚——就像我在拍摄图9-16时所做的那样，通常就可以消除眼镜的不良反光。

图9-16　请求主题略微抬高或降低他的下颚，以消除眼镜的反光。

9.4 风景摄影

数码单反相机非常适于拍摄风景照片，因为与即指即拍型及其他数码相机相比，它们可以更换上更宽的镜头。我购买那个12-24mm镜头时花了一大笔钱，但当我拍摄风景照片时它会反复对此进行补偿。有些种类的风景要求使用更长的镜头，因此当你不能驱车数英里接近那爆发的火山时，200mm或更长的镜头将派上用场。

除了偶尔使用三脚架以及自拍器、遥控器或快门线（及其电子配套装置）使自己进入照片以外，风景摄影通常不需要使用什么配件。你很少需要电子闪光灯，除非你要拍摄夜景或者希望在定时曝光中"用亮光来画图"（在我的《掌握数字摄影技术，第2版》这本书中，这项技术是一个特殊的项目）。你的数码单反相机、若干镜头和大量数字存储卡，就是为拍出很好的风景照片所需的全部。

风景照片可以分成下面的若干构图类型：

- **山地及其他远景**。这类照片包括那些典型的极其震撼人心的全景画，无论它们是否是以全景模式拍摄的。这类照片中通常没有聚集的人群，没有建筑物，甚至经常连动物也没有。你的构图将严重依赖你选用的镜头焦距。广角视图可使远处的物体显得更远，从而强调照片的前景。较长的远摄镜头可把高山这样的远处主题拉近，但会压缩前景中的主题。

- **日落和日出**。因为日落和日出美丽而又色彩丰富，所以一直是流行的主题；就算你只是举起相机随便拍摄一张照片，它们也经常显得好像包含了大量思想。你的数码单反相机甚至有可能包括"日出"或"日落"的白平衡控件，或者是特别适于拍摄此类照片的程序曝光模式。用比较阴暗、剪影意味浓重的图像进行试验，然后密切注意太阳导致的眩光。考虑使用星形滤镜或渐变滤镜来添加特效乃至明亮天空与阴暗前景之间的曝光量。不要忘记快速工作：日出和日落可能在几分钟时间内就会结束！

- **海洋和水景**。像图9-17中所显示的瀑布这样的流水，可能令人神往；但你需要仔细监视曝光设置。明亮的沙子和反光的水面可能欺骗你的曝光表。试着将水面反光包括到构图当中；或者使用中性密度滤光片和长时间曝光，在使周围岸线地带和岩石保持锐利的同时使水面模糊。

- **雪景**。在由于测光有误而导致眩光和曝光不足的可能性方面，雪景照片与海洋和海滩照片非常相似。你还需要提防因低温导致的冷凝现象和劣化的电池性能。

图9-17　瀑布是最流行的风景摄影类型之一。

9.5　建筑摄影

　　建筑摄影是另一种沉思型的摄影形式（多数情况下如此），因为所涉及的建筑物可以愉快地连续数小时为你摆好拍照姿势，而不会有任何抱怨。当然，建筑物经常伴有能够使构图增色或有损构图的人类，经常伴有变化的天气条件。但建筑摄影非常有趣，而且非常适合用数码单反相机来拍摄，因为相对于即指即拍机型而言，这些相机上比较大的传感器使它们更适于在夜间进行长时间曝光（建筑物夜景是最有趣的建筑摄影类型之一）。

9.5.1　室外拍摄

　　因为最好的建筑物经常被其他建筑物包围，所以你需要使用广角镜头或广角位置相当宽的变焦镜头来拍摄这些室外照片。而在室内拍摄时，所用的镜头也是越宽越好，除非你要拍摄超级穹顶或高耸的大教堂内部。宽镜头将帮助你把前景细节（比如景观）加入到构图中。但是，更长的镜头有时候有助于从远处捕获建筑物的细节。图9-18中这幅蓝灰两色研究中心的照片，就是我退后一步使用短远摄镜头拍摄的。

最大光圈为f/2或更大的高速镜头，可帮助你在困难的照明条件下拍摄照片。建筑物照片经常要非常仔细地构图，因此你可能发现自己经常需要使用三脚架，其目的与其说是为了稳定相机，还不如说是为了提供某种仅当需要时才会改变的透视。

要密切注意的事情是各种扭曲。有一种扭曲类型是由镜头本身造成的。有些广角镜头可以在图像边角处造成模糊，主要原因是即使昂贵的数码单反相机镜头的覆盖范围也难以满足以广角透视填充整个画面的要求。你的镜头还可能产生桶形失真——即直线向外朝着照片边缘弯曲，或者产生枕形失真——即直线向内朝着照片中心弯曲。

除非你要拍摄桶形失真或枕形失真，不然这两种情况都不合乎需要。你的镜头或许也有其中某一项缺陷——尽管可能不太明显，因此不太适合拍摄建筑物照片。你可以对自己的镜头进行测试，具体方法是拍摄一个网格，然后用肉眼观察是否出现了垂直或水平线向内或向外弯曲的现象。Photoshop CS3的"镜头校正"滤镜可以修复很多此类问题。Andromeda公司也已开发出兼容Photoshop、名为LensDoc的插件，它不仅能够校正这两类失真，而且内置了对已经发现的由某些常用的佳能、尼康和奥林巴斯数码相机镜头所导致的扭曲进行校正的功能。DxO Labs公司也有类似的Photoshop插件。

另一种扭曲被称作透视畸变，它是在相机向上或向下倾斜着拍摄高大建筑物或其他垂直结构时产生的。从图9-19中可以看出，倾斜相机使你可以拍到建筑物的顶部，但也会使主题显得有点儿向后靠。当你使相机向一侧倾斜着拍摄某个向后倾斜的主题（比如石墙）时，也会发生同样的事情，但结果不会（或通常不会）明显到使人感觉不快的地步。最明显的解决方案是后退到足够远的距离，以便能够在保持相机水平的情况下使用更长的镜头或变焦设置拍照；但这样的办法未必总是可行。

我碰巧拥有一个名为透视控制镜头的特

图9-18 短远摄镜头可以捕捉到这面弯曲玻璃墙正面的细节。

殊镜头，它允许你在保持相机背面与主题平面平行的情况下，升高或降低镜头的视场（或者将视场从一侧移到另一侧；透视控制既能应用于高大的主题，也适用于宽阔的主题）。但是我已经发现，可以应用的升高或降低程度在多数情况下都远远不够。

如果你运气好的话，一种解决办法是找到一个高度大约为被拍建筑物一半的视点，两者之间不应有其他建筑物、旗杆或别的什么东西。从该位置拍摄照片，使相机背面平行于建筑物，这样建筑物的顶部和底部将大致同相机保持相等的距离。你将获得看上去自然得多的照片。最后，你还可以在图像编辑器中调整图像的透视。

如果你认为从透视的观点来看拍摄建筑物的外部比较困难，则可以考虑拍摄建筑物的组成部分，比如门口、入口、屋顶或装饰。这些细节能比整体视角向人讲述更多关于这栋建筑物或历史遗迹的故事。15世纪宫殿前那些因人类不停踩踏而磨光的石阶或者旧谷仓那风化的侧面，如果加入到构图当中将有力地表达某些思想。

图9—19　透视畸变是由于相机向后倾斜造成的。

9.5.2 室内拍摄

　　室内建筑摄影特别富有挑战性。你那最宽的广角镜头也可能不够宽，而最快的光圈或 ISO 设置可能也无法提供充足的曝光量。自然照明的室内建筑在照片中可能不如现实中显得那么迷人，有可能显得不够均衡或非常刺目，甚至可能包含从窗户进入的浅蓝色日光与桔黄色白炽灯光相混合的错综复杂的照明组合。

　　三脚架和长时间曝光可能有所帮助，它们还允许你使用只能引入少量噪点的更低ISO等级。而如果你能在一定程度上控制所使用的照明，则可以添加更多照明，柔化附加照明，或使用反光板来分配可用照明。

　　如果遇到了混合照明的情况，你可以使用闪光灯与日光相匹配，或者通过关闭窗帘将照明限制为室内的白炽灯。

9.6　下一章简介

　　本书最后一章着重讨论很多（但不是全部）数码单反相机及其镜头中都具备的一些特殊功能，比如图像稳定、夜景摄影、红外线摄影以及某些特殊拍摄模式。

10

掌握数码单反相机的特殊功能

所有数码单反相机都有一些特殊功能，你只有掌握它们之后才算真正精通了自己的相机。这些从图像稳定到延时摄影的特殊功能，有的可以改善你的照片，有的将给你提供全新的、值得探索的拍照途径。

有些特殊功能不是有意提供的。例如，数码单反相机制造商竭尽全力以减少抵达传感器的红外线光照强度，因为长波中的光过多可能降低图像的质量。然而，足够的红外线悄悄通过可使大多数数码相机的红外线摄影成为可能，从而开启一个或多个创造之门。

本章将描述数码单反相机中某些可用的特殊及可选功能。在掌握相机上所有其他功能之后，我希望本章的内容能够激起你足够的兴趣来探索这些特殊功能。

10.1 图像稳定

图像稳定又名减振或防抖。这项旨在消除由于曝光期间相机和摄影师移动而导致的图像模糊的技术，拥有多个名称。相机抖动可能是导致模糊照片的头号原因，而且在所有层面上都是摄影的祸根之一。无论你是初学者还是寻求用摄影表达有形创造性的狂热爱好者，或者是应当对此有更清楚认识的经验丰富的专业人员：在所有用户中间，因为相机抖动所导致的模糊而失败的图像与因为曝光拙劣或聚焦不良而失败的图像同样多。

图像稳定功能所使用的多个名称都合适，因为造成相机抖动的原因有很多，而用来抵消这种抖动的技术也有好几种。有些业余爱好者会把他们的照片拿到我这里，询问如何才能使它们"锐利而清晰"；快速评估一下他们的拍摄技术，就足以使我告诉他们不要"猛击"快门释放按钮。我曾经见过一些极端恶劣的相机抖动实例，以至可以辨别出向下对快门释放按钮的猛击是垂直方向还是略微倾斜。你或许认为自动模式的相机将把快门速度设置得足够高，以避免这些模糊的照片出现；但正如你将看到的那样，相机并不是在任何情况下都做得到这一点。随着亮度级降低，快门速度也将同样降低，因此模糊将成为不可避免的结果。

相机抖动可能源于太慢的快门速度与诸如摄影师呼吸这么平凡的现象相结合，可能源于在移动的车辆上企图以较高的快门速度拍摄，或者因为使用了因前面太重而导致相机不稳的长镜头。有若干不同的方法可以抵消这种抖动，比如通过让某些镜头元件移动来稳定光程，或者在相机抖动时同步移动传感器。有些摄像机甚至能够以电子方式提供图像稳定功能。

不能使用任何图像稳定技术以及不能切换到更高快门速度的摄影师，通常要依赖自己的想象能力，手持相机以1/30秒或更慢的快门速度拍出锐利的图像。但当他们把这些手持相机拍摄的照片与那些在相同设置下使用三脚架或其他辅助稳定设备拍摄的照片进行比较时，即使双手最稳定的摄影师也会对实际丧失的锐度感到震惊。当然，与借助三脚架拍摄的照片相比，手持相机拍摄的照片可能对预定用途而言已经足够好，而由于艺术或实用方面的原因甚至可能更好。

例如，图10-1是手持相机以1/2秒的快门速度拍摄的，因为捕获了那位精力充沛的蓝调音乐吉他手的运动而使演奏变得模糊。与图10-2中那张更静态的照片相比，我们更喜欢这种照片的原因很多。图10-2是几秒钟以后以1/200秒的快门速度拍摄的，传感器的灵敏度已被提高到可能引入噪点的ISO 1600。大多数创造性成就都位于极其模糊与极其锐利之间，而图像稳定功能使你可以选择自己的技术来匹配想要拍摄的照片。

图10-3以实例说明了相机抖动是如何产生的。当时我在傍晚日落期间正沿着一条农村道路匆忙赶着前去赴约，路旁一棵色彩变化的树中那因为落日而产生的灿烂色相深深吸引了我。我没有时间停下来走出汽车，但我的数码单反相机始终在我旁边，随时可以工作，因此我把它抓起来拍下左边这张照片。这幅图像太模糊了，我可能尚未等到相机停止移动就按下了快门。

我当时前后看了看道路，没有发现有来往的车辆，因此我使自己稳定下来，然后使用完全相同的快门速度和光圈拍下了右边这张照片。只需记得使自己保持稳定，就能获得锐利得多的照片。

通过生产具备消除抖动功能（名称各不相同）的产品，相机和镜头制造商已经开始向我们提供帮助。如果某种产品的名称附带IS（Image Stabilization，图像稳定）、VR（Vibration Reduction，减振）或AS（Anti-

ake，防抖）等缩写词，则表明该产品具备图像稳定功能。我绝对没有任何
意蔑视尼康、索尼及其他提供模糊消除技术的厂商的意图，但本章打算采用
能公司的术语——即称之为图像稳定或IS。无论如何，佳能毕竟是第一家推
这项技术的公司，这要回溯到20世纪90年代。现在很多镜头、相机以及包括
像机和望远镜在内的其他产品，都内置有某种形式的IS。

0.1.1　相机抖动的原因

可使锐度降低的相机抖动隐秘而阴险，因为它的来源非常多。我前面曾经
到，如果你像很多恼人的业余爱好者以及某些有更多经验的粗心摄影师那样
击快门释放按钮，则可能使整个相机产生震动，因此在使用低速快门速度时
往产生足以使图像模糊的向下或对角运动。将手指更轻柔地按在快门释放按
上，可以消除一些最严重的问题。

在较长时间的曝光期间，不可避免的手部正常活动也可能导致相机抖动。
有些人在紧握相机时会出现几乎不可察觉的颤动；我的神经科医师使我确信，
这种颤动并不是由大脑中的严重问题导致的。但即使最稳定的双手也会轻微颤
抖，其结果将在使用标准或广角镜头以1/30秒乃至惊人的1/125秒拍摄的照片
中显现出来。

抖动情况可能因若干其他因素而加重。平衡性不佳的相机或相机/镜头组
合易于造成附加的相机抖动。如果旋转过的把手不够舒适，如果相机上没有第
二个"垂直"快门释放按钮，迫使摄影师不得不把一只手放在不方便操作的位
置，那么将相机从水平改为垂直取向也可能导致更多抖动。

更长的焦距将放大相机的抖动。长远摄镜头因为使相机前面过重而引入的
振动相当严重。但使用 25mm 镜头拍摄照片时那些几乎不可察觉的振动，在换
成 250mm 的镜头时似乎会被放大 10 倍。我在前面曾建议使用镜头焦距的倒数
为最低的快门速度（比如使用 250mm 镜头时将快门速度设置为 1/250 秒）；
条经验法则虽然不够完美，但毕竟是个好主意。在图像编辑器中对照片某部
的放大或者非全幅相机的裁剪系数导致的图像放大，同样会放大相机抖动的
果。

相机抖动的最后一条原因是相机内部机构在拍照期间的移动。就数码单反
机而言，已证实的一个抖动来源是反光板在打开快门之前向上翻转到不碍事
位置时对相机的拍击。即使相机被稳固地安装在三脚架上，而且摄影师也已
通过使用快门线或遥控器触发曝光，将自己从运动方程式中剔除了出去，这
源于反光板的振动照样可以发生。这里的解决方案是，在拍照之前锁定反光
然而，不是所有数码单反相机都提供了反光板锁定功能，但幸运的是反光
的振动在大多数拍照情况中都不必担心。只有在极端放大的条件下（使用非
长的镜头），或者在使用较长时间的曝光拍摄近距照片时，反光板振动才
能产生某些效果。对于反光板导致的振动，第4章有更长的讨论。

图10-1　在曝光时间长达1/2秒的情况下，这幅图像非常模糊，但仍然有趣地表现了这位吉他手。

图10-2　在几秒钟之后使用1/200秒的快门速度ISO设置拍摄的这幅图像，显示出了这位吉他手的态，但却使他的表演显得不够兴奋。

图10-3　左边是快速抓拍的照片，右边是1秒钟之后在摄影师想起来应使自己保持稳定之后拍摄的照片

10.1.2　诊断相机抖动

　　使很多有经验的摄影师极为震惊的是，前面那条流行的经验法则所建议的最低快门速度不是灵丹妙药。唯一真正能够消除相机抖动的方法是避免相机抖动。如果这是不可能的，那么相机厂商提供的某项图像稳定技术或许会有所帮助。

　　就算你使用"高速"的快门速度，也会在很大程度上成为相机抖动的牺牲品。大多数摄影师在知道这一点之后都会颇感惊讶。在极端放大的条件下，即使双手最稳定的摄影师也可能在他们以1/125秒乃至更高快门速度拍摄的照片中看到某种相机抖动的迹象。它们在正常拍照情形中几乎不可见，但终归还是存在的。

　　非常严重的相机抖动易于诊断。造成照片模糊的可能原因有4种（不要忘掉，有些照片可能包含所有这4种原因）：

- **照片散焦**。如果相机的自动聚焦机构出错，则部分主题（最坏情况下是全部主题）将散焦并模糊。通过在图像中查找微小的亮点，即可发现这类模糊。在没有相机抖动和主题移动的情况下，固定的亮点将放大并且模糊，但会保持自己的形状。图10-4所显示的图像就只是散焦而已。相机事先曾经被手动聚焦在距离相当近的主题上，而将镜头指向实际上在无穷远处的摩天轮时并未重新调整。

- **主题移动**。如果主题本身是模糊的，但背景和周围环境却相当清晰，则可以断定主题移动是图像模糊的主要原因。图10-5所示是同一个摩天轮，但这次相机被放在了三脚架上，而摩天轮正在转动。图像中的亮点将沿着主题移动的方向模糊，因此产生了有趣的模糊效果。

- **曝光期间变焦**。在长时间曝光期间将变焦镜头推近或拉离目标，是一种历史悠久的特效；但偶然实现这种效果也很容易。当放大某个有趣的主题时，你有可能碰巧在完成变焦之前本能地按下了快门释放按钮。如果你的变焦动作足够快，那么在曝光时间长达1/60秒的照片中才能看到这种效果。当你通过变焦降低或增大放大倍率时，亮点将向内朝着图像中心或向外朝着图像边缘移动。图10-6所显示的照片是有意在曝光期间通过变焦拍摄的。当时摩天轮也在移动，因此图像中混合了变焦模糊和移动模糊。

- **相机抖动**。造成照片模糊的最主要原因是相机抖动。通过检查图像中的亮点及其他物体，我们就可以发现这类模糊。它们将沿着相机抖动的方向向上、向下或斜向变形，在最严重的情况下甚至会出现轻微的蠕动，这表明相机肯定在颤抖。图10-7所示图像是相机抖动的示例。

　　如果你希望用某种可测量的方法来看看相机抖动对照片的影响有多严重，则制作一个诊断工具也很容易。你亲自去买一大块铝板（紧急关头铝箔也行），使用你选择的图案在上面戳一些小孔。我更喜欢使用十字架形状，因为

图10-4 因图像散焦导致的模糊。

图10-5 因主题移动导致的模糊。

图10-6　因曝光期间变焦导致的亮光移动痕迹。

图10-7　相机抖动可导致独特的模糊图案。

这样可以简化对水平、垂直和对角方向上模糊情况的观察；十字架图案不会干涉你产生的模糊。

　　然后把这块铝板放到 10 ~ 20 英尺远的位置，从背后将其照亮，使那些小孔形成微小的亮点。正确的距离取决于所测试的定焦或变焦镜头的焦距。你应当使测试的铝板充满画面。仔细在铝板上聚焦，然后以 1/1000 秒到 1 秒范围内不同的快门速度拍摄一系列照片。使用各种使自己保持稳定的方法，重复拍摄你的测试照片。用双臂把相机支撑在躯干上。深吸一口气，然后在拍照之前呼出一部分。尝试不同的握紧相机的方法。

　　然后检查你的测试照片。你会注意到，铝板上的小圆点将随着快门速度变长而在垂直、水平或对角方向上伸长，具体方向取决于抖动的具体情况。你甚至可以看到少量摇摆的亮痕，这表明曝光期间你不仅在抖动，而且或多或少还在颤抖。

　　在你认为应该不受影响的快门速度下仍然发现某种可以辨别的相机抖动，可能会使你感到震惊。使用标准镜头，你可能在手持相机以 1/125 秒的快门速度拍摄的照片中发现某种模糊；使用短远摄镜头，模糊可能在 1/250 秒或更短曝光时间的条件下产生。图 10-8 显示了几种典型的结果。

10.1.3 避免相机抖动

　　要抵消相机抖动，最省钱的方法是稳定地握住相机。你大概不想到哪里都随身带着三脚架，但可以选择某种更容易转移的设备，比如独脚架或者能够将相机固定在任何稳定物体上的 C 形夹

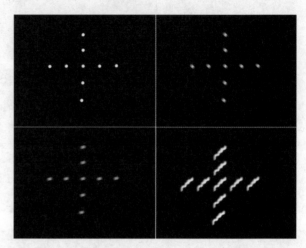

图10-8　这些背光照亮的测试图案分别是以1/1,000秒（左上）、1/30秒（右上）、1/4秒（左下）和1秒（右下）的快门速度拍摄的。

具。我本人无论到哪里都会带着我的 C 形夹具，它正好能够放进相机包外面的口袋，可用来把类似栅栏柱及停车计时器这样的任何东西转换为如同三脚架似的支撑物。这种夹具甚至带有坚固的螺旋接头，使你可以将其连接到电线杆或其他木制物体上（请不要毁坏树木！）。我有一次在护理腿瘸病人的时候，曾经把这种夹具固定在一个拐杖上，使之变成了方便的应急独脚架。本章前面的大多数摩天轮照片都是借助这种夹具以及方便的栏杆拍摄的。

　　即便没有任何特殊设备，你也可以简单地把相机放在任何可用的表面上，然后使用自拍器来拍摄没有抖动的照片。图10-9所显示的两个版本，是分别使用手持的相机（上面）和放在一个垃圾桶顶部的相机（下面）拍摄的。有时候，你可以把长镜头搁在稳定的表面上，以减轻因前面过重造成的模糊效果。老练的摄影师通常会随身携带几个小布袋，以便在需要时把它们放在什么东西上来轻柔地托住那些长镜头。另一项技巧是把一根结实的布条绑到镜头的三脚架插座上（大多数远摄镜头都有），将布条另一端环绕到你的脚上，并将其拉紧，从而给相机/镜头组合增加一定的稳定性。

你还可以遵照那些众所周知的处方来使身躯变得更加稳定，比如调整呼吸，支撑住自己的身体，以及最重要的不要猛击快门释放按钮。

10.1.4 使用图像稳定功能

你的相机可以帮助稳定你的图像。在当今许多相机和镜头中最流行的功能之一，就是以硬件形式实现的图像稳定。通过抵消相机和镜头的自然（或非自然）运动，IS可以为你提供至少相当于实际值4倍的快门速度，实际上等于额外给了你两档光圈可以使用。在昏暗的照明条件下，这一点可能变得非常重要。

例如在使用400mm镜头的情况下，假设你的拍摄环境要求使用1/500秒的快门速度和f/2.8的光圈，才能达到可接受的锐度。遗憾的是，你使用的变焦镜头当焦距为400mm时其最大光圈只有f/5.6。假如你已经尽可能提高了ISO等级，而更高的ISO不是不可用，就是会产生太多的噪点。你不得不放弃这次拍摄吗？

如果你使用的相机或镜头带有图像稳定功能，那么就不用放弃。打开你的图像稳定功能，然后以1/125秒和f/5.6的曝光组合进行拍摄。如果图像稳定器能正常工作的话，相机抖动所导致的模糊应该不会比你以1/500秒拍照时所看到的模糊更糟糕。如果镜头在f/5.6位置的表现要优于f/2.8位置(这是常见情况)，那么你的照片甚至可能更锐利一些。

当使用图像稳定功能时，有几件事情需要记住：

■ 仅当针对相机抖动发挥作用的时候，图像稳定功能才酷似更高的快门速度。它可以抵消相机的颤动，但不会允许你以较慢的快门速度拍摄快速移动的目标。如果你要借助IS功能已启用的设备

图10-9 通过把相机放在方便的物体上，可以使手持相机拍摄的照片保持稳定。

来拍摄体育运动，那么仍然需要足够高的快门速度才能使动作定格。在图10-10所显示的音乐会照片中，低音提琴手Too Slim（来自"天空中的骑手"艺术团）正通过拍打脸颊来敲击出某个曲调。这张照片是我以1/60秒的快门速度手持相机拍摄的，使用的镜头是位于200mm变焦位置的尼康70-200mm VR。减振功能相当成功地抵消了相机的抖动，但如果你仔细观察Too Slim的袖子，就会发现因手部移动而导致的某种模糊。

图10-10　图像稳定功能可以抵消相机的抖动，但对于所使用的1/60秒的快门速度而言，这名表演者的右手和袖子移动得太快。

■ 如果在摇摄或使用三脚架时使用，那么某些古老的图像稳定器甚至可能产生更糟糕的结果。故意摇动相机进行拍摄，可能使图像稳定器迷惑不解或者只能提供部分补偿，因此最终获得的照片还不如关闭图像稳定功能的结果好。将相机放在三脚架上之后还开启图像稳定器，不仅是对该功能的浪费，更糟糕的是可能给模糊添加不需要的补偿。但不是所有设备都有这个问题。新型的图像稳定系统可以将水平运动识别成摇摄，将格外低水平的相机运动解释成使用了三脚架，而且在适当的时候还会自动将自己关闭。当从行驶中的汽车或其他振动剧烈的环境中拍摄时，你的相机或镜头可能有特殊的"活动"模式可供选择。

■ 图像稳定系统可能使相机的运行速度略微变慢。稳定过程像自动聚焦和自动曝光机构一样也需要一定时间，但当你半按快门释放按钮时不一定会停下来——这一点与那两种机构不同。图像稳定功能同样可以产生等效的快门滞后时间，而且奇怪的是在体育运动摄影方面其表现可能不如你想象的那么好。图像稳定功能非常适用于自然摄影、长距离人像、近距摄影及其他没有高速移动主题的场合，但不太适合捕捉快速动作。

■ 记住，除了长距离或近距离摄影，图像稳定功能还可用于很多其他应用场合，而且不需要使用微距或远摄设置就能给你带来好处。举例来说，如果你发现自己所处的环境不允许使用闪光灯——比如博物馆或音乐会，则图像稳定系统可能成为你的救生圈，使你可以在1/4秒这么慢的快门速度下使用标准或广角设置拍摄。我就为自己的佳能30D相机购买了佳能EF-S 17-85mm f/4-5.6 IS USM镜头作为来回走动时使用的镜头，它在很多普通的拍照环境中表现非常理想，因为此类场合使用慢于最优值的快门速度合乎需要。我发现，该镜头的图像稳定功能即使在使用广角范围的焦距时仍然有用。

尽管我最后会给出警告，但图像稳定功能实际上可以用来拍摄体育运动，特别是在你仔细地捕捉巅峰时刻的情况下。图10-11和图10-12显示了两张不同的跑垒员向后冲向一垒位置的照片，它们都是用400mm的长镜头以1/500秒的快门速度拍摄的。在这两张照片中，主题的移动确实不是什么问题。跑垒

图10-11　关闭减振功能的长镜头，即使在1/500秒的快门速度下也导致了可见的相机抖动。

图10-12 在启用图像稳定功能的情况下，同样的快门速度获得了令人满意的结果。

员的滑行已经停止，女一垒手在图10-11中已经抓住棒球准备进行触杀（太迟了），而在图10-12中正在等待棒球到达。在任何一种情况中，1/500秒的快门速度都足以使动作定格。

无论如何，第一个示例失败的原因可以肯定就是相机抖动，而图像稳定功能在第二张照片中扭转了败局。

图像稳定系统的工作过程

有好几种实现图像稳定的方法。有些电子摄像机使用某种电子形式的图像稳定器，即首先捕捉略微大于最终画幅的图像，然后在适当的方向上通过偏移像素来抵消相机的运动，最后把经过替换的像素存储为最终图像。上述过程可能在1秒钟内就要重复很多次。这种方法虽然有作用，但不是最理想。

镜头内置的光学图像稳定系统更好。有几种压电式角速度传感器可以像微型陀螺仪那样工作，能够检测到水平和垂直运动。它们是两种你肯定经历过的常见相机抖动类型，即相机在上下或左右方向上抖动，而不是绕着光轴旋转。在拍摄普通照片时，我们很难偶然使相机旋转。在检测到运动之后，这套光学系统将使用棱镜或若干"漂浮"透镜的调整装置进行补偿。这些透镜可以沿着光轴移动，以抵消那些不受欢迎的镜头运动和振动。能够被调整成仅补偿上下运动的镜头，即使在你摇摄时也可以成功地开启图像稳定功能。

现在已经倒闭的柯尼卡美能达公司，曾经首创了内置在相机而非镜头中的图像稳定系统，其原理是通过使传感器移动来响应相机的运动。由索尼公司及其Super SteadyShot（超级稳定照片）系统继承下来的这种方法以及存在于其他相机中的类似系统所具有的优势是，你不必购买包括图像稳定器的特殊镜头；防抖技术就内置在相机内部，因此适用于你使用的几乎任何镜头。包括松下和奥林巴斯公司在内的其他厂商，也有内置于相机当中的图像稳定系统。如果你喜欢使用大量不同的镜头，又不想购买一大堆包含图像稳定器的镜头，则该方法将体现出自己的优势。

这两类图像稳定技术也各有若干缺点。当图像稳定器内置于各个镜头当中时，你必须购买特殊的具备图像稳定能力的镜头才能获得该功能。在佳能公司所提供的最流行的变焦镜头当中，有的带有图像稳定系统，有的却不包括该系统。而尼康公司似乎已经开始了将几乎所有变焦镜头（包括专业级和消费级）都转换为带有减振功能版本的战役。将图像稳定系统内置在镜头当中，使厂商只需通过升级所生产的镜头的功能，就能提供经过改善的新技术。

虽然你不必为自己的索尼相机及其他内置图像稳定系统的相机购买特殊的IS镜头，但必须对付单点故障的问题：如果相机的防抖功能失效，你必须将整个相机寄回厂家维修，这可能比仅仅邮寄一个镜头更不方便、更为昂贵。很多尝试过这两类系统的摄影师对于能够看到基于镜头的图像稳定功能起作用这一点都比较喜欢；当部分按下快门释放按钮以锁定焦点时，你可以直接通过取景器看到已经变得稳定的图像。而相机内部的图像稳定器不能提供这样的反馈，因此你必须信任自己的相机，并希望该功能能够起作用。

我可以肯定地说，图像稳定技术在本书预期寿命之内一定会成为所有镜头及/或数码单反相机上的标准功能。

10.2　夜景、紫外线和红外线摄影

某些数码单反及类单反相机所具有的特征可使其适用于若干令人兴奋的摄影领域，比如夜景、紫外线和红外线成像。不是所有相机都适合于上述每个领域，因此我打算对这些摄影类型进行简要的讨论，以帮助你决定是否要探索这些令人神往的试验方法。我必须警告你：任何一种方法都很容易使你患上躁狂症！

10.2.1　夜景摄影

我实际上已经在本书其他部分包括了大部分你需要知道的关于夜景摄影的内容，但还有一些新的技巧和事项需要你学习和考虑。下面是若干应当考虑的事情。

1　相机灵敏度和噪点

更高的ISO设置意味着，你可以在夜晚于照明相对良好的场所手持相机拍一些照片；如果你必须使用三脚架，那么提高灵敏度等级可以导致更短的曝光时间。有时候你可能需要较长的曝光时间来创建拖尾或重像效果，而其他时候你可能仅仅为了提高在给定时限内可以拍摄的照片数量而希望使用相当短的快门速度。

如果你的相机能够提供高于ISO 800的灵敏度（至少有一款著名的数码单反相机就不能），那么你可以将其设置成ISO 1600或ISO 3200，以便急剧缩短快门开启的时间，或者在保持相同速度的同时使用容错性更好的更小光圈。如果你乐意进行试验，那么还可以通过"作弊"来伪造更高的ISO。

ISO作弊

需要的ISO设置高于相机能够提供的最大值？在这方面你能够作弊。以RAW格式拍摄照片。将相机设置为最高的ISO等级，然后使用EV控件将曝光值降低－1或－2。这么做的结果与标明的ISO设置被提高两倍或4倍相同。当转换RAW文件时，你可以使用RAW转换器中的曝光量、对比度、亮度、直方图以及曲线等控件，设法使你的曝光严重不足的照片复活。最终图像中可能有非常多的噪点和拙劣的色调再现，但你能指望ISO 6,400或ISO 12,800给你带来多好的图像质量吗？

确保相机的噪点减少功能（有些高级相机中提供了两种可以分别调整的噪点减少功能，即减少长时间曝光导致的噪点和高ISO设置导致的噪点）足以削减那些因提升ISO等级而导致的有害而多色的无用数据（你可以在第2章找到关于噪点原因和效果的讨论）。太多噪点可能使图像毫无价值。当然，将噪点减少得太多也可能使图像丧失有价值的细节。你需要在两者之间取得折衷。

你应当还记得，本书前面在讨论噪点减少功能时提到用相机拍一张曝光1秒钟的空白图像，然后将该图像中的随机像素与你刚刚拍摄的照片进行比较。两张照片中恰巧重合的像素不是图像信息，而是可以安全删除的噪点。当然，该方法并非十分安全，因为实际的图像像素有可能恰好与随机噪点像素具有相同的色调值，那么被删除之后将使你失去相应的细节。

　　另外，大多数噪点减少方法事实上都会使拍照所需的时间加倍，而且仅适用于曝光时间较长（通常为1秒钟以上）的照片。额外的时间来自随后要记录的曝光时间与原始照片同样长的黑暗画面。一条警告消息有可能出现在数码单反相机的取景器中，告诉你时间延迟的原因。你可以打开或关闭这种形式的噪点减少功能（亦称作暗帧减少），因此可以仅当需要时再使用。图10-13显示了两幅以ISO 1600拍摄的图像。左边的图像是在关闭噪点减少功能的情况下拍摄的，右边的版本使用了相机内置的噪点减少系统。

图10-13　与右边开启了噪点减少功能的图像相比，左边关闭该系统的版本呈现出更多的颗粒。

　　你还可以在使用所钟爱的RAW转换器把RAW文件转换为其他格式时，在较轻的程度上应用噪点减少功能，或者在拍摄照片之后使用Noise Ninja（www.picturecode.com）这样的工业级健壮产品来擦除噪点。

Noise Ninja软件

　　Noise Ninja程序有两项特色最令我喜欢，一是删除噪点之后不会显著降低图像质量，二是可用于那些以相当低的ISO设置以及在"紧张"状态下拍摄的照片。该软件使用一种复杂的方法，来确认和识别那些以不同的频率、于不同的图像区域、在不同的颜色通道中呈现出来的噪点。

　　与相机内置的噪点减少功能不同，Noise Ninja允许你使用易于操作的滑块和实时的反馈预览，来控制其算法的应用过程。在那些特别麻烦的图像区域，你还可以使用一种"噪点画笔"来有选择地修改噪点。

　　通过使用配置文件来描述某款机型在特定ISO设置及给定的几组条件下是如何表现的，该应用程序可以使自己适合你的特定数码相机。举例来说，如果你的相机易于在特定颜色通道中形成更多噪点，则Noise Ninja的算法可以把这一点也考虑进来。你可以在PictureCode网站上发现可下载的数十种不同相机和扫描仪的配置文件。

2　曝光和聚焦

　　为夜景摄影确定正确的曝光设置可能比较棘手。数码单反相机的自动曝光系统或许可以令人满意地完成任务，但仍然可能被场景中的亮光或其他欺骗性部分所愚弄。在拍摄夜景时进行包围曝光是个好主意，这样可以提高获得一张完美照片的可能性。如果你要拍摄距离不到10英尺左右的主题，那么焦点也可能成为问题。夜景通常是远距离拍摄的，因此手动聚焦在无穷远处可以获得成功。夜晚拍摄近距离主题的照片，意味着你的相机最好有聚焦辅助灯或其他有助于在昏暗照明条件下聚焦的系统。如果照明确实阴暗的话，那么数码单反相机的光学取景器可能无法使用。

10.2.2　紫外线摄影

　　数码单反相机的紫外线摄影在很大程度上还是一个未被发现的国度，但确实值得我们进行探索，因为某些主题吸收或反射紫外光的意外方式可以导致一些有趣的效果。你可能在探索的道路上发现很多挑战，其中包括数码相机的传感器对紫外光不是特别敏感以及它们所使用的镜头非常擅长过滤掉紫外光这样的事实。你可以购买专门为紫外线摄影制造的特殊镜头（由磷酸盐玻璃制成，用于专门的医疗和科学应用）。如果你能够找到待售产品的话，估计要支付数千美元才能买到一个。

　　这些问题不是不可克服的。罗彻斯特理工学院的Andrew Davidhazy已经用佳能Digital Rebel相机完成了一些有趣的试验，他在试验中使用了等级为

18A的紫外线传送滤镜。在拍摄黑心菊、向日葵和金凤花的过程中，他已经获得了一些奇怪而迷人的结果。在他的网页上找到相关的主题（http://www.rit.edu/~andpph/exhibit-3.html），看看一个世界级的创造性大脑为了看看什么事情会发生而开始胡乱摆弄时究竟发生了什么事情。

10.2.3 红外线摄影

红外线成像是一个更有希望的摄影类型。虽然数码相机包括阻挡红外线的滤镜（或者称之为"热镜"），但仍然有足够多的红外光可以漏过去，从而使利用剩余的波长拍照成为可能。你或许需要使用特殊的滤镜并进行长时间的曝光，但使用数码单反相机拍摄红外线照片毕竟是完全切实可行的。你可以在我的《数码红外线摄影手册》这本书中了解到超过预期的很多关于红外线摄影的知识，但我打算在这里告诉你确实必须知道的一切。

但是，首先要告诉你的是一条警告。作为数码单反相机的拥有者，你将要盲目拍摄！我在本书前面的第4章曾经提到，因为你要使用的红外线滤镜将阻挡可见光，所以光学取景器将完全呈现为黑色，而你的液晶显示屏当然不能用于预览图像。

但红外线照片毕竟显得很酷，因为主题（特别是植物）吸收或反射红外光的比例不同于你借助可见光所看到的情况。其色调关系可能极其怪异，天空是黑色的，树叶是白色的。而照片中的人类将显得既苍白又非常疲倦，甚至可能像鬼一样恐怖。实际上，因为红外线摄影对人类不是特别友好，所以最常见的应用是拍摄自然风景照片。

红外线成像的副作用是照片往往呈现出颗粒状和软焦点，原因在于镜头和相机处理红外光的方式不同。你多数情况下都应当把红外线图像转换为灰度照片，但一些有趣的色彩效果仍然可以获得。图10-14所示就是一幅已经被转换成单色照片的红外线图像。

图10-14 红外线摄影可以产生一些有趣的灰度效果。

　　借助一种被称作通道交换的方法，你还可以获得一些"彩色"红外线效果。在得到红外线照片之后，使用图像编辑器的"自动色阶"控件来调整色调值。然后通过分别编辑"红"和"蓝"通道，交换这两个通道的色调值。在Photoshop中，使用"通道混合器"来编辑"红"通道，将"红色"滑块移到0%位置，将"蓝色"滑块移到100%位置。然后再对"蓝"通道做相反的事情，将"红色"滑块移到100%位置，而把"蓝色"滑块移到 0 %位置。

　　你最终获得的照片可能如图10-15所示，其中天空是蓝色的，但树叶具有中性的白色或微弱的洋红外观。

1 红外线摄影需要使用什么设备

　　你使用的数码单反相机必须不能仅借助热镜就把红外光完全过滤掉。检查相机是否具备红外线摄影能力的简便方法是在黑暗的房间内拍摄电视机的遥控器。使遥控器指向相机，按下上面的某个按钮，然后拍照。如果你的相机能够记录红外光，那么在遥控器照片中发射红外光的位置将出现一个亮点。

图10-15　使用通道交换技术可以获得彩色的红外线照片。

　　接下来，你需要使用红外线滤镜来阻止可见光抵达传感器。寻找适合你的数码相机的Wratten ＃87滤镜。你也可以使用Wratten 87C、Hoya R72（＃87B）滤镜，或者尝试使用＃88A和＃89B滤镜。当地的相机经销商或许允许你在店内试用几种滤镜，以便看看哪一个最适合你。这么做要比盲目购买好得多，因为它们极有可能价值100美元或更多。你或许还需要决定在哪个镜头上使用红外线滤镜，因为它们过于昂贵，所以不可能为每个镜头都买上一个。我的R72滤镜是花了80美元买的，其规格是适合我的最常用镜头的67mm。通过使用放大连接环，该滤镜也可以安装在另一个要求连接62mm附件的镜头上。遗憾的是，我那款最极端的12-24mm广角变焦镜头要求连接72mm的滤镜，而这种规格的红外线滤镜售价要比80美元的两倍还多。出于额外成本方面的考虑，我决定把自己的红外线摄影限制在可以用焦距在18-200mm范围内的镜头拍摄的图像上。

多数情况下你还需要使用三脚架，因为即使在明亮的日光条件下，红外线照片通常也需要1/15秒到1/4秒或更长时间的曝光。使用三脚架的另一个好处是，你可以在不安装红外线滤镜的情况下（这样你才能够通过取景器观察图像）把照片布置妥当，然后在拍照之前将该滤镜固定在镜头上，而相机的位置并不会被弄乱。

2   红外线摄影的考虑事项

由于相机使用长波长光的方式，红外线摄影需要作一些适应性调整。下面是若干要记住的事项。

- **光的损失**。红外线滤镜将阻挡可见光，只留给你数量未知的红外光来使传感器曝光。通常，你将损失5到7档光圈，因此必须相应提高曝光时间进行补偿。即使在户外，你可能也逃脱不了使用三脚架和长时间曝光的命运。

- **测光问题**。厂商设置好的曝光系统适于处理可见照明。不同主题反射的红外光数量极其不同，因此看起来相似的两个场景在拍摄红外线照片时可能需要非常不一样的曝光设置。

- **盲目拍摄**。因为可见光被排除在外，所以你在试图通过数码单反相机观察红外线场景时将遇到很大困难。液晶显示屏中的图像也可能有些怪异。如果手边没有三脚架的话，我往往会把变焦镜头设置到广角位置，然后使相机指向目标，并期望获得最佳结果。

- **聚焦问题**。红外光不会与可见光聚焦在相同位置，因此你的自动聚焦系统不一定能正常发挥作用。镜头通常带有的红外线标记连同聚焦刻度一起，可用来在你手动调整图像之后校正聚焦位置。当然，我们如今不会过多使用手动聚焦，因此你可能必须通过实验来确定你的相机在为红外线照片聚焦时表现得有多好。如果你要拍摄风景，那么把镜头焦点设置到无穷远处或许可行——虽然红外线的无穷远与可见光的无穷远不是相同位置。

- **镜头涂层**。有些镜头包括抗红外线的涂层，这种涂层在红外线照片中将产生位于中央的亮点。少数佳能镜头就属于该类别。在指责滤镜或传感器上的伪影之前，还是先测试一下自己的镜头是否有这个问题为好。

- **拍摄彩色照片**。虽然你的照片大部分将是黑白两色乃至单色（通常是洋红色调或某种被称作"砖青色"的色调），但你仍然必须使用相机的彩色摄影模式。数字红外线摄影方面的专家，建议以青草作为取样点手动设置相机的白平衡。这样的白平衡将提供总体上最佳的最终灰度图像。如果相机允许的话，将定制的白平衡保存为预设项，以便下次在类似条件下拍摄红外线照片时使用。

你可以在互联网上找到大量关于数码红外线摄影的信息，最新的关于哪些相机适合（或不适合）在该模式中工作的列表也能找到。如果你已经厌倦了传统的风景摄影，那么尝试数码红外线摄影可能会重新激起你的兴趣，并给予你一个全新的视点。

10.3 延时摄影

如果你看过延时拍摄的花朵开放照片，看过月亮越过天空的系列照片，或者看过记录某个需时极长的过程（比如建造建筑物）、以极端的延时长度拍摄的照片集，相信任何人都会感到惊奇。

你可能不会拍摄这样的建造过程照片，除非你有一个在数月之内都不需要使用的备用数码相机，或者乐意经历这么冗长的过程，以便弄清楚如何调整相机才能在恰好相同的位置、使用相同的镜头设置、以一定的时间间隔来拍摄一系列照片。然而，其他种类的延时摄影都完全是你力所能及的。

有些数码相机能够内部确定延时间隔，我希望该功能在将来的数码单反相机上能够变得更普遍。你可能需要求助于电子取景器相机或即指即拍型相机才能获得所需的延时灵活性。例如，由奥林巴斯E-20相机首创的一种极好的延时系统允许你以30秒到1天的时间间隔来拍摄照片，仅当存储卡充满或电池能量耗尽之后才会停下来（在拍摄延时照片时连接交流适配器永远是个好主意）。

在使用数码单反相机的情况下，你可能必须使用富士、尼康及其他品牌相机所支持的延时摄影方法，即借助计算机软件的控制来拍摄延时照片，相机与计算机之间使用USB电缆进行连接。你也可以使用红外线遥控器触发相机以进行手动曝光，或者像我们知道的某些富有进取心的人物那样通过对Palm Pilot编程进行触发。有的数码单反相机厂商可提供插入式电子设备来满足延时摄影的需要。

下面是若干有效的适用于延时摄影的技巧：

- 如果你要拍摄时间跨度很长的照片序列，则应当像我前面提到的那样将相机连接到交流适配器上。
- 除非你的存储卡有足够的容量来容纳所有将要拍下来的图像，否则你可能需要改用更高的压缩率或更低的分辨率，以便拍摄最多的图像。
- 延时拍摄的静止照片固然有趣，但通过使用所喜爱的桌面电影制作软件把所有照片编辑成电影，可以进一步增加趣味性。
- 如果你要将相机设置成长时间工作（超过一两个小时），那么应确保相机免遭天气、地震、动物、儿童、无知的旁观者以及小偷损坏。
- 试验不同的时间间隔。为了捕捉那些你希望显示在图像中的变化，你不应当拍摄超出需要的过多或过少的照片。

10.4 未来展望

我在本书解释当前相机中那些最有用的特征和功能的时候，还尽量使你对未来的发展有所憧憬。在目前的基础上，我们期待将来出现一些此前从未期望过的改进。下面是一些我期望在将来出现的最有趣的特殊功能；虽然现在它们大多数似乎显得特殊，但若干年以后应该变得相当普通。

- **更大的传感器**。我在前面关于需要或缺乏所谓全幅数字传感器的一些解释，仅仅说明了这种传感器对我们这些摄影者来说是否必要的问题，或者说解决了我们是否已经拥有所需全部功能的问题。我确实认为裁剪过的传感器在将来完全有潜力为我们很好地服务。但现实情况是，传感器厂商一直在设计更新、更好、成本更低的传感器，因此规格达到24mm × 36mm的廉价传感器必将出现。佳能和尼康等厂商已经推出了适于全幅用途的镜头；随着全幅传感器价格的降低，这些厂商必将在更多相机上应用这项技术。我们可以肯定地预见到，将来每家厂商都会有两条相机产品线：使用全幅传感器的相机供应专业级及摄影发烧友市场，价格范围在1,800～5,000美元之间；第二条产品线使用裁剪过的传感器，针对业余摄影爱好者以及特别在乎价格的殷切的摄影者，其售价应低于1,500美元。

- **改进的高 ISO 性能**。更大的传感器可以在灵敏度设置提高的情况下导致更好的图像，其原因仅仅是更大的传感器拥有更大的像素，因此能够更高效地收集光子。柯达公司的新型非 Bayer 模式彩色滤镜阵列（Color Filter Array，简写 CFA），将传统的红色、绿色和蓝色像素与对所有颜色的光都敏感的"纯净"像素混合了起来，因此能够提供更高的灵敏度和更少的噪点。虽然柯达公司的 CFA 版本还没有包括在任何相机当中，但它确实是一项大有前途的技术。我曾经在一次音乐会上用佳能 5D 和尼康 D200相机并排拍照；在 ISO 等级被设置为 800 的情况下，得到的结论是佳能相机的结果无疑优于尼康相机。哎呀！结论得出之后我才发现自己犯了一个错误，在佳能相机上看到的结果实际上是在 ISO 等级为 3,200 的时候拍摄的。我喜爱佳能和尼康数码单反相机的原因都有很多，但在光照不够明亮的时候我更喜欢佳能相机。期待尼康公司将来能迎头赶上，那对我们所有人来说都将是一个好消息。

- **适度的更高分辨率**。除非你要制作巨幅扩大照片或裁剪小块图像，否则难以检测到 1240 万像素与 1600 万像素的图像之间有什么区别。就多数用途而言，更高的分辨率的确不需要。实际上在我所从事的工作中，要辨别出1020 万像素与 1240 万像素相机之间的区别几乎是不可能的。这两种分辨率的相机我都有；当我准备外出拍摄的时候，究竟携带哪一个相机往往基于希望携带多重的装备，是否需要每秒 8 帧的连续拍摄速度来拍摄体育运动，或者是否需要内置的闪光灯来辅助照明。传感器仍在变得越来越大、越来越灵敏（参看上面的解释）；由于 700 美元的数码单反相机已经拥有

1000 万像素的传感器，几年之内肯定所有数码单反相机都会提供接近 1600 万像素的分辨率。更高的分辨率即使在专业用途方面也难以证实其正当性，因此一旦达到该水平之后，我希望各个厂商能够投入更多资源来研究如何以其他方式来提高灵敏度、减少噪点和改善图像质量，而不是仅仅堆积像素。

■ **液晶显示屏的实时预览。**虽然我对实时预览这个未来的功能喜欢程度最低，但它正在向我们走来。我仍然认为真正需要该功能的人非常少，但有很多人认为他们需要——特别是那些来自即指即拍世界的人们。有些功能纯粹因为占据市场优势而存在；就实时预览功能而言，我们在未来数年内要么会逐渐喜欢上它，要么会逐渐将其忽略。

■ **固态存储介质将免费提供。**更正一下，应该说几乎免费。在最近几年里，我曾经花了 150 美元买过 1GB 的 CF 卡，还用同样多的钱买过 4GB 的 CF 卡。但我从来没有用这么多的钱来买 8GB 的 CF 卡，因为在我挑选这么大容量存储卡的时候，它们的价格已经跌到 60 美元左右。预测 16GB 和 32GB 的存储卡将有多么便宜是件容易的事情。但大多数使用 1000 万～1200 万像素相机的摄影师都不需要这么大的存储空间——度假时例外。因此，我期待着在数年以内看到最流行和最实用的存储卡容量能够以 10 美元或更低的价格销售。你再也不用因为考虑是否应该购买新的存储卡而感到极度痛苦。你可能会直接把每个充满的存储卡作为极其可靠的备份存档，然后每次外出拍摄时都购买新的存储卡。你甚至可能在超市的付款处发现 3 种包装的 8GB 存储卡。

10.5 结尾寄语

本书到此就要全部结束了。我希望本书已经回答了关于使用数码单反相机的基本问题，而且能够充分激励你采用学到的知识，走出去拍摄一些能够获奖的照片。如果运气好的话，你的想象力将熊熊燃烧并洋溢出新的思想。

虽然使用单反相机拍照已有很长时间，而且自从数码相机最初面世就一直在用，但我仍有很多东西需要学习，你也一样。事实上就摄影来说，我最喜欢的一件事情是每次外出都有机会尝试新鲜事物，试验此前尚未用过的技术，或者在几乎天衣无缝的表象下深入挖掘隐藏的秘密。摄影作为迷人的领域已有差不多170年时间，而将来总是会有新的功能和机会使我们的朋友、家人和同事欣喜而惊奇。

毕竟，当你意识到自己的摄影作品纯粹是出于个人利益和消遣目的而完成的（假设摄影是你的业余爱好，不是你的职业），可能就会认为没有什么事情能比有人看着你的照片叫道"哇！你是怎么做到的？"更使你高兴。如果运气好的话，你甚至很快就会问自己；"哇！我是怎么做到的？"